# 片恋スウィートギミック

# 一

会社の窓から望む空は、いつ雨が降り出してもおかしくないほどの鉛色《なまりいろ》の雲で覆われている。七月に入ったとはいえ、今年の梅雨《つゆ》明けはまだ先になりそうだ。それはつまり、もうしばらくじめじめする湿気と付き合わなければならないということ。

どんよりした鈍色《にびいろ》を目にするだけで、やる気がどんどん失《う》せていく。

「……はあ」

今年三十歳になる鳴海優花《なるみゆか》は、セミロングの髪を撫《な》でながら小さく息をつき、パソコン画面に視線を戻した。仕事に集中しなければと思うのに、目がチカチカし、作業が進まない。

これでは、絶対に入力ミスをしてしまう。

退社時間が迫っているのもあり、優花は区切りのいいところで手を止めた。そして蛍光《けいこう》ピンクの付箋《ふせん》紙を取り出し、〝経費書類、至急〟と書き入れる。外回りに出ている社員のデスクへ行き、それをパソコン画面に貼り付けて回った。

優花は、中小企業の広告宣伝を請け負う、広報戦略会社で働いている。社長は元々大手広告代理店に勤めていたが、自社商品の宣伝に苦戦する会社の助けがしたいと独立し、この会社を設立した。

社員は、社長を含めてわずか十人。女性は四十代の川上《かわかみ》の他には優花しかおらず、この二人で事務を担《にな》っている。少人数で仕事を回すのはとても大変だが、優花は社員同士が手を携《たずさ》えて支え合うこの会社が大好きだった。

「あっ、俺も請求し忘れてた……」

優花が付箋紙を貼る姿に目を留めた社員の一人が、顔を上げる。

「なるべく早く出してくださいね」

そう言いながら、優花は目の下に薄《うっす》らとクマを作る彼の顔を見た。今取り掛かっている仕事が忙しいのだろう。難しい顔をしつつも、クライアントにとって何が一番いい方法なのかと、資料とにらめっこしている。

定時で上がる優花や川上と違い、広報の仕事をする彼らにすれば、就業時間はあってないようなもの。もし今日も残業する様子なら、退社前にコーヒーを淹《い》れてあげよう。

仕事中の他の社員たちの分も——と、優花が自分のデスクへ戻ろうとしたその時だった。

「なんだって!?」

突然、社長が大声を上げた。社内に響き渡るその声に、優花は部屋の隅《すみ》に設《しつら》えられた社長のデスクに目をやる。社長は顔を青ざめさせて、携帯から聞こえる相手の声に耳を傾けていた。

「それで、容態は！　……うむ、……そう、か。……良かった」

張り詰めていた社長の頬が、ふっと緩む。そして、少し離れた位置にいる優花にも聞こえるほどの安堵の息を零《こぼ》した。とはいえ、その目にはまだ何かを心配するような光が宿っている。

しばらく会話を続けたあと、社長は携帯をデスクに置いて顔を上げた。

「皆、聞いてくれ」

社長の声に、社内にいる社員全員が彼のデスクに集まる。

「たった今、専務から連絡が入った。彼と一緒にクライアントのもとへ行っていた三井《みつい》が、交通事故に遭ったらしい」

告げられた内容に、皆息を呑む。社長の次の言葉を待ち、誰も声を発しない。社長は小さく頷き「三井の命に、別状はない」と続けた。

「良かった……」

社員皆が胸を撫《な》で下ろす。優花も、隣に立つ川上と安堵の笑みを交《か》わした。

「だが、足を骨折したそうだ。折れた箇所が悪く、手術後のリハビリに時間がかかるらしい。そこは主治医との話になるから、今はまだ何も言えないんだが……」

社長は一旦口を閉じ、目を泳がせる。でもすぐに咳払いを一つし、社員を見回した。

「皆も知ってのとおり、三井が受け持っている仕事はかなりある。現在進行形のものもあれば、これから契約を詰める予定のものもある。君たちも、今請け負っている仕事で手一杯だと思うが、三井が復帰するまでの間、彼の仕事を振り分けさせてほしい」

「当然ですよ、社長。社員は家族同然。困っている時はお互いさまです。俺たちで、なんとか乗り切りましょう！」

四十代の主任が、すぐに答える。そして彼に賛同する社員たちが、次々に「頑張ります！」と声を上げた。

「ありがとう。ではまず、三井のスケジュールを確認しよう。デスクに置いてある予定表を持ってきてくれ」

社長の言葉に、一番の若手社員が反応する。ファイルを手にすると取って返し、男性社員たちで話し合いを始めた。

「あたしたちは、これまで以上に、彼らをサポートしなきゃね」

先輩の川上に言われて、優花は力強く頷いた。

事務員の優花たちは、広報の仕事に関しては素人《しろうと》で、まったく役に立てない。その代わり、仲間たちが会社へ戻ってきた時に、ホッと肩の力が抜ける場所を整えよう。領収書などの提出が遅れても、大目にみればいい。仕事が増えた分は、先輩と分け合えばなんとかなる。

彼らの負担を減らすには、自分たちも頑張らなければ！

「とは言っても、あたしたちが今できることってないね。とりあえず、皆にお茶でも淹《い》れようか」

「そうですね。わたしも手伝います」

優花は、川上と一緒に給湯室へ向かおうとする。だが、一歩足を踏み出したところで「鳴海！」と呼び止められた。振り返ると、そこにいる全員の目が優花に注《そそ》がれていた。

「あ、あの……わたし、ですか？」

「そう、お前」

呼ばれたら早くこっちへ来いと言わんばかりに、主任が優花に手招きする。

「お茶はあたしが淹れるから、鳴海さんはいってらっしゃい」

川上に背を押され、優花は社長たちの方へ歩き出す。ただ、いったい何の用事で呼ばれているのか見当がつかないせいで足取りが重くなる。

「な、な、なんでしょうか」

逃げ出したい衝動に駆られるが、必死に堪《こら》えて訊《たず》ねた。

「社長、どうでしょう。鳴海は事務職ですが、常識と非常識の区別はつく大人です。彼女はもう三十歳ですし――」

「まだ二十九歳です！」

優花は思わず主任の言葉を遮《さえぎ》り、年齢を訂正してしまう。ハッとした時は遅く、男性社員たちがくすくすと声を零《こぼ》した。その笑いに、優花の頬がみるみる熱くなる。たまらず手の甲で口を覆い、羞恥《しゅうち》を隠す。

「女性にとって、年齢は禁句なんです。デリケートなんです！　それぐらい察してください」

「と、思ったことをすぐに口に出してしまう、年齢のわりに些《いささ》か子どもっぽいところもある鳴海ですが、その気概は買ってもいいと思います。それに――」

「しゅ、主任！」

優花の抗議を主任は一笑に付す。

自分の評価を社員たちの前で言い続けるのは勘弁してほしい。優花は止めようとするが、主任は優花を無視し、社長に真摯《しんし》な目を向ける。

「意外と時間の融通《ゆうずう》が利《き》くでしょう。またイベントの件ですが、私を含めた他の社員は、別件で既に埋まっています。川上さんには小さなお子さんがいるので、さすがに難しい。躯《からだ》が空いているのは鳴海しかいません。彼女に任せてみてもいいと思うんですが、どうでしょうか」

時間の融通が利くって何？　仕事を任せる？　それって……わたしにですか⁉　——と声を上げたいのに、場の雰囲気がそうさせない。社長と主任は真面目な顔つきをし、他の社員たちは上司の邪魔にならないよう誰も口を挟もうとしないからだ。

何がどうなっているのか、まったく状況を把握できず、優花一人だけがおろおろしていたその時、急に雨が降り始めた。雨脚はだんだん強くなり、窓に叩きつける雫《しずく》が滝のように流れ落ちていく。

優花の不安を掻き立てるその天気に、ぶるっと身震いが起きたまさに瞬間。

「よし、鳴海に任せよう！」

ずっと口を閉じていた社長が声を上げた。

「な、何を任せるって言うんですか？」

優花の口から、泣き声に似た声が漏れた。嫌な予感に、たまらず主任の袖をきつく引っ張る。しかし彼は営業スマイルを顔に張り付けて、意味ありげに優花を見つめた。

「何って……仕事に決まってるだろ？　社員が大変な時、俺たちが助け合うのは当然だ。鳴海にも、三井が受け持っていた仕事を振り分けさせてもらう」

振り分ける？　事務職の経験しかないのに、広報の仕事を⁉

「む、無理です！　皆さん、ご存知ですよね？　わたしが事務員だというのを。それなのに、いきなり他の仕事をできるはずありません！　しかも、三井さんの仕事なんて……。スケジュールの調整など、そういう内容なら頑張りますから」

「その点は大丈夫。広報の仕事とは言っても、新しい契約を取ってこいと言ってるんじゃない。鳴海にしてほしいのは、番組内容のチェックだけだ」

「……はい？」

「誰か、三井のデスクにある概要ファイルを持ってきてくれ。鳴海に回す仕事の分だけで構わない」

主任の声は耳に入ってくる。だが優花は、その内容を上手く把握できないでいた。

優花は大学卒業後、一度郷里に戻り仕事に就《つ》いた。しかし数年後東京へ出てきて、この会社に就職した。この会社では、川上が取引関係の書類を、優花が経理関係を主に受け持っている。

そんな優花に、広報の最前線で頑張る男性社員と肩を並べる仕事ができるわけがない。

「主任、わたしには無理――」

「はい、これ」

ファイリングされた資料を、主任が優花の手に押し付ける。優花は咄嗟《とっさ》にそれを受け取るものの、ハッとなって顔を上げた。彼は優花と目が合うなり、両手を背後に回して知らん顔をする。

「うちのクライアントが、ラジオ番組のスポンサーになった。七月から九月までのワンクールと短いが、夏にイベントが開催されることで、充分そこで自社製品の宣伝ができると踏んだためだ。鳴海には収録現場へ赴《おもむ》き、クライアントに代わって番組内容をチェックしてもらいたい」

途端、優花の胸に痛みが走った。主任の発した〝ラジオ〟という言葉に、過剰に反応してしまったせいだ。

心の奥に封印したはずの昔の記憶が、沸々《ふつふつ》と甦《よみがえ》ってくる。

優花は過去の記憶を振り払い、主任を仰ぎ見た。

「ちょっと待ってください。番組内容を確認するだけなら、録音したデータをもらって、会社で確認すればいいんじゃないですか？」

なんとかその仕事から逃げたくて、優花は食い下がる。だが主任は、優花の言葉を一蹴《いっしゅう》した。

「何、ふざけたことを言ってるんだ。我々は、クライアントの不利益になるような真似《まね》は決してしてはならない。現場に居れば、間違った情報はすぐに訂正してもらえるだろ？　だから鳴海は、毎回収録現場に行ってチェックしろ。わかったか」

「……はい」

そう言われたら、もうぐうの音《ね》も出ない。優花は仕事を引き受ける旨を告げた。

新規の契約を取ってこいと言われなかっただけでも良しとしよう。それに、優花が集中すればいいのは番組内容のみ。それほど不安になる必要もない。

「よし、決まりだ。それでは、早速行ってくれ」

優花の手首を掴《つか》んで歩き出す主任。そんな彼に引っ張られて足を動かしつつ、彼の背に問いかける。

「早速、行く？　あの、それって、どういう意味――」

主任は優花のデスク前で止まり、引き出しからバッグを出すよう促《うなが》す。

「主任？」

「こちらの事情で担当者が変わる旨は、俺が先方に連絡しておく。鳴海は、すぐに出発してくれ。実は、スポンサー権を取得した番組の収録が……十九時から始まるんだ。しかも、今回の収録は東京ではなく特別に横浜のスタジオで行われる」

優花は壁掛け時計に目をやる。針は十七時十分を指していた。会社から駅まで歩く距離、乗車時間と乗り換え時間などを簡単に頭の中で計算する。

「ギリギリじゃないですか！」

状況を把握していくうちに、優花の中で焦りが生じる。初対面の人と上手く仕事ができるかわからない不安も重なり、徐々に涙目になってきた。

優花はバッグを取り出し、そこに渡された仕事のファイルを突っ込む。そんな優花の隣で、主任が気持ち悪いほどの笑みを浮かべて親指を立てた。

「大丈夫、鳴海なら時間までに辿り着けるさ」

優花は主任を睨《にら》み付けたが、主任の後ろにいた社長や他の社員が笑顔で手を振る。

「鳴海、お前なら必ずできる！　それは、お前でもできる仕事だ！」

「……行ってきます！」

投げやりに言うと、主任が「タクシーには乗るなよ。経費節減中だ」と一言。

「わかってます！」

もう、どうとでもなれ！

そんな気持ちを抱きながら、優花は会社を出た。外は大雨と吹き荒れる風のせいで、木々の枝が左右に大きく揺れている。まるで、優花の心を映し出しているかのようだった。


雨の中、優花は最寄り駅まで歩き、電車に乗った。帰宅ラッシュに引っ掛かって少し乗り換えに時間を要したが、これなら収録が始まる前には現場に到着できるだろう。

移動時間を利用し、優花は主任から受け取った資料に目を通す。

ラジオ番組のスポンサーになったクライアントは、タオル工場を営《いとな》む小さな会社だ。夏のイベントで販売される番組グッズ制作に参加できるため、スポンサーになることを決めたようだ。

そこに書いてあるとおり、契約を結んでいる間は、番組はスポンサーにとってマイナスになる発言はできない。それを確認するのは、事務経験しかない優花にもできる。主任が優花を〝常識と非常識の区別はつく大人〟と評したのは、この仕事を任せても大丈夫という意味だろう。

次に、新ラジオ番組〝キミドキッ！〟の概要を確認する。特に決まった内容を話すのではなく、パーソナリティが情勢に合ったトークを毎週繰り広げていくというものだった。さらに、内容次第でゲストを呼び、視聴者の知らないドキッとする話題も届けるらしい。

パーソナリティは、東京のラジオ放送局で活躍するベテランアナウンサー。場数を踏んでいるアナウンサーなら、こちらが心配しなくても上手く回してくれるはず。すべてマイク前に座る彼に任せていればいい。三ヶ月なんてあっという間だ。

「……うん、大丈夫」

自分にそう言い聞かせると、優花は資料をバッグに入れ、自分の私服姿に目をやった。レース地のキャミソール、胸元が開いたオーガンジー素材のチュニック、膝頭の見えるスカート、そしてハイヒールと、順番に見下ろす。

これといっておかしなところはない。ただ今日だけは、スーツを着てくれば良かったと思わずにはいられなかった。普通に、女性の通勤時に見られる姿ではあるが、今日初めて現場の人と会う恰好ではないのが、優花でもわかる。

どこかで店に寄り、安いスーツを買った方がいいだろうか。

その考えに惹《ひ》かれないでもないが、即却下する。寄り道をすれば絶対に遅刻してしまう。それだけは絶対に避けなければならない。とどのつまり、この服装で行くしかないというわけだ。

がっくり肩を落として小さくため息を吐《つ》いた時、横浜駅到着のアナウンスが車内に流れた。優花は席を立つと、急いでホームに降りた。続いて乗り換えホームへ行き、電車に乗る。

数分後、改札を出た優花は、早足に目的地のビルを目指す。だが雨脚は強く、ビルに入った時は足元がびしょ濡れだった。

これで人に会うのは恥ずかしいが、収録時間前に到着する方が大事だと自分に言い聞かせ、急いで受付へ向かう。受付嬢に目的を告げて入室に必要なカードキーをもらい、エレベーターに乗った。

上昇する間、優花は雨で濡れた肌をハンカチで拭《ぬぐ》い、湿気で膨《ふく》らんだ髪を手櫛《てぐし》で落ち着かせようと努力する。だがすぐにエレベーターは到着し、扉が左右に開いた。

ああ、遅かった——と肩を落として嘆息しつつ、ゆっくりエレベーターホールに出た。

「鳴海さんですか？」

その声に顔を上げる。ネームプレートを首に掛けた若い男性が、優花を目にするなり傍《そば》へ走り寄ってきた。

「はい、そうです！」

「お世話になります、私〝キミドキッ！〟スタッフの小林《こばやし》と言います」

「鳴海優花と申します。三井に代わって、担当させていただきます。現場に不慣れなせいで、いろいろとご迷惑をおかけすると思いますが、どうぞよろしくお願いします」

優花は緊張を隠せないまま挨拶《あいさつ》する。それを感じ取ったのか、小林は優花の強張《こわば》りを解くように頬を緩めた。

「こちらこそよろしくお願いします。収録スタジオへご案内しますね」

小林が廊下の奥を指す。優花は、彼に促《うなが》されるまま一緒に歩き出した。

「三井さんのことですが、大変でしたね。御社からご連絡をいただいた時は、我々スタッフも驚きましたよ。……三井さんのお怪我《けが》、大丈夫ですか？」

「はい、大丈夫です。ただ残念ながら、しばらく入院生活が続くようでして……。現場に入れず、本当に申し訳ございません。三井の代わりとしてわたしも尽力しますので、何かあればどんどんおっしゃってください」

「そういう意気込みは、こちらとしても本当に有り難いです！　一緒にいい番組を作り上げていきましょうね。……あっ、ここがコントロールルームです」

小林がドアの前で立ち止まり、カードキーを指定場所に接触させる。そして扉を押し開き、「どうぞ」と優花を室内へ促す。

「三井さんと代わられた、新しい担当の方が到着されました」

「失礼します！」

優花は頭を下げて、音響設備の整った部屋に入る。

「初めまして。前担当者の三井と代わることになりました、鳴海優花と申します。どうぞよろしくお願い――」

相手にいい印象を持ってもらおうと元気良く挨拶したまではいいが、そこにいるスタッフの一人を意識した途端、優花の声は小さくなり、最後には言葉が途切れてしまった。

「……な、んで？」

あまりのショックに、優花の営業スマイルが静かに解けていき、素《す》の自分が現れる。そして、顔は強張り、唇はかすかに震え始めた。

仕事で人と接することに慣れていれば、すぐに表情を取り繕《つくろ》えたかもしれない。何事もなかったかのように誤魔化せたかもしれない。だが優花には、それは無理だった。

音響スタッフの隣に座る、黒色のチノパン、白いシャツ、その上に薄手のジャケットを羽織った男性から目を逸《そ》らせない。

緩《ゆる》やかに波打つマッシュウルフカット、優しげな目元、黒々とした綺麗な双眸《そうぼう》、真っすぐな鼻梁《びりょう》、そして薄いが柔らかそうな唇。記憶にある面影《おもかげ》を少し残しつつ、大人の魅力あふれる男性へと変貌を遂げたその姿に、優花が必死に押し隠してきた感情が動き始める。

男性もまた、驚愕《きょうがく》に満ちた目で優花を仰ぎ見ていた。だが、先に我に返った彼が立ち上がり、優花の方へ近づいてくる。

「ど、どうして……」

か細く震える優花の声は、シーンと静まり返るコントロールルームに響く。それを掻き消すほどの声量で、彼が「鳴海！」と自分の名前を呼んだ。記憶の奥深い部分にある懐かしいバリトンの声。それを耳にした瞬間、優花の心臓が高鳴った。

「まさか、こんなところで鳴海に会えるなんて思ってもみなかった！」

やにわに彼が両手を差し出し、親しげに優花の冷たい手を掴《つか》んだ。予想外の出来事に自分を律することができず、優花の躯《からだ》がビクッとなる。

優花は現実に向き合いたくないとばかりに瞼《まぶた》を閉じるが、無理だった。冷たい手から伝わる彼の体温、記憶に残る声音に心を揺さぶられる。

逃げるのは不可能だと観念した優花は、ゆっくり目を開けた。

「た、小鳥遊《たかなし》……くん」

「そう、俺だよ。良かった……俺のこと、覚えてくれてたんだね」

小鳥遊は甘くかすれた声で言い、嬉しそうに微笑んだ。彼の態度は普通なのに、すべてに翻弄《ほんろう》される。くすぐったいような疼《うず》きが、雨で冷え切った躯の芯を駆け巡っていった。

大学を卒業して八年。その間、小鳥遊とは一度も会っていないのに、当時彼に抱いていた熱い想いがほんの数秒で甦《よみがえ》った。同時に、彼との苦い思い出が、まるで昨日のことのように鮮明に脳裏《のうり》に浮かぶ。

会いたかった、でも会いたくなかった小鳥遊との再会に、優花の胸の奥で困惑と歓喜が渦巻《うずま》き始める。

早く、小鳥遊くんの手を振り解《ほど》きなさいよ！　——と内なる声が囁《ささや》く。なのに手足が痺《しび》れたように震えて力が入らない。

優花は小鳥遊を拒《こば》めないまま、その場に佇《たたず》むほかなかった。

二

「実は鳴海とは、大学の同窓生なんです。しかも、同じサークルに入ってたんですよ」

小鳥遊が番組スタッフに告げたのは、ほんの数分前のこと。さらに、当時はとても親しくしていたと続けたため、スタッフたちの間に走っていた緊張が心なしか和《やわ》らいだ。

それもそうだろう。いきなり親しげに握手すれば、誰だって何事かと思う。そして、小鳥遊の言葉に対し優花の反応が鈍かったせいで、二人の間に何かあったと勘ぐられてしまったようだ。

大人の対応を取れなかった優花が、全面的に悪い。それは理解している。でもこの状況にどう反応すればいいのかわからず、結果、優花は口籠《くちご》もるしかできなかった。

パーソナリティの変更など資料に書かれていなかったのに。しかも、それが小鳥遊だなんて……

「あの……ご存知のように、今回の新番組ですけど、まずはワンクールでという話なんです。でもパーソナリティが若い小鳥遊になったこともあって、俺たちは長く続く番組にしたいと考えていて……。最初の一ヶ月が勝負だと思っているので……その、頑張りますね！」

収録準備で小鳥遊が構成作家とラジオブースに入るなり、スタッフの小林が気を利《き》かせて優花に話しかけてくる。優花はまだ落ち着きを取り戻せていないが、なんとか頬を緩めて彼に頷いた。

「はい……。わたしも、応援しています」

「スタンバイお願いします」

音響スタッフの言葉に、小鳥遊が頷く。

「はい、いきます。五、四、――」

ラジオ収録開始の合図が出され、番組のテーマとなるリズミカルな曲が流れた。コントロールルームにいるスタッフの緊張が高まる。それに対し、ラジオブースにいる小鳥遊は目を閉じ、まるで始まるその瞬間が楽しみでならないとばかりに口元をほころばせていた。

初めて見る小鳥遊の仕事風景に、目が釘付けになる。優花が息を詰めて彼を見つめていた時、彼がカッと目を見開いた。そこにふざけた色は一切ない。意志の強そうな光を宿し、彼はマイク横にあるレバーを動かした。

「小鳥遊が触っているあのレバーは、カフキーと言って、自分でマイクのスイッチを切り替えるものなんです」

優花は小林の説明に頷きながら、生き生きした表情をする小鳥遊をじっと見つめた。

「こんばんは！　新番組〝キミドキッ！〟が今夜から始まりました！　パーソナリティの小鳥遊彬《あきら》です。第一回ということで、実はまだ手探り状態なんですよね。でも、リスナーの皆さんにドキッとしてもらえるような情報をお届けするとともに、ゲストもお呼びして、これまで知られていなかった新たな部分を掘り起こしていこうと思っています。番組のトップバッターを飾ってくれるゲストの発表は、番組後半で！　どうぞ楽しみにしていてくださいね」

小鳥遊は一度手元に置いてある原稿に目を落とし、ストップウォッチをちらっと見る。

「ところで、実は今、とてもドキドキしてるんです！　もしかして〝番組スタッフの仕業《しわざ》？　初回というのもあって、俺を驚かそうとした⁉〟って思ってしまうぐらいに」

くすくすと声を零《こぼ》した小鳥遊が、正面に座る構成作家ににやりとする。構成作家は何もしていないと首を横に振り、顔の前で手を交差した。

「あれ？　構成作家が意味不明のバツ印を作ってるけど、それって言うなってこと？　知らないってこと？　でも俺……とてもテンションが高いんで暴露しますね！　今、向こう側のブースには番組スタッフが数人いるんですけど、他にもう一人、仕事で来ている人がいるんです。その人はなんと、俺の大学時代の同窓生！　八年ぶりの再会です！　ずっと音信不通だったんですよ。正直、奇跡としか思えない……」

そう言って、小鳥遊がコントロールルームにいる優花を見る。二人の視線がぶつかるや否や、彼はこちらが照れてしまうほど爽《さわ》やかに微笑んだ。

「うわっ、小鳥遊さんって、あんな風に笑えるんだ。鳴海さんに会えて喜んでるのが、こっちにまで伝わってくるよ」

優花は心の中で〝それは違う〟と頭を振る。

小鳥遊があいう笑顔を見せるのは、自分にではない。相手を蕩《とろ》けさせる笑みは、いつも優花の隣にいた女性に向けられていた。

男性の熱い視線を一身に浴びる、モデルのような美人の友人に……

その友人との距離を縮めたいがために、優花は小鳥遊に利用されていた。なのに、どうして当時と変わらない、にこやかな表情で優花を見るのだろう。

「リスナーの皆さんの中で、最近ドキッとした話などがありましたら、是非番組までメールをお送りください。お待ちしてます」

複雑な思いに、胸の奥を掻きむしりたくなる。その一方で、小鳥遊のバリトンの声に、封印し続けた感情が呼び起こされて、そこが熱くなっていく。優花は、小鳥遊を見つめながら、遠い昔の記憶に思いを馳《は》せていた。

＊＊＊

――八年前、桜の香りをほのかに乗せた春風が、素肌を撫《な》で始めた三月下旬。

大学の卒業式に出席していた優花は、キャンパス内にあるホールの席に、友人たちと一緒に座っていた。

この日の優花の装《よそお》いは、淡いピンク色に花柄が舞う着物と、裾に白い小花模様が入った紺地の袴《はかま》姿。髪型は、顔周りの髪をツイスト状に編んで柔らかいイメージを作り、片側は垂らしている。いつもの幼いイメージとは違い、優花を洗練された女性のように見せていた。

これなら自分に自信が持てるかも……

優花は数列前の席に男友達たちと座る、スーツ姿の小鳥遊を盗み見た。優花がこっそり想いを抱き続けた相手、そして卒業式後に告白を考えている男性だ。

小鳥遊と出会ったのは、優花が大学に入学してすぐの頃だった。

優花は引っ込み思案の性格をなんとか変えたくて、山々に囲まれた自然豊かな田舎《いなか》を出て東京の大学に進んだ。だが、洗練された学生たちに気後れしてしまい、出だしから躓《つまず》いてしまった。人の輪に入って行けずおろおろしていた時、初めて声をかけてくれたのが小鳥遊だったのだ。

「こんにちは。俺と同じ……新入生だよね？」

「は、はい」

「どこの学部？　……って、手に持ってる封筒は文学部の？　もしかして、履修で困ってる？」

「あ、はい……」

それ以上答えられずにいると、優花の正面に座った小鳥遊が「何がわからない？　登録の方法？」と話しかけてきた。

「はい。でもそれだけじゃなくて、最初に何を取ればいいのかも迷ってて……」

「わかる。俺も同じように躓《つまず》いたんだ」

小鳥遊は外国語学部、優花は文学部で、そもそも学部が違う。にもかかわらず、彼は偶然傍《そば》を通りかかった別の文学部の学生に声をかけ、その人を引き入れて一緒に履修登録の仕方を教えてくれた。さらにキャンパス内ですれ違えば、声までかけてくれるようになった。

「もしかして、俺って鳴海の男友達第一号⁉　やった！　じゃ、携番とメアドの交換してほしいな」

大学に入って初めてした、異性との番号交換。

それでもなかなか自分から行動を起こせなかったが、小鳥遊が根気よく優花に接してくれたせいだろう。キャンパスで声をかけられても、優花は身構えずに彼の名を呼べるまでになった。

それから二週間ほど経った時、カフェテリアで空き時間を潰していた優花のもとに小鳥遊が来た。目の前に座るなり、彼は「俺と同じサークルに入らない？」と言った。

「旅行サークルなんだ。名ばかりの飲みサーかもしれないけど、俺、気の合う友達と一緒に日本中のあちこちを見て回りたいんだよね。楽しそうだろ？　……って、俺の話を聞いてる？　鳴海とも仲良くなりたいって言ってるんだけど」

「わたし、と？」

「もちろん！　キャンパス内で見かけるだけじゃ、俺寂しいよ。せっかくこうやって友達になれたんだから、もっと鳴海のことが知りたい。それにサークルに入れば、鳴海が仲良くしたいって思える友達ができるかも」

小鳥遊はテーブルに肘《ひじ》を置き、前屈《まえかが》みになって優花の目をじっと覗き込む。あまりにも真剣な眼差しに優花の心臓が早鐘を打ち始めた。だんだん呼気《こき》も弾み、息苦しくなる。間近で見つめ合う距離に耐えられなくなり、優花は自分から顔を背《そむ》ける。その直後、小鳥遊の気怠《けだる》い吐息が耳に届いた。

嘘《うそ》、呆れられた⁉

優花は慌てふためいて小鳥遊に目を戻す。彼は仕方ないなとばかりに、優しげに目を細めた。

「鳴海はさ、俺と一緒に――」

「優花？」

小鳥遊が何か言いかけた時、それを遮《さえぎ》るように女性の声が響く。現れたのは、同じ学部の宇都宮《うつのみや》千穂《ちほ》だ。彼女は物珍しげに優花と小鳥遊を交互に見つめたあと、優花の隣に腰をかけた。

「……千穂ちゃん？」

宇都宮は、将来のミスキャンパスだと囁《ささや》かれている。とても綺麗な女性だ。

本来なら、そんな宇都宮と冴えない優花に接点などできるはずはないが、彼女に講義の代返を頼まれたのが切っ掛けで知り合いになった。これまでは、会えば挨拶《あいさつ》を交《か》わすぐらいの関係だったのに、今回に限って、彼女はじっくりと話したいとばかりの体勢を取っている。そんな彼女に、優花は驚きを隠せなかった。

「ねえ、彼は誰？　あたしにも紹介してよ」

「あっ、ごめんなさい。彼は、外国語学部の小鳥遊彬さん。小鳥遊くん、彼女はわたしと同じ文学部の宇都宮千穂ちゃん」

「こんにちは！　宇都宮千穂っていいます。まさか、優花に学部違いの男友達がいるなんて知らなかったです。小鳥遊くん、これからはあたしとも仲良くしてくださいね」

宇都宮が可愛らしく微笑むと、彼も頬を緩めて「こちらこそよろしく、宇都宮さん」と返事する。

だが、宇都宮はすかさず顔の前で手を左右に振った。

「あたしのことは、千穂って呼んでください。宇都宮って言うと、どうしても餃子《ぎょうざ》を連想する人が多くって。別に嫌いじゃないんですよ！　好きですけど、毎回〝餃子の消費量が多いところ？〟って訊かれるんです。正直、それに答えるのが面倒で……」

肩を竦《すく》める宇都宮を見て、小鳥遊がぷっと噴き出した。

「オーケー。わかったよ。……鳴海の友達、面白いね」

友達？　わたしと千穂ちゃんが？　――と一瞬驚くものの、名字ではなく名前で呼び合っていれば、それはもう友達なのかもしれない。何故なら、宇都宮が優花に二回目の代返を頼んできた時、彼女の方から名前で呼んでほしいと親しげに言ってきたからだ。

宇都宮は、優花ともっと仲良くしたいと思ってくれているのだろう。そんな彼女の気持ちが嬉しくなって、優花の口元が自然と緩んだ。

「う、うん」

「それならさ、彼女も誘えば？　友達と一緒ならさ、鳴海も気が楽になるんじゃないかな？」

「えっ？　……何の話!?」

宇都宮が、優花と小鳥遊の話に割って入ってきた。すると、彼の目がついと彼女に向けられる。彼女を見る楽しげな目つきが、無性に優花の心をざわつかせた。

「鳴海にさ、俺と一緒に旅行サークルに入らないかって誘ってたんだ。良かったら君も一緒に入らない？　旅行に興味があれば……だけど」

「入りたい！　あたし、旅行が大好きなんです！　ねえ、優花……あたしと一緒に旅行サークルに入ろうよ。優花と一緒なら、絶対に楽しめると思う」

宇都宮が親しげに優花の腕を掴《つか》み、甘えるように引っ張った。

なのに、優花は上手く笑顔を作れなかった。せっかく友達になってくれた宇都宮とはこれからも仲良くしていきたいと思うのに、理由もわからないまま嫌な態度を取ってしまいそうになる。

それではダメだ！

優花は込み上げる感情を振り払い、なるべく自然に見えるように作り笑いを浮かべた。

「……千穂ちゃんがそう言ってくれるのなら、入ろう、かな」

「本当!?　やったー！」

宇都宮の喜びを目の当《ま》たりにしても、優花の胸の奥で渦巻《うずま》くもやもやした感覚は消えない。その意味を突き詰めようとした時、小鳥遊が身動きした。

優花が小鳥遊を見ると、彼は本当に嬉しそうに頰を緩ませていた。

「楽しみだね、鳴海」

「……うん」

小鳥遊と宇都宮は、優花と友達になってくれた。そんな二人と一緒に、優花は勇気を出して一歩前に踏み出したのだった。

それからの四年間は、本当に楽しかった。少しずつだが友達も増え、いろいろな話ができるまでになった。一人でいても、いつの間にか小鳥遊が傍《そば》へ来てくれ、そこに宇都宮が加わり、笑いの絶えない時間を過ごすことができた。

そして、卒業式まで残り一ヶ月となったある日。

優花はサークルの飲み会に参加した。仲間と楽しく過ごすのももう終わりだと思うと切なくて、いつもより飲み過ぎてしまった。優花が外で火照《ほて》った顔を冷ましていると、小鳥遊も居酒屋を出てきて自然と優花の隣に立った。

「鳴海……大学入学時とは比べ物にならないほど、明るくなったね」

「あまり自分ではわからないけど……、うん、やっぱり変わったのかな。だって、四年前にもう一度戻してあげようなんて言われたら、絶対に嫌って思うもの」

これまで小鳥遊と育《はぐく》んできた、いろいろな感情まで失うのは辛《つら》過ぎる。それほど彼と過ごした時間は、優花にとって大切なものとなっていた。

特に、小鳥遊から就職の悩みを打ち明けられた日のことは忘れられない。

あれは、大学二回生の夏。サークル活動で宮古島《みやこじま》へ行った時だった。優花が一人で夜の浜辺に座っていると、小鳥遊が隣に腰を下ろした。そして満天の星の下で、〝俺、ラジオのアナウンサーになりたいんだ〟と告白してくれたのだ。

『そんなの無理だって、鳴海は笑う？』

『どうして？　小鳥遊くんはわたしに笑ってほしいの？　違うよね？　……わたし、応援するよ。だって、小鳥遊くんにはやりたいって思う仕事があるんだもの。それに向かって頑張ってほしい』

『鳴海……』

『わたし、前を向いて頑張る小鳥遊くんをずっと応援していたい。ダメ、かな？』

膝を両腕でギュッと抱き、静かに横を向く。胡坐《あぐら》を組んで座る小鳥遊も、優花に顔を向けていた。

『ありがとう。俺、頑張ってみるよ。……鳴海にはずっとこの先も応援してもらいたいから』

その言葉に含まれる一つ一つに、何か特別な想いを込めて囁《ささや》いてくれた感じがして、優花はとても嬉しかったのだ。

優花は宮古島でのことを思い出しながら、その後見事にラジオ放送局の試験を勝ち抜いた、未来のアナウンサーを見上げる。

「小鳥遊くんは、四年前とあまり変わらないね」

「うん変わらない。変わったら困るよ。でも、俺の心の奥にある秘めた核は変化してる。小さく淡い色合いだったものが、徐々に色濃く染まり、今は……それがかなり大きくなってきてるんだ」

「何それ……。意味わからないよ」

情熱的に話す小鳥遊に、優花はわざとおちゃらける。でも優花の頬はアルコールで赤らんだ色とは違う、また別の感情で生まれた熱が広がり始めていた。自分の意思では抑えられない拍動音が、耳の傍で大きく響く。たまらず手を上げ、顔にかかる髪を耳にかけて意識をどこかへ持っていこうとした。でもそうする前に、小鳥遊の手が優花の頬に触れた。

「……髪の毛、食べてる」

「あ、ありがとう」

小鳥遊は、いつもと変わらない態度で優花に接しているだけ。なのに、彼の指が頬に触れただけで、血が沸騰したかのように躯《からだ》が熱くなっていった。

ああ、彼が好きでたまらない！

この四年間、ずっと秘めていた想いが爆発しそうになる。こんな自分を小鳥遊が好きになるはずがないとわかっている。だけど、卒業して離れてしまう前に、優花は自分の気持ちを彼に打ち明けたいと思うようになっていた。

「た、小鳥遊くん……」

「何？」

緊張で喉の奥が引き攣《つ》り、舌が上手く動かない。こんな状態で気持ちを告げると失敗しそうだが、いい雰囲気になっているこのチャンスを逃したくなかった。

勇気を持って恐る恐る顔を上げると、優花の言葉をじっと待つ小鳥遊と目が合う。そこに宿る温かな光に魅了され、優花は心持ち彼の方へ身を乗り出す。

「あのね……、わたし――」

「ああ、小鳥遊、ここにいたんだ！」

突如現れたのは、同じサークルに所属する佐野大地《さのだいち》だ。彼は小鳥遊と同じぐらい背が高く、精悍《せいかん》な顔をしている。彼が飲み会に出席するだけで、女子の集まる率が高くなると言われている。優花から見れば、佐野は少し男臭さが強い。苦手な部類の男子だが、その野生的な風貌《ふうぼう》が女子に人気があるのだろう。

「佐野、何？」

「あっ、店内で千穂が探してた。何か話があるみたい。行ってもらっても構わないか？」

「千穂が俺に？　いったい何の用事なのかな。わかったよ。じゃ、鳴海……またあとで」

「うん、また……」

手を上げて、小鳥遊を送り出す。優花は頬を火照《ほて》らせたまま店内へ戻るのはばかられたので、ある程度の熱を冷ましてから店内に戻った。

それ以降も小鳥遊に告白できず、時間だけが経っていった。

そして今日、卒業式を迎えた。でも、告白のチャンスはまだ残っている。

「卒業生、退場！」

執行部の合図で、卒業生が順番にホールを出ていく。優花が出るまで三十分以上かかったが、小鳥遊と数列しか離れていなかったため、外に出ればすぐに見つけられるだろう。

そう安易に考えていたのが間違いだった。ホールの外は、艶《あで》やかな袴《はかま》やスーツを着た卒業生が入り乱れていて、小鳥遊の姿を見つけられない。

「優花、写真撮ろうよ！」

「う、うん」

友達に誘われて、皆で写真を撮り合う。優花にとって、彼女たちと過ごした大学生活は宝物と言える。でもそれ以上に優花の心で輝いているのは、小鳥遊の存在だ。彼が最初に声をかけてくれなければ、自分のペースで前を向いていけばいいと背を押してくれなければ、今の優花は存在しなかった。

優花の大学生活に鮮《あざ》やかな色を添えてくれた小鳥遊に礼を言って、これまで胸に秘めてきた想いを伝えたい。

「ごめんね。わたし……ちょっと人を探してくる！」

優花は友達に謝ると、ホールの周辺に重点をおいて、小鳥遊を探した。だが、どこにも彼の姿は見当たらない。携帯で連絡を取ろうとしても、電源が入っていないというアナウンスが流れるのみ。

「小鳥遊くん……どこ？」

学部棟へ行ったのだろうか。それともカフェテリアで、友達とお茶でもしてる？

踵《きびす》を返したその刹那《せつな》、優花は誰かに力強く手首を掴《つか》まれた。

びっくりして振り返ったそこには、佐野がいた。

「そんなに慌ててどうした？　……もしかして、誰か探してるとか？　……千穂？」

「あっ、ううん。千穂ちゃんじゃなくて、小鳥遊くん」

「ああ、小鳥遊？　確か、カフェテリアの裏手にある中庭に向かって歩いてたけど」

カフェテリアの裏手？　どうしてそんな人気《ひとけ》のない場所へ？

「一人だった？」

「ああ。サークルの仲間たちと写真撮らないかと、声をかけようとしたんだ。でもあいつ、凄い真面目な顔をしててさ。……邪魔しちゃ悪いなと思って。鳴海、小鳥遊に用があるんだよな？　じゃあ、ついでに呼んできてくれよ。皆とホール前で待ってるから」

「わかった！　教えてくれてありがとね」

優花は佐野に手を振って、カフェテリアのある棟へ向かった。

そこにも卒業生がいて、友達同士で写真を撮ってはキャッキャと楽しそうに騒いでる。他の輪の中心には、照れる女性と嬉しそうに笑う男性がいた。どちらかが告白したのかもしれない。周囲の友人たちから「おめでとう！」と祝福を受けている。

素敵な光景に目を輝かせながら、優花は小振袖を揺らして走った。ただ履きなれない草履《ぞうり》のせいで、鼻緒に引っ掛かる親指と人差し指の付け根が痛くなる。

「……痛っ。ちょっと無理し過ぎたかな」

痛みのある部分に鼻緒を食い込ませないよう、踵《かかと》を少し後ろに引く。草履を引き摺《ず》って歩き、石畳を通って中庭を覗いた。佐野が言ったとおり、そこに小鳥遊がいた。

「たかな――」

優花は小鳥遊の名を呼ぼうとするが、途中で声が小さくなっていく。ぼかし刺繍《ししゅう》の入ったエンジ色の袴《はかま》に、色鮮やかな大輪の花が彩《いろど》る着物姿の宇都宮が、彼を仰ぎ見ていたからだ。

優花は思わず建物の陰に身を隠した。二人が醸《かも》し出す親密そうな雰囲気に、胸を締め付ける痛みに襲われる。優花はそこに手を置いて、苦痛を和《やわ》らげようとした。

ねえ、どうして二人でいるの？　何故こっそり会ってるの？　――声に出せない想いを心の中で呟《つぶや》く。

「……小鳥遊くんが好きなの」

ふいに、宇都宮の可愛らしい声音が、風に乗って優花の耳に届いた。木々の揺れる音で次に何を言ったのか聞き取れなくなるも、ほどなくしてまた彼女の声が聞こえ始めた。

「サークルに入った時から、あなたがずっと好きだった。あたしと付き合ってくれませんか？」

ミスキャンパスに選ばれた宇都宮が、小鳥遊をずっと好きだった⁉

「告白してくれてありがとう。でも――」

小鳥遊の落ち着いた声が聞こえる。優花はゆっくり身動きして、中庭にいる小鳥遊たちを覗き見た。

「まず、俺の気持ちを聞いてくれないか。千穂、俺も……好きなんだ。……四年間、ずっと見つめてきたんだよ。だからこのあと――」

瞬間、宇都宮が小鳥遊に抱きついた。彼女の気持ちを受け入れるように、彼の両腕が彼女の背に回される。

「ほん、とう……なのね？」

「ああ。俺の気持ちに嘘《うそ》偽りはないよ」

二人の顔は見えない。会話も途切れ途切れにしか聞き取れなかったが、それでも、お互いがずっと胸に秘めていた想いを通じ合わせたのは良くわかった。

優花は、ショックを隠し切れなかった。小鳥遊とは付き合ってはいないが、心のどこかで自分は彼にとって特別な女性だといつの間にか思い込んでいたせいだ。

小鳥遊はいつも優花の傍《そば》にいて、気にかけてくれて、皆の輪へ誘ってくれていたから……

でも、今わかった。あれは全部偽り。何もかも、宇都宮との距離を縮めるために小鳥遊がやっていたこと。

思えば、優花が宇都宮といると、不意に小鳥遊がやって来て、そのまま一緒にいるのが多かった。次第に優花そっちのけで話題に花を咲かせ、二人はとても楽しそうにしていた。時々優花にも話を振ってくれたが、彼女が彼の袖を引っ張れば、意識はすぐに宇都宮に戻る。何をするにしても、小鳥遊の眼差しは、宇都宮へと向けられていた。優花は上手く利用されてしまったのだ。

「わたし、何を浮かれてたのかな。バカみたい……」

込み上げてくる感情を抑え切れず、優花は涙を零《こぼ》した。

その後、優花は誰にも会わずに大学をあとにし、その足で携帯を解約した。就職が決まっていた会社も一身上の理由で辞退し、アパートを解約し、実家に戻った。

卒業式を境に、優花は小鳥遊を含めた大学時代の友達全員と連絡を絶ったのだった。

＊＊＊

「はい、オッケーです！　お疲れさまでした！」

音響スタッフの声に続き、ラジオブースから聞こえる小鳥遊の「ありがとうございました」という声で、優花は我に返った。

どうしよう！　大学時代を思い出していたせいで、まったくラジオの内容を確認していなかった。ここには昔を思い出すために来たのではないのに、いったい何をしているのだろう。

優花は、音響スタッフのもとへ慌てて駆け寄る。

「あの、今日収録した番組内容ですけど、データでいただけますか？」

「いいですよ。収録した音源データを送らせてもらおうとは思っていましたから。はい、どうぞ」

「ありがとうございます！」

音響スタッフから、収録データを移したＵＳＢメモリを受け取った。ホッとしつつ振り返ると、スタッフたちが機敏に動いているのが目に入った。

「えっ？　あの……」

「貸しスタジオなんで、時間内に出なきゃいけないんです。すみません、このあと、別番組の生放送があるので急いで移動しなければならなくて。三井さんには打ち合わせの時にお伝えしていたんですが……」

番組プロデューサーが、優花に申し訳なさそうに伝える。

「いえ、こちらこそ何もわからずにすみません！　次回は、きちんと勉強して参ります」

優花は恥ずかしく思いながらも、次の収録日には必ず挽回《ばんかい》すると決意した。

ふと我に返って周囲を見回すと、スタッフたちがコントロールルームの清掃を始めていた。優花も手伝うべきだと思ったが、何が触っていいものなのか、まったく見当がつかない。

おろおろしていると、ラジオブースから出てきた小鳥遊に名前を呼ばれた。

「何もしなくていいよ。機材類はスタッフが責任を持って片付けるから。それぞれ自分の仕事に誇りを持ってやってるんだ。鳴海もそれに慣れてって」

「あ、はい……」

優花は事務的に返事をした。先ほど鮮明に過去を思い出したため、まだ上手く心の整理ができない。

「鳴海、このあと……仕事の予定は？」

唇を強く引き結び、軽く俯《うつむ》いて顔を隠す優花に、小鳥遊が話しかける。

「……ありませんけど」

「だったら、再会の記念に飲みに行かない？」

飲みに？　……えっ？　それって、わたし、と？　――びっくりして、優花は小鳥遊を仰ぎ見た。彼は大学時代と変わらない態度で、優花に優しい目を向けている。

「いいよね？　積もる話もあるし」

「あ、あの――」

小鳥遊と二人きりになる覚悟はできていない。優花はどう言って断ればいいのかわからず、戸惑いも露《あらわ》に目を彷徨《さまよ》わせた。

「じゃ、俺、鳴海と旧交を温めて来ますね」

優花が口籠《くちご》もっていると、小鳥遊が宣言した。スタッフたちはそれを歓迎しているようで、早く行けとばかりに彼の背中を押す。

「ありがとうございます！　じゃ、お先に失礼します！」

元気良く挨拶《あいさつ》した小鳥遊は、優花に視線を戻し、あろうことか手を握ってきた。

「ほら、行くよ、鳴海」

小鳥遊に引っ張られて、優花はコントロールルームを出た。その後彼は何も言わず、長い廊下の先にあるエレベーターホールへ向かう。優花はそんな彼の背をこっそり見つめていたが、やがてその目線を自分の手を握る無骨な手に落とした。

たった一度だけ、その指でさりげなく頬に触れられたことがある。あの時の小鳥遊には、今のような大胆さはなかった。こういう振る舞いができるのは、彼がこの数年の間に大人になったという意味だ。

いろいろな女性と経験をして……

それに比べて、優花はまったく成長していない。社会人になって大人の階段を一段上り、初めて付き合った彼氏と肌を重ねもしたが、性格は当時とほとんど変わっていなかった。

だけど唐突に、優花の中にそう思われたくないという衝動が生まれた。小鳥遊の知る大学時代とは違う、魅力的な大人の女性になったと見られたい。

いつもの優花なら、異性に触れられれば咄嗟《とっさ》に手を引いていた。でも今回は、あえて自分から手に力を込めて小鳥遊の手を握り返す。すると、彼の背が目に見えてわかるほどビクッとなった。

「……鳴海とこうしていられるなんて、不思議な感じだね」

小鳥遊が肩越しに優花を振り返る。でもその顔には、先ほどまであった笑みはなかった。それどころか、初めて優花を見るかのような目つきをしている。

優花は小鳥遊に返事をしなかった。というか、口を開けられなかった。エレベーターの扉が開いて中へ促《うなが》されるなり、彼に握られた手を外されたからだ。

三

小鳥遊にまず先に夕食を取ろうと誘われたが、それは断った。この状態で、普通に彼と食事ができるはずがない。それほどアルコールに強くないが、その力を借りて躯《からだ》の強張《こわば》りをほぐさなければどうにもならないと思うほど、優花の緊張は高まっていた。

それならばと小鳥遊が連れて行ってくれたのは、横浜にあるシティホテルのスカイバーだった。

「ここなら軽食も頼めるからいいと思って。鳴海は大学時代よりも、お酒……強くなった？　それとも、昔と同じくらい？」

「……たくさんの量は飲めない。昔と同じぐらいかな」

「わかった。じゃ、俺が鳴海の分も頼んでいい？」

「あの、はい……お任せします」

小鳥遊はカウンターに座ると、バーテンダーに合図を送る。

「彼女にはハイライフ、俺にはベルベット・ハンマー。夕食を取っていないので、適当に何か食べるものを見繕《みつくろ》ってもらえないかな」

「はい。少々お待ちくださいませ」

バーへほとんど来たことがない優花は、物珍しさから、優雅な所作でシェイカーを振るバーテンダーを眺める。でもこのまま口を噤《つぐ》んでいるのも居心地が悪く、優花は小鳥遊を窺《うかが》った。

「……カクテルに詳しいのね」

「そうでもないよ。ただ……結構こういうシチュエーションを繰り返してきたかな」

それは、女性を頻繁にバーへ連れて行く機会があるという意味なのだろう。

大学を卒業して八年ともなれば、小鳥遊だっていろいろと経験してきたはずだ。それは彼の慣れた女性への扱いでわかっていたのに、こうして決定的な言葉を聞くと、優花の胸に苦いものが生まれてしまう。

「お待たせいたしました」

優花の前には白っぽい液体が入ったカクテルグラス、小鳥遊の前にはコーヒー色の液体が入ったカクテルグラスが置かれた。さらに、ピンチョスの盛り合わせが並べられる。小さく切られたパンの上に、クリームチーズとスモークサーモン、アボカドと生ハムとオリーブがのっている。お腹は空いていなかったのに、彩《いろど》りも鮮《あざ》やかなオードブルを見ていると、優花の口腔《こうこう》に唾があふれてきた。

「じゃ、まず再会を祝して……乾杯」

小鳥遊に促《うなが》され、優花はカクテルグラスを持ち上げた。グラス越しに、彼の強い眼差しが向けられる。それを直視できず、優花は視線を外した。

ここで、彼は、いない

「乾杯」

そう囁《ささや》き、小鳥遊とグラスを触れ合わせる。そして、逃げるようにグラスを口に運んだ。

カクテルを一口飲んだ瞬間、パイナップルのさっぱりとした風味が口の中に広がった。ついさっき小鳥遊と目を合わせないようにしたはずなのに、優花は思わず目を輝かせて彼を見てしまう。

「美味《おい》しい！」

そういう反応が返ってくるとわかっていたのか、小鳥遊は優花に顔を向けたまま目を細める。

「良かった、気に入ってくれたみたいで。ただアルコール度数は高いから、ゆっくり飲んで」

注意を受けるが、優花の飲むスピードは速くなる一方だ。美味しいのもあるが、緊張で舌が乾くせいで、自然と速度が上がってしまう。

グラスが空になると、小鳥遊が同じものをもう一杯頼んでくれた。

近況報告を兼ねて、たわいない話をしながらピンチョスを食べ、カクテルを一口、二口と飲む。

アルコールが程よく回ってきたのか、優花の中で張り詰めていた緊張の糸が緩まり始めた。少し気《け》怠《だる》くもあるが、寧《むし》ろそれが心地いい。

優花がうっとりと吐息を零《こぼ》した時、小鳥遊が手にしていたグラスをコースターに置いた。

「鳴海、……俺、鳴海にずっと訊きたいことがあったんだ」

「……何？」

「何故、卒業式を境に姿を消したんだ？」

不意をつかれて、優花の心臓が跳ね上がる。その件だけは触れられたくなかったのに、小鳥遊は無遠慮に優花の心に踏み込んできた。優花は目を逸《そ》らし、あの日の話はしたくないと暗に告げるが、彼は問答無用とばかりに優花に詰め寄る。

「サークルの仲間にも一言も告げず、掻き消えるように俺の前から消えたのはどうして？　鳴海との関係は一生のものになると思ってた。でもそれは、俺が一方的に感じていただけだった？」

一生のもの？　優花には、ほんの一欠片《ひとかけら》の想いさえ抱いていなかったのに？

強い光を瞳に宿す小鳥遊に、優花は〝嘘《うそ》吐《つ》き！〟と叫びたくなった。小鳥遊は宇都宮との距離を縮めるために、優花の心を利用した。それがショックだったので、すべての関係を絶って逃げたのだというのに。

でも優花は、その想いをぐっと胸の奥へ抑え込んだ。

「偶然なの。別に……小鳥遊くんの前から消えたわけじゃない。携帯も……壊れて、誰とも連絡が取れなかっただけ」

何もないと肩を竦《すく》める。だが、小鳥遊は優花の言い訳を信用せず、躯《からだ》を捻《ひね》って優花を凝視してきた。

「俺ね、この世界で頑張れば、絶対に俺の情報が鳴海の耳に入ると思っていた。もちろん望んで入った職場だから、鳴海のためだけに頑張ったわけじゃないけど……。でも、その考えが頭にあったのは事実だ。なのに、鳴海はずっと連絡をくれなかったね。こうして偶然に再会しなければ、今もまだ俺に連絡をしようとは思ってくれなかったんだろうな」

「……卒業してからもいろいろあって、昔を思い出す心の余裕なんてなかった。でもそれは、小鳥遊くんも同じでしょ？」

千穂ちゃんと付き合い始めたら、彼女が一番大事になって、わたしのことなんて思い出しもしなかったでしょ？　――優花はそう言いたい気持ちに、無理矢理蓋《ふた》をする。

「そうだな。鳴海の言うとおり、新しい出会いや付き合いが増えていったよ。だからといって鳴海を忘れたわけじゃない」

「わたしだって、同じよ。わたしの大学生活を色鮮《いろあざ》やかにしてくれた……小鳥遊くんを、そう簡単には忘れられなかった」

優花はカクテルグラスの細い脚を撫《な》でながら、小さくため息を吐いた。

小鳥遊に言ったとおり、彼がいなければ優花の大学生活は灰色の四年間になっていたに違いない。優花が大学生活を語る際には、必ず彼が登場する。

それぐらい、優花の心の深い部分に彼の存在が根付いている。だからこそ好きな人に利用されたのが悔しくて、悲しかった。

優花はカクテルグラスの細い脚に触れ、口元へ持っていく。

「鳴海……」

「何？」

「鳴海ってさ、今、特定の……その、彼氏はいる？　好きな人はいる？」

「……小鳥遊くんは？」

千穂ちゃんと今も続いているの？　それとも、もう結婚とか？　――そう思っただけで、優花の胸に痛みが走った。その痛みをアルコールで消したい一心で、残ったカクテルを一気に飲み干す。

「特定の相手はいないよ。俺は……ここ数年ずっと恋人はいない。駄目なんだ、誰と付き合っても、誰に好意を持たれても……昔みたいに、胸を熱く焦《こ》がせない」

小鳥遊の告白に驚き、優花は彼を見つめた。

それって、宇都宮とはもう関係がないという意味だろうか。小鳥遊が口にした〝昔みたいに〟という部分に引っ掛かりを覚えないわけではないが、彼の真摯《しんし》な眼差しに、だんだん優花の頑《かたく》なな心が柔らかくなっていく。

「わたしも、今は誰もいない……」

雰囲気に流されて、優花は自然と真実を吐露《とろ》する。すると、躊躇《ちゅうちょ》なく手を伸ばしてきた小鳥遊に手を握られた。

「鳴海、今夜は……俺の傍《そば》にずっといてくれないか。朝まで……」

「……えっ？」

最初、優花は小鳥遊の言葉を理解できなかった。だが、彼の指に手の甲をエロティックに撫《な》でられて、初めて誘われていると気付く。彼は、優花とベッドを共にしたいと伝えているのだ。

でも、小鳥遊が優花をほしがるはずはない。あの卒業式の日、小鳥遊の気持ちが自分にないということを、確信したのだから。

なのに、優花に触れる小鳥遊の手つきに、優花の躯《からだ》の芯は期待で疼《うず》き始めてしまう。心臓が激しく鼓動し、呼気《こき》も浅くなり、それは熱を帯びていく。

小鳥遊はどういう気持ちで優花を誘うのだろう。そこに、何か意図がある？

いろいろな考えに頭を悩ませつつも躯を熱くする優花の耳元に、小鳥遊が顔を寄せてきた。

「お互い、特定の人物に縛られているわけでもない。悲しませる相手もいない。誰かに気兼ねする必要もない。……そうだよね？」

「……うん」

「鳴海、俺はこの手を離したくない」

わたしだって、離したくない！——感情のまま出そうになった言葉を無理やり呑み込み、そっと顔を動かした。小鳥遊の情熱に燻《くすぶ》る双眸《そうぼう》を、これまでにないほどの至近距離で見つめる。

小鳥遊を目にすると、大学時代に抱いた彼への恋心と、それを利用されて傷つき、すべての関係を絶って逃げたあの日をどうしても思い出してしまう。

でも、わかってもいた。小鳥遊が宇都宮の気を引くために優花に話しかけていても、それを理由にして優花が彼に文句を言う筋合いはないことを。彼は、ただ好きな人に告白して両想いになっただけなのだ。

その小鳥遊が、優花を欲している。宇都宮にした愛の告白とは似ても似つかないが、彼は今の優花に女として興味を持ってくれている。

もしかしたら、スタジオを出る時に小鳥遊にいきなり手を繋《つな》がれても拒《こば》まず、大人の対応を取ったのが功を奏したのかもしれない。それで小鳥遊は、優花を女性として意識してくれたのだろう。

それでもいい、一夜だけでも構わない。何か小鳥遊に意図があったとしても、このチャンスを掴《つか》みたい。好きだった人の求めに応じたい！

優花は勇気を出して、小鳥遊と繋《つな》いでいた手に力を込めた。暗に、彼の誘いに乗ると伝える。

「鳴海……」

小鳥遊が、情熱的に優花の名を囁《ささや》く。その声音に心を躍《おど》らせながら、優花はゆっくり顔を上げた。

彼は、優花の手を持ち上げ、恥ずかしげもなく手の甲に唇を落とす。

「もう、待てない。俺は充分過ぎるほど——」

充分過ぎるほど、何？　——そう訊《たず》ねる前に、小鳥遊は背の高いスツールを降り、手を繋いだまま優花を引っ張る。

「行こう」

優花は、小鳥遊に〝どこへ？〟なんて訊く無粋な真似《まね》はしなかった。疎《うと》い優花にも、彼の心理はわかる。彼は今、後腐れなく情事に応じる、大人の女性を求めているのだ。

今夜だけ、小鳥遊くんの求める大人の女性を演じたい——そう強く願うのは、大学時代とは違って魅力的になったと、小鳥遊に思ってほしかったからかもしれない。

一度フロントへ戻って部屋を取ると、小鳥遊は優花と手を繋いでエレベーターに乗り込んだ。

女性を連れてホテルの部屋へ行く行為に慣れているのか、小鳥遊に焦りは見られない。それが逆に、優花を緊張させる。彼に握られている手が汗ばんでくるほどだ。湿り気を帯びた手のひらを拭《ぬぐ》いたくて、小鳥遊の手を離そうとするが、彼に逆に強く握られる。

エレベーターに乗っている間も降りてからも、小鳥遊は何も言わなかったが、歩くスピードを上げた。部屋の前に着くと、ドアを押し開ける。オレンジ色を放つ薄暗い間接照明が、ダブルベッドの部屋を神秘的に照らした。

あのベッドで、小鳥遊と大人の関係を結ぶ……

これから起こる行為を考えただけで、胸の高鳴りが激しくなる。生唾を呑み込んで落ち着こうとするが、鼓動はどんどん大きくなっていく。息も弾み、浅い呼吸しかできなくなってきた時、優花の後ろでオートロックのドアが閉まった。

小鳥遊は優花の手を引いて奥へと進み、ベッドの傍《そば》に来たところで優花を解放してくれた。

欲望剥《む》き出しで押し倒されなかったことにホッとしながら、優花は手にしていたバッグを脇のテーブルに置く。だが次に何をすればいいのかわからず、手持ち無沙汰を解消するために顔にかかる髪を耳にかけた。

刹那《せつな》、優花は背後から小鳥遊に抱きしめられ、彼の広い胸に引き寄せられた。彼の体温が薄いチュニック生地を通して、優花の素肌にまで浸透してくる。

小鳥遊は何も言わず優花の髪に頬を寄せ、そこに何度もキスを落とす。耳の近くで彼の吐息が聞こえるだけで、優花はざわざわと肌を這《は》う疼《うず》きに襲われる。それは下腹部の深奥にまで伝わり、じんわりと波紋を広げる熱へと変化した。

「……た、小鳥遊くん？」

アルコールが入っているせいか、それとも小鳥遊に女性として見られているこの状況に酔っているせいかはわからない。ただ、優花自身でさえこれまで聞いたことのない、甘く誘うような声が出た。

小鳥遊の手が腹部へ滑り降り、チュニックを捲《めく》り上げて優花の素肌に触れる。徐々にその手が上がり、肋骨《ろっこつ》を撫《な》でられた。その行為は止まらず、彼の指先がブラジャーをかすめる。

嘘《うそ》、もう!?

優花はハッと息を呑むと、咄嗟《とっさ》に小鳥遊の腕に触れ、肩越しに彼を振り返った。

「ま、待って。シャワーを……っんぅ」

小鳥遊が顔を傾け、優花の唇を塞ぐ。彼が飲んでいたベルベット・ハンマーの香りが口腔《こうこう》に広がっていく。ブランデーとコーヒーリキュールの味に酔わされそうで、たまらず息を継ぐ。しかしその隙を狙って、彼のぬるっとした舌が唇を割って口腔に滑り込んできた。何か危険なものに触れたのではと思うほどの甘美な電流に、躯《からだ》を焦《こ》がされる。彼の腕を掴《つか》む優花の手に、自然と力が入った。

小鳥遊のキスは、奥手な優花の心を躍《おど》らせるほどエロティックだった。淫《みだ》らに舌を使い、優花の唇をいやらしく舐《な》める。角度を変えては、深い口づけを要求された。

あんなに爽《さわ》やかだった大学時代の小鳥遊からは想像できないほど、彼の欲望に忠実な口づけに、優花の腰が砕けそうになる。

「……はぁう……んぅふぁ」

キスが深くなればなるほど、優花の四肢がじんじんし出し、煽《あお》られた熱で脳の奥が痺《しび》れたようになってくる。それはあらゆるところを刺激し、双脚の付け根にまで影響を与え始めた。キスだけでしっとりと濡れるなんて、初めてだ。

小鳥遊からもたらされるすべてに魅了されていたところで、優花は躯の向きを変えられ、彼と向かい合わせになった。顔を上げて彼を仰ぎ見る。すると彼は優花の背中に両腕を回し、背骨に沿って優しく上下に撫でながら唇を塞いだ。巧《たく》みに唇を動かし、歯を立て甘噛みし、濡れた舌で口腔を侵す。それだけで優花の躯は蕩《とろ》けそうになる。

咄嗟に、湧き起こる快感を意思の力で抑えようとするが、それは彼の望む大人の女性ではないと気付く。

実のところ、優花は性に大胆になれるほどの男性経験はない。初めて付き合った男性と何回か肌を重ねたことはあるが、その時の優花は受け身で、されるがままだった。

でも今夜だけは、小鳥遊に飽きられない大人の女性として振る舞いたい。

その一心で、優花は踵《かかと》を上げて背伸びし、自ら彼と深い口づけを求めた。

すると、小鳥遊が驚愕《きょうがく》したように息を呑み、唐突にキスを終わらせた。だが、優花の背に回した両腕の力は緩めず、再び顔を近づけてくる。優花の額《ひたい》に自分の額をこつんと触れさせ、甘い息をついた。

「今夜は、俺にさせて。鳴海は、俺がするすべてを受け入れてくれるだけでいい。そんな鳴海を俺だけに見せて……、俺に味わわせて」

「……うん。でもその前に、シャワーを――」

小鳥遊の逞《たくま》しい胸板に両手を置いて距離を取り、バスルームへ行きたいと意思表示するが、彼の優花を抱く力は変わらない。

「小鳥遊くん？」

「シャワーは浴びさせない。そのままの鳴海がほしいんだ」

「でも——」

「さっき、俺を受け入れてくれるって言ったのに。もう忘れた？」

「ううん。でもわたし……雨に濡れたし」

「それぐらい何？　俺、鳴海の匂いは嫌いじゃないよ」

優花の背に回されていた小鳥遊の手が上がり、二人の躯《からだ》がぴったり重なるぐらいに引き寄せられる。そして彼は、優花の下腹部に硬くなったものを押し付けてきた。

「わかる？」

「……っぁ」

大きく膨《ふく》らむ男性のシンボルでぐいっと擦《こす》られる。そうされればされるほど、深奥で燻《くすぶ》っていた火がじりじりと燃え上がり始めた。それはうねり、優花を包み込む勢いでどんどん広がっていく。

小鳥遊は優花を欲し、優花もまた彼を欲している。二人の気持ちがぴたりと一つになったのが嬉しくて、優花は顔を上げて、至近距離で目を合わせた。

「ああ、鳴海……」

優花の名を呼ぶ小鳥遊の声がかすれる。それが、彼の興奮を充分に示していた。湿り気を帯びた息が、キスで濡れた優花の唇や火照《ほて》る頬をかすめるだけで、くらくらする。

そっと目を閉じると、優花の背を抱いていた小鳥遊の手が後頭部に触れた。彼は優しい手つきで髪を梳《す》き、優花の喉元を露《あらわ》にする。

「……っんく」

小さな声が口をついて出た時、小鳥遊の唇が首筋の脈に触れる。舌で執拗《しつよう》に舐《な》め、吸い、耳へと移動させる。背筋を這《は》う強い快感に襲われ、優花はたまらず首を竦《すく》めた。

「鳴海、逃げないで」

「ち、違っ……そこ、……っぁ！」

小鳥遊の吐息が優花の耳朶《じだ》をなぶり、耳孔《じこう》に入り込む。それだけで、尾てい骨や下腹部奥が疼《うず》くほどの愉悦に襲われる。これまで、特に耳が弱いというわけではなかった。職場の仲間に耳元で話しかけられても、こんな風に反応したことは一度もないのに、彼にそこを攻められるだけで、自分でも驚くほどの甘い潮流に躯を攫《さら》われそうになる。

「もしかして、耳が弱い？」

小鳥遊が優花の耳元で囁《ささや》く。そうされると、またも「っん！」と甘い声が漏れてしまう。

「鳴海、可愛い……。もっと知りたい、俺の知らない鳴海を教えてよ」

「待って、あっ、……イヤぁ……」

耳孔をくすぐられながら息を吹きかけられ、優花は小鳥遊の腕の中で躯を縮こまらせた。ブラジャーに覆われた乳房が異様に重くなり、隠れている乳首が硬く尖《とが》る。欲情しているのが恥ずかしくて大腿《だいたい》を擦《す》り合わせるが、くちゅと音を立ててしまうのではないかと思うほど、蜜液がパンティに浸み込んでいた。

キスだけでこんなにも感じてしまうのも初めてだ。でも、躯《からだ》が小鳥遊を受け入れたくて準備を始める理由はなんとなくわかった。

想いを伝えられず恋い焦《こ》がれていた男性が、自分をほしがって躯を熱くさせている。それを嬉しく思わないわけがない。たった一夜の出来事になるとわかっていてもだ。

優花は小鳥遊の胸を押し、背の高い彼をベッドに腰掛けさせた。目を見開く彼を見下ろしながら、開いた両脚の間に移動し、彼の頬を手で覆う。

「……わたしにも教えて。わたしでさえ知らないわたしを、小鳥遊くんの手で暴《あば》いて」

こんなにも大胆に小鳥遊を誘うなんて、本当に自分らしくない。でも、今夜だけは別。彼の望む性に奔放《ほんぽう》な大人の女性になってみせる！

優花はおもむろに上体を倒し、小鳥遊の首に両腕を回した。でも彼を強く抱きしめず、キスもしない。ただ二人の息がまじり合う距離まで近づき、彼の目をじっと見つめる。

大学時代とは違う、わたしを見て——優花がそう願いを込めると、小鳥遊が眉間に皺《しわ》を刻ませて、乾いた笑い声を漏らした。

「俺、自信あったんだけど、やっぱり無理だ。鳴海と会えなかった時間を思うと凄く悔しくてたまらない」

優花は小鳥遊が何を言っているのかわからなかった。優花が小首を傾《かし》げると、彼が顎《あご》を突き出し、優花の唇を塞ぐ。

「ン……っんぅ！」

苦しくなって唇をかすかに開くと、優花の口腔《こうこう》に小鳥遊の舌が差し入れられた。巧《たく》みな舌の動きに応《こた》えなければと思うが、そこは経験が乏《とぼ》しく、大人の彼を掻き立てられない。ただ、キスを受け入れつつも、優花は彼への滾《たぎ》る想いを伝えたい一心で行動した。彼の襟足《えりあし》を優しく揉み、頭皮を指先で撫《な》で上げる。

「なる、み……っ！」

「……きゃ！」

優花の腕を掴《つか》んだ小鳥遊に引き寄せられ、ベッドへ押し倒された。彼は優花の大腿《だいたい》を両膝で挟み込んで馬乗りになると、上体を起こす。そして捲《めく》れたチュニックとキャミソールの裾を掴み、ゆっくりたくし上げ始めた。

優花は展翅《てんし》された蝶《ちょう》のように、両腕を頭の横に置いて手足の力を抜く。小鳥遊の目が、間接照明の下に浮かぶ素肌に向けられる。その視線は、繊細なレース仕立てのブラジャーから零《こぼ》れそうな乳房に落ちる。優花はこの光景を一生忘れないとばかりに、彼に見入った。

優花の躯を見ていた小鳥遊が、いきなり自分の指を口に含む。ちゅぷちゅぷと淫靡《いんび》な粘液音を立てて、優花を上目遣いで見つめてきた。

これから何をするのかという不安と、妙な期待に煽《あお》られ、優花の心臓が早鐘を打ち始めた。それは、どこまで強くの打つのかと思うほど迫《せ》り上がっていく。

かすかに唇を開いて空気を求めるが、浅くしか息を継げない。小鳥遊の目が、呼吸に合わせて上下する乳房に吸い寄せられる。その姿に、優花は興奮を抑えられなくなった。

すると、小鳥遊の目線が乳房を離れた。躯《からだ》を舐《な》めるように視線を這《は》わせ、そして優花の瞳を見つめた。

小鳥遊は優花から目を逸《そ》らさず、口に含んでいた指を抜いた。そこに照明が当たり、彼の唾液があやしく光る。

こんな風になるぐらい、めちゃくちゃに感じさせるから——そう意味深に伝えられている気がして、優花の下腹部奥が待ち望むみたいに戦慄《わなな》く。

「……ぁ」

小さな喘《あえ》ぎが零《こぼ》れたと同時に、小鳥遊が唾液にまみれた指を優花の肌に這わせた。ひんやりする感触に息を呑むが、すぐに火のような熱に取って代わる。じわじわと侵食するそれは、血管に乗って躯中を駆け巡っていく。

小鳥遊は触れるか触れないかのタッチで、優花の腹部に指を走らせた。まるでキャンパスに絵を描くような繊細な手つきに、優花の躯が痙攣《けいれん》して跳ねる。

「んっ……！」

躯だけでなく意識をも凌駕《りょうが》する、ジリジリと焦《こ》げるような疼《うず》き。あまりの心地よさに、優花の口から止《と》め処《ど》なく喘ぎ声が零れる。その間も小鳥遊の愛撫は止まらない。彼の指が、ブラジャーの下で硬く尖《とが》る乳首を探し当てると、執拗《しつよう》にそこを弄《いじ》った。爪で弾き、転がし、強く押す。

「つんぅ！」

優花は我慢できず、手の甲で口元を覆って淫《みだ》らな声を堪《こら》える。だが小鳥遊の愛戯《あいぎ》に、抑えるどころか、甘く誘う声が出てしまう。自分で自分を律することができないもどかしさに瞼《まぶた》を閉じた時、彼がブラジャーの紐《ひも》を肩口から滑り下ろして乳房を解放した。冷たい空気に晒《さら》されて、乳首がさらに硬くなるのがわかる。

恥ずかしさに口を塞ぐ手にさらに力を入れるが、小鳥遊に手首を掴《つか》まれてベッドに押し付けられた。

「駄目だよ。俺の前で声を殺すのは無しだ」

優花は漏れる声を隠せなくなり、恨めしげに彼を見上げる。

「そんな目をしても、俺は鳴海の気持ちを優先させないよ」

真剣な面持ちをしていた小鳥遊が、突然悪戯《いたずら》を楽しむ子どもみたいにふっと頬を緩める。でも優花を見るその瞳は、欲望で艶《つや》めいていた。彼が大人の魅力で、優花を翻弄《ほんろう》させるという強い意志が見え隠れしている。

「これ、持って」

小鳥遊が、優花の手にキャミソールとチュニックの裾を押し付けた。自ら服を上げて裸体を見せる行為に、優花の躯が羞恥《しゅうち》で火照《ほて》る。そんな優花を見つめながら、彼は薄手のジャケットを脱ぎ、その下の白いシャツも脱いだ。どこで躯を鍛えているのかと思うほど筋肉がつき、腹筋も割れている。見事な男らしい体躯《たいく》に、優花の口腔《こうこう》に生唾があふれてきた。

小鳥遊はチノパンのボタンを外し、ファスナーを下ろす。彼の下着に包まれた大切な部分が露《あらわ》になる。形までわかるほど、そこは大きく膨《ふく》れ上がっていた。早くほしいと訴える彼自身に、優花の躯が期待と不安で小刻みに震える。

「鳴海は、俺がほしい？」

その言葉にハッとした優花は、小鳥遊の昂《たかぶ》りから目を離し彼を仰ぎ見た。彼は優花の一挙一動を見守りつつ、再び指を口に含む。ちゅくっと音を立て引き抜くと、唾液で濡れる指で乳白色の乳房に触れた。

「ぁ……んんっ！」

小鳥遊の指が柔らかな山を辿り、ぷっくりと勃《た》つ乳首を捏《こ》ねくり回す。そこを弄《いじ》られるだけで、双脚の付け根が熱くなり、花弁が充血してぴくぴく波打っているのがわかるほどだ。しかもとろりと蜜があふれ、パンティを濡らしている。

欲望のままに奪ってほしいと思うのは優花だけだろうか。理性を持っていかれそうになるのに、彼がその壁を越えさせてくれない。小鳥遊は、ゆったりした愛撫を繰り返すのみだ。何も考えずに彼と躯《からだ》を重ねたいと強く思いながら、彼を見つめる。

「どうして、そんな……触り方をするの？」

「うん？　これ？」

小鳥遊は、胸の谷間に指を置き、真っすぐお臍《へそ》へと滑らせていく。

「……鳴海の躯に、俺の匂いをつけてる。鳴海の肌にこうやって顔を近づけたら――」

小鳥遊が優花の胸に顔を寄せ、初めて膨《ふく》らみにキスを落とす。ペロッと舌を出して吸い付き、乳首を口腔《こうこう》に含んだ。ビリビリした甘い電流に襲われる。

「つんぅ……んふぁ」

「うん……。これで鳴海からは、もう俺の匂いと鳴海の匂いしかしない」

優花の乳房に顔を埋《うず》めていた小鳥遊は、何度も鼻で乳房を撫《な》でる。さらに、優花が痛みを覚えるほど肌を吸う。そんなに強くされれば、キスマークがついてしまう。翌日まで、彼との思い出を引っ張りたくない優花は、咄嗟《とっさ》に彼の頭を押しやった。

「や、……ヤダ……」

「何故？　俺は止《や》めないよ。鳴海の躯に俺の匂いをつけたあと、次に進むべき道はもう決まってる。とろとろに蕩《とろ》ける鳴海を……俺がパクッと食べるだけ」

小鳥遊の言い方に、優花の顔が真っ赤になる。大人の女性のように振る舞って彼と愛し合いたいと思ったが、こんな言い方をされては落ち着いていられない。

「そんな、飢えた野獣みたいな言い方しないで――」

優花はベッドに肘《ひじ》をついて上体を少し起こす。だが、優花が逃げるとでも思ったのか、彼は上体をずらし、優花の肩を強く押さえて覆いかぶさった。

小鳥遊は自嘲気味に笑いながらも、獲物を狙う野獣の如《ごと》く優花を覗き込んできた。

「飢えた野獣？　鳴海は面白いこと言うね。……でも悔しいかな。それだけ男を知ってるってことが。そう、男は誰だって飢えた野獣なんだ。俺の前で悩ましげに裸体を晒《さら》す鳴海は、俺にとって最高の食事だ。わかっているよね？」

大学時代の優しい小鳥遊からは想像できないその言い方に、優花の心臓がドキンと高鳴る。彼に食べられてしまう恐怖か、それともこんなに強く求められる幸福に興奮を覚えているのかはわからない。でも、優花だけを見つめるその鋭い眼差しから目を逸《そ》らせない。

「……たか、なし……、っんぅ！」

小鳥遊が優花の唇を塞いだ。これまでの優しいキスとは違う、激しい彼の求めにくらくらする。幾《いく》らかスピードを落としたくて彼の肩を押し返そうとするが、それすら許してくれない。彼は問答無用で優花の唇を割り、舌を差し入れて巧《たく》みに動かし始めた。

「っん……っく、っぅ！」

濡れた舌先で口腔《こうこう》をまさぐっては、歯を立てて唇を甘噛みされる。そこに優しさは感じられないのに、優花を求める熱情が強く伝わってくる。

わたしたちはこれでいいのかもしれない――そんな思いが、優花の胸に渦巻《うずま》いた。そもそも二人は恋人同士ではない。もちろん優花は再会を経て、今もまだ小鳥遊を愛していると気付いたが、彼はそうではないのだ。

数年ぶりに再会できた喜びが小鳥遊を高揚させ、そこにアルコールが入ったことで、気分が高まった。彼は割り切っている。優花も深く考えず、彼に身を投げ出せばいい。

野獣のように求められても構わないと思った途端、優花は憑《つ》きものが落ちたみたいに気分が楽になった。燻《くすぶ》っていた下腹部奥の熱が、急激に大きく膨《ふく》れ上がって躰中《からだ》を駆け巡っていく。

「ン……っ、ぁん……ぅ！」

優花の喘《あえ》ぎは、執拗《しつよう》に唇を貪《むさぼ》る小鳥遊の口腔にすべて呑み込まれる。彼の積極的な求めに、優花も勇気を出して自ら応《こた》えた。

それに驚いたのか、小鳥遊の性急さが急に消える。彼は口づけを止め、優花を見下ろしてきた。

「お願い、服を脱がせて……」

小鳥遊を仰ぎ見て懇願する優花の声が、情熱的にかすれる。彼は優花の気持ちを読み取ろうとするかのように、まじまじと見つめてきた。直後、何を思ったのかふっと表情を和《なご》ませる。そこに、先ほど見せた焦りはもうない。代わって、大学時代に見慣れた彼がそこにいた。ただ、当時はなかったものがある。優花を女性として抱きたいと思う欲望だ。

「ああ、俺に全部見せて」

小鳥遊が上体を起こした。そんな彼に、優花は手を掴《つか》まれ引っ張り起こされる。彼はすぐに優花の服を剥《は》ぐ真似《まね》はせず、大腿《だいたい》を優しく擦《さす》りながらスカートの中に手を滑らせ、少しずつ裾を捲《めく》り上げていく。

おもむろに露《あらわ》になる、陽に焼けていない白い素肌と、秘所を隠すパンティ。

小鳥遊は目を輝かせてスカートから覗く秘められた部分を見ていたが、徐々に目線を上げて優花と目を合わせた。彼は上体を屈め、優花の頬と彼の頬が引っ付くぐらい顔を寄せる。

「凄い濡れてる……。いやらしく透けてるよ」

「……っぁ」

小鳥遊に耳元で囁《ささや》かれるだけで、自然と艶《なま》めかしい声が漏れる。直後、甘い疼《うず》きが背筋を這《は》い、優花の躯の芯がふにゃふにゃと蕩《とろ》けそうになった。それを必死に堪《こら》えて、彼の耳元に唇を寄せた。

「お願い、早く……」

小鳥遊にどう解釈されても構わない。彼が求める行為をすべて享受するという意味を込めて、優花は小鳥遊の躯《からだ》に手を伸ばした。大胆な行動を取っているとわかってはいるが、触らずにはいられない。先を望み、盛り上がった筋肉に、一つ、また一つと指を這《は》わせる。

「わかってる……。鳴海がすすり泣くまで、俺……攻めるから、覚悟して」

直後、小鳥遊が優花の耳殻《じかく》にキスをして、優花のスカートのファスナーを下ろした。優花の耳元にちゅくっと音を立て、舌で耳朶《じだ》を揺さぶり、首筋に熱い吐息を零《こぼ》す。

「あっ、……あ……っ」

小鳥遊の湿った息が肌をかすめ、優花は首を竦《すく》める。彼が首筋に鼻を擦《す》り付けるたび、優花の背が反《そ》り、自然と顎《あご》が上がっていく。頭から衣服を剥《は》ぎ取られ時だけ彼のキスは止まるが、優花のチュニック、キャミソールを一枚ずつ脱がしては間を置かず素肌に口づけする。そして彼は、優花の乳房を両手で包み込んだ。

「……っん……ぁ」

「どうしよう、俺の興奮が収まらない」

優花の乳房の重さと弾力を確かめては、そこを揉み、揺すり、硬く尖《とが》った先端の乳首を指の腹で捏《こ》ねてキュッと摘《つ》まむ。

「あ……っ、んぁ……！」

優花が喘《あえ》ぐ中、彼は乳房を持ち上げる。彼の指の隙間から充血してぷっくりした乳首が顔を覗かせると、彼の頬が緩んだ。そんな彼を見ているだけで、胸を締め付けるほどの愛しさが込み上げる。

優花は彼に手を伸ばそうとしたが、そうする前に彼の艶《つや》っぽい嘆息に肌が粟立《あわだ》ち動けなくなる。

「んっ、……やぁ……」

あまりの心地よさに我慢ができず、優花は小鳥遊の肩に額《ひたい》を乗せて寄りかかる。弾む呼気《こき》で彼の肌がしっとり湿り気を帯びるのも構わず、そこで喘いだ。

躯の中心で燃え出す熱が、水面《みなも》を走る波紋のように広がっていく。その快楽に身を漂わせていた時、小鳥遊が一気に攻めてきた。優花の腰を無理やり掴《つか》んだ彼に、膝立ちにさせられる。彼の肩に両手を置いて躯を支えると同時に、スカートが滑り落ちた。彼はそれを気にもせず、優花の素肌に息を吹きかけ、柔らかな乳房にむしゃぶりついた。柔肌《やわはだ》に歯を立てて舌を巧《たく》みに動かしては、舌先を硬くさせ、乳首を吸う。

「……うっ、……んっ、あっ、はぁ……」

小鳥遊の激しい求めに、快い《こころよ》陶酔《とうすい》が止《と》め処《ど》なく襲いかかる。さらに彼の手が胸から離れ、腰、お尻へと下がっていくと躯が震え、下腹部奥で熱がうねり出す。既に秘所が透けて見えるほど、蜜でパンティが浸潤《しんじゅん》しているのに、今もなお生まれた愛液が滴《したた》り落ちていく。少し動くだけで、くちゅと音を立ててしまうほどの粘液の量に、羞恥《しゅうち》が湧き起こる。

「あっ……ヤダっ……！」

小鳥遊の手がパンティの中へ滑り込み、指を引っ掛けてゆっくり下げ始めた。びしょ濡れの秘所が空気に触れ、ひんやりした感覚に躯が震える。きっと、そこはいやらしく糸を引いているに違いない。それを見られたくない一心で、優花は彼から躯を離そうとした。

「待って……」

だが遅かった。小鳥遊の手が前へ回り、優花の黒い茂みに指を絡めて、双脚の付け根に忍ばせる。くちゅといやらしい淫靡《いんび》な音を立てながら、媚襞《びひだ》に沿って撫《な》で始めた。

「つんぅ……んふぁ……ああっ！」

優花の腰が砕けそうになる。小鳥遊が支えてくれていなければきっとその場にへたり込んでいただろう。それほど優花は、強烈な疼《うず》きに見舞われていた。

「濡れてるのを目にした時から期待はしていたけど、まさかこれほどまでとは思わなかったよ。……鳴海、俺に触られて感じた？」

小鳥遊は淫液《いんえき》の助けを借りて、器用に指を動かす。隠れた花芯《かしん》に指の腹で軽く触れては、そこに小刻みの振動を送る。

「それ、……イヤッ！　あっ、あっ……」

「嘘吐《うそつ》き。鳴海のここ……嫌だなんて言ってないけど？　俺の指がほしいってひくついてる」

小鳥遊が心を蕩《とろ》けさせるような甘い響きで囁《ささや》き、感じ過ぎて涙目になる優花を仰ぎ見る。そして、広いベッドルームに響く優花の喘《あえ》ぎに負けないほど、淫靡な音を立てた。あふれ出る愛液を指に絡めては、充血して膨《ふく》らむ媚肉を執拗《しつよう》に弄《いじ》る。

「ああ……いいっ、……んぅ！」

優花は、小鳥遊の肩に爪を立てて躯《からだ》をしならせた。

「ほら、わかる？　俺を受け入れたいってぴくぴくしてる。我慢ができないって……。俺に触られて気持ちいい？　きちんと言ってくれないと、先に進めないけど？」

優花を煽《あお》る、小鳥遊の言葉責め。恥ずかしさでどうにかなりそうなのに、優花の躯が先を望み、自然と腰が揺れる。

小鳥遊が淫唇《いんしん》を左右に押し開き、狭い蜜蕾《みつつぼみ》に指を添えた。ほんの少しだけ挿入し、すぐに退《ひ》く。さらに緩急をつけて、指の第一関節ぐらいまで埋《うず》めては抜くといった行為を繰り返す。根気強く同じ動作をして、優花の躯に強い刺激を送り込む。

「鳴海？　……気持ちいい？」

優花は我慢がならなくなり、小さく頷く。だが小鳥遊は、そんな返事では満足できないと頭を振る。

「きちんと言葉にしてほしいな。……相手も俺と同じ気持ちだと、勘違いしたくないんだ」

小鳥遊は、彼の目の前で揺れるツンと勃《た》つ乳首に視線を落とし、そこに息を吹きかけては、舌で舐《な》める。

小鳥遊の愛撫を受け続けた優花の躯は、もう我慢ができなくなっていた。彼の指を奥まで迎え入れたくて、腰を落とそうとした。でも優花がそうすると、彼は指を抜き、別の狂熱を与えてくる。

「ほら、鳴海……、言って。ここ、気持ちいい？」

言葉にするのは、恥ずかしい。けれどもその思いを頭の隅《すみ》に追いやり、小鳥遊の肩に触れていた手を滑らせて彼の頭を胸に掻き抱く。

「うん、とても……気持ちいい。だから、お願い……早く小鳥遊くんがほしい――」

「鳴海！」

切羽詰《せっぱつ》まった声を上げるなり、小鳥遊がベッドに押し倒してきた。彼は優花の足に絡まるスカートとパンティを取り去り、双脚の間に身を置く。直後、優花の大腿《だいたい》は、彼の手で左右に大きく押し開かれた。

秘められた淫襞《いんひだ》がぱっくり割れ、秘所が露《あらわ》になる。小鳥遊は魅了されたように、キラキラする目でそこを見つめた。

優花の花蜜でいやらしく濡れそぼるそこは、間接照明が当たって光っているに違いない。恥ずかしくて顔を隠そうとした時、小鳥遊のチノパンがズレ落ちた。優花の目は、大きく膨《ふく》らんだ股間に吸い寄せられる。ボクサーパンツには薄《うっす》らと染みができていた。

早く優花がほしい！　――そう伝える彼の変化に、優花の躯《からだ》が過剰に反応し始めた。

「……凄い、いやらしく動いてるよ、鳴海」

小鳥遊の声が、情熱的にかすれる。彼はちらっと上目遣いをし、優花に欲望の目を向けた。

「たかな……っぁ！」

小鳥遊の名を囁《ささや》くと同時に、彼が優花の花蕾《はなつぼみ》に指を挿入してきた。あふれるほどの蜜で滑り、彼の指がすんなり奥へと埋《うず》められる。彼はリズミカルに腕を動かし、指の抽送《ちゅうそう》を繰り返す。愛液の量が多過ぎるのか、彼の指が奥へと埋められるたび、ぐちゅぐちゅと淫靡《いんび》な音が立った。敏感な内壁を擦《こす》られ、心地いい疼痛《とうつう》に躯が痙攣《けいれん》したように慄《おのの》く。

「……んぅ……っふぁ……」

「うん？　ちょっと狭い？　……鳴海、緊張してる？」

優花は慌てて頭を振り、そんなことは訊かないでと目で訴える。

優花がこれまで付き合った男性はたった一人。しかもその彼と別れて以降、今までずっと彼氏はいない。男性に興味すら持たれず、何年も一人で寂しく過ごしてきたなんて小鳥遊に知られたら、きっと彼の欲は萎《な》えてしまう。

女性として魅力のない鳴海とはちょっと――と小鳥遊に拒《こば》まれて、せっかくのチャンスを失う振る舞いだけは絶対に避けたかった。

「俺に嘘《うそ》は吐《つ》かないでほしいけど、そんな風に縋《すが》る目を向けられたら、何も訊けないよ」

小鳥遊は口元をほころばせつつ、念入りに狭い蕾を広げようと指の本数を増やす。敏感な皮膚を引き伸ばされて、かすかな痛みと圧迫感を覚える。蜜口が勝手に小鳥遊の指をギュッと締め付けるが、その収縮を押し返しながら、彼はいとも簡単に奥を抉《えぐ》った。

「んっ！」

小鳥遊が執拗《しつよう》にそこを指でほぐしていく。次第に硬かった筋肉が柔らかくなり、彼の指がスムーズに挿入されるまでになった。セックスを連想させる動きに、優花の口から悩ましげな声が零《こぼ》れ落ちる。

「あっ、あっ……っんぁ、は……っ」

「いい声で啼《な》くね……。癖《くせ》になりそうだ」

余裕のあるその話し方が、より一層優花を煽《あお》る。うっとりと吐息を零すと、彼が指を曲げたり回転させたりし始めた。敏感な蜜壁《みつへき》を擦られ、痛みとは違う鋭い快感に貫かれる。

「ここ？　鳴海の感じるところって」

小鳥遊に同じ箇所を強く攻められ、蜜液を掻き出すように指を曲げられる。たったそれだけで、触れられたそこかしこに新しい熱が生まれ、これ以上ない快楽に包み込まれていく。

「あっ、……イヤ……っ、んぁ……ああ……っ！」

小鳥遊を誘う甘い声が漏れる。優花はたまらず口を手の甲で覆うが、すぐに彼に腕を掴《つか》まれた。

「それ、駄目って言ったよね？　……俺が鳴海を抱く間は、喘《あえ》ぎも、悦《よろこ》びで流す涙も、すべて俺のものなんだから」

小鳥遊が優花に手を伸ばし、目尻に滲《にじ》む涙を指で拭《ぬぐ》う。彼の男の色気にくらくらし、優花は耐えかねて目を閉じる。すると、彼が優花の膣内に埋《うず》めていた指を引き抜いた。

「……っぁ、お願い」

優花の口から懇願が漏れる。それを耳にした小鳥遊が頬を緩めた。

「少し待ってて……」

小鳥遊がチノパンの後ろポケットに手を入れ、小さな包みを取り出す。唇に挟むと、チノパンとボクサーパンツを一気に引き下げ、乱暴に脱ぎ捨てた。

抑え付けられていた生地から解放され、黒い茂みから頭をもたげる、硬く滾《たぎ》る男性自身。充血して膨《ふく》らんだ切っ先は、濡れて光っていた。彼は膝立ちをしたまま軽く腰を突き出し、取り出したコンドームを装着する。彼が触れてもそれは力強くしなり、頭を垂れない。早く優花と一つになりたいと漲《みなぎ》っている。

これから本当に小鳥遊に抱かれるのかと思うと、やや落ち着いていた拍動音が、速いリズムを刻み始めた。その音は、まるで耳の傍《そば》で太鼓を打ち鳴らされているみたいに、大きく鳴り響く。

「鳴海……」

情熱に駆られた声音で優花の名を呼び、欲望を秘めた双眸《そうぼう》で見つめてくる小鳥遊。優花は湧き起こる熱情を瞳に宿して、こちらへ近づく彼を双脚の間に迎え入れた。

「この瞬間を、どれだけ待ち続けたか！」

わたしも！　——そう言えない代わりに、優花はベッドのシーツを握り締めた。高まる快感を抑えようとするが、そうすればするほど躯《からだ》が燃え上がり、頭の中は彼と結ばれることしか考えられなくなっていく。

優花の鼓動が速さを増して呼気《こき》が浅くなる。そんな優花に対し、小鳥遊は意外と落ち着いていた。堂々とした態度で優花に触れる彼に、大腿《だいたい》を左右に押し広げられる。

「……あ」

淫液《いんえき》にまみれた花弁がぱっくり割れ、小鳥遊を迎え入れたいと蠢《うごめ》く。彼はそそり勃《た》つ自身に手を沿え、膨れた切っ先で媚肉の縦筋に沿って優しく弄《いじ》る。

「んっ……う、あ……っ！」

淫唇《いんしん》がまるでキスをねだるように、小鳥遊の充血した先端を求めぴくぴくする。優花は恥ずかしくて顔を背《そむ》けるが、顔を隠すなとばかりに彼が優花の膝の裏を強く押した。腰が持ち上がる苦しい体勢で、彼を見上げる。

「そう……俺を見て。鳴海を抱こうとしているのが誰なのか、その綺麗な目に焼きつけて」

「あっ、あっ……、小鳥遊くんっ！」

いつ挿入されるのかわからない期待感に耐え切れず、優花が名を呼ぶと、彼のものが花蕾《はなつぼみ》に触れた。ぬちゅっと淫靡《いんび》な音を立てて、柔らかくなった蜜口が押し広げられる。

「ああ……っ、はぁ……んぅ、んんっ！」

小鳥遊は一度昂《たかぶ》りを抜き、再び狭い蜜壷《みつつぼ》の奥へと自身を挿入した。あふれる愛液の量が多いせいで滑りが良く、彼の太い硬茎《こうけい》がすっぽり埋められる。

「鳴海……っ、ああ……」

小鳥遊は目を閉じて、歓喜の声を上げた。彼はしばらく恍惚感《こうこつかん》に浸《ひた》っていたが、目を開けると優花の膝の裏に腕を引っ掛け、前屈《まえかが》みになってベッドに手をついた。

「俺のものが、やっと鳴海の温もりに包まれたよ。ああ、最高だ！」

小鳥遊は最初こそゆったりした拍子を刻んでいたが、そのスピードを徐々に速めていく。滑《なめ》らかに挿入される彼のものを抜かれ、埋められ、奥まで抉《えぐ》られるたび、じわじわと侵食する熱に煽《あお》られる。優花はたまらず仰《の》け反《ぞ》った。

「凄い……、鳴海のここが、俺を強く締め付けてくる。わかる？」

小鳥遊が一度動きを止める。すると優花の膣が、彼のものをギュッと締め上げ、奥へと誘う。そのいやらしい動きが、優花にもわかった。

「ほら、俺がもっとほしいって反応してる。俺を咥《くわ》えて離さない。鳴海って、こんなにもエッチだったんだ」

「っんぁ、ああ……、そんなこと、言わないで……」

　優花は涙目で、言葉責めを繰り返す小鳥遊を見つめた。

「でもエッチでなければ、こんなに感じないだろ？　ここか――」

「あっ、イヤ……そこっ、っんぅ！」

　小鳥遊が腰で円を描いては律動し、優花の敏感なところを執拗《しつよう》に攻める。太い熱棒で穿《うが》たれているせいで、甘い疼《うず》きが絶え間なく潮流の如《ごと》く押し寄せてくる。

「ダメ……っぁ、そんな……嘘《うそ》っ、ああ……っ」

　我が身を襲う刺激に、優花の躯《からだ》は悲鳴を上げる。一度前戯で達していれば、それはまた違ったかもしれない。でも、凄まじい悦《よろこ》びに抗《あらが》えなかったのだ。引いては寄せ、次は大きな波となって襲いかかる強い流れに翻弄《ほんろう》され、自然と涙があふれてくるのを止められない。優花は小鳥遊がもたらす潮流にしか、集中できなくなっていた。

　早く、その向こう側にある快楽へわたしを連れ去って！　――そう願うのに、小鳥遊は優花が飛びそうになる頃合いを見計らってはピタッと動きを止める。

　一般のカップルが、どれぐらいの時間をかけてセックスを楽しむのかは知らない。だが、悦びを引き伸ばしてはさらに強いものを得ようとする小鳥遊の行為こそ、大人の楽しみ方なのだろう。でも、これ以上は彼に付き合えない。もう無理だった。

「イヤ……、小鳥遊くん！」

名を呼ぶと、彼に引っ張り起こされた。

「うっ……ぁ」

優花は、膣内に肉棒を埋《うず》めた状態で、小鳥遊と対面座位になる。深い繋《つな》がりに、苦しくなり、優花は彼の首に両腕を回して抱きついた。

「うん……、こうして鳴海に抱かれるのがいいな」

優花の頬を舌でぺろりと舐《な》めると、小鳥遊が優花を下から突き上げた。ギシギシと聞こえるスプリング音に合わせて乳房が揺れ、尖《とが》った乳首が小鳥遊の逞《たくま》しい胸板に擦《こす》れる。その感触にまた別の甘い電流が走った。もう無理だと思うのに、めくるめく愉悦に呑み込まれていく。

「あっ、あっ……っん……ぁ」

「どんな感じ？　鳴海の躯《からだ》……どんな風に感じてる？」

「わか……ってる、くせに！」

優花が切なく漏らす声に、小鳥遊がくすっと笑みを零《こぼ》す。

「うん。でも鳴海の口から聞きたい。俺に教えてよ。俺のもの、いい？」

「気持ちいい……っぁ、こんなの……、っぅ、はぁ、はじ……めてっ……あっ、ヤダ！」

これまでにないほど、小鳥遊のものが大きく漲《みなぎ》った。敏感な膣壁が引き伸ばされると、脳天へと突き抜ける疼痛《とうつう》に襲われる。優花は、顎《あご》を上げて背を反《そ》らした。

「どうしよう……、その一言に、俺がどんなに――」

小鳥遊が言葉を詰まらせる。直後、彼は唐突に優花の唇を塞いだ。濡れた舌を滑り込ませ、くちゅくちゅと音を立てて優花の舌を貪《むさぼ》る。

「つんぅ……ん、はぁ……ぅ」

それは不意に胸の奥に湧き起こった。何故そう感じたのか、はっきりしない。ただ二人の想いがぴたりと重なった気がして、快感とは別の悦《よろこ》びに満たされる。

この一瞬をわたしの宝物に！　――と願いながら小鳥遊をきつく抱きしめ、優花を食べ尽くす勢いで求めてくる彼の口づけを受け止めた。

小鳥遊の早鐘を打つ心音が、重ねた肌を通して優花に伝わってくる。その音と協奏するように、埋められた彼自身も激しく脈打った。

「どうしてほしい？　鳴海はこの次……俺にどんな風に抱いてもらいたい？」

「感じさせて……。小鳥遊くんにめちゃくちゃにしてほしい」

唇をかすかに触れ合わせて、かすれ声で懇願すると、小鳥遊が再び優花をベッドに押し倒してのしかかってきた。肌をぴったり合わせるほど距離を縮め、優花の頬に唇を這《は》わせる。

「俺の腰に脚を絡めて。鳴海を感じさせてあげる」

小鳥遊が情熱的な声で囁《ささや》くと、腰を滑《なめ》らかに動かして律動のスピードを速めた。角度を増した彼のものが奥を抉《えぐ》り、退《ひ》き、今まで触れられなかった敏感な蜜壁《みつへき》を擦り上げる。

「あっ、あっ……すご、い……っんぅ！」

優花は小鳥遊の腰に両脚を絡め、助けを求めて背に両腕を回す。結合が深まり、優花は彼の肩に息を落とす。

部屋に響くのは、小鳥遊の怒張を受け入れるたびにじゅぷじゅぷと立てられる淫靡《いんび》な音と、ベッドのスプリング音、そして二人の喘《あえ》ぎのみ。甘くてねっとりした空間に包まれて、優花は自ら快楽の潮流に呑み込まれていった。

「あっ……っんぅ、はぁ！」

小鳥遊に総身を揺すられて、優花の躯《からだ》は松明《たいまつ》さながらに燃え上がっていく。その熱は渦《うず》を巻き、優花の躯と意識を丸呑みにしようと蠢《うごめ》き出す。

「ンっ！　あ……っ、はぁ……ダメ、もうイク……！」

粘液で滑る温かな鞘《さや》に、寸分違わず埋められる小鳥遊の硬くて太い剣。もう二度とそれを感じられない、彼に抱かれる日は永遠に来ない。それを意識した途端、彼を逃がさないとばかりに自然と蜜蕾《みつつぼみ》がギュッと締まる。

「ああ、鳴海……なる、みっ……！」

小鳥遊は優花に強く昂《たかぶ》りをしごかれても、抽送《ちゅうそう》のリズムを崩さない。それどころかさらに速さを増し、優花を攻め立てる。

「あ……う、ふ……ぁ、はぁ……！」

小鳥遊に煽《あお》られた熱が四方八方に広がり、耳孔《じこう》の奥にまで到達する。そのせいで膜が張ったみたいに耳鳴りがし出した。気が遠のきそうな高揚感からわかるのは、限界が近づいているということ。痛いほどの快感に、優花はすすり泣きに似た淫《みだ》らな声を上げる。

小鳥遊を包み込む媚肉の収縮で、もう解放を求めているとわかっているはずなのに、彼は回転を加えたり、角度を変えたりして、硬く漲《みなぎ》るものを突き込む。

「あぁぁ……もう、イ……クッ……ぁんっ、たかな……し――」

「俺の名を呼んで……小鳥遊ではなく、俺の名を」

「あっ、あっ……っんぅ……あ、彬くん！」

我が身を襲う情火に身悶《みもだ》えつつも、優花は小鳥遊の名を切なく呼んだ。大学時代、ずっと彼を下の名前で呼びたかった。その念願が今やっと叶ったと思うと、涙が零《こぼ》れ落ちていく。

「ああ、俺の……優花！」

小鳥遊が、初めて優花の名を叫ぶ。びっくりして息を呑んだ時、彼が二人が繋《つな》がる秘所に手を伸ばし、ぷっくり膨《ふく》らんだ花芯《かしん》を指の腹で強く捏《こ》ね上げた。

「きゃあっ……!!」

刹那《せつな》、優花の躯の中で蓄積していた熱が一気に弾けた。小鳥遊の背に爪を立て、蜜壷《みつつぼ》を穿《うが》つ彼自身をきつくしごいて天高く飛翔した。瞼《まぶた》の裏に眩《まばゆ》い閃光《せんこう》が走り、躯は血が沸騰したかのような高熱に包まれる。四肢がぶるぶる震えるほどの狂熱な嵐が、脳天へと駆け抜けていった。

喘ぎ過ぎて喉が痛い。だが、その痛みを打ち消すほどの気怠《けだる》い感覚に包まれる。優花はそれを享受して躯の力を抜くと、ベッドに深く沈み込んだ。

「優花っ！」

小鳥遊が、絶頂に達した優花を追って腰を強く突き出す。そして、数回躯を痙攣《けいれん》させて膣奥で精を迸《ほとばし》らせた。

小鳥遊はしばらく同じ姿勢で優花を抱きしめていたが、ゆっくり脱力し、収縮をする膣内からまだ芯を失わない自身を抜いた。

「……ぁ」

ずるりと引き抜かれる感触に、優花は〝まだ離れないで！〟と小鳥遊に縋《すが》りつきたい衝動に駆られる。でも、そうはしなかった。

甘い夢、淫《みだ》らな一夜は終わったのだ……

優花は小鳥遊がコンドームの処理をするのを横目で見て、小さく息をついて瞼《まぶた》を閉じた。

これから小鳥遊はベッドを降り、シャワーを浴びに行くに違いない。彼が汗を流して戻ってきたら、次は優花がバスルームを借り、着替えをすませたら何も言わずに部屋を出ていこう。

今夜の出来事は、割り切った大人の関係だと充分に理解している。後腐れない情事を受け入れたのは、優花自身。これで恋人になったと勘違いするほどバカじゃない。鬱陶《うっとう》しい同窓生、という日で見られないためにも、彼の望む大人の女性を演じて颯爽《さっそう》と部屋を去らなくては。

優花は自分の取る行動を頭の中でイメージして、柔らかな枕に顔を埋《うず》めた。

久しぶりのセックス、しかも一度も経験したことのない甘美な経験をしたためか、躯《からだ》中の筋肉が怠《だる》く、指を動かすのも億劫《おっくう》なほど疲れていた。

小鳥遊くんがバスルームを使う、その間だけ——そう思って力を抜いた優花は、静かに意識の手綱を緩めた。

それからどれぐらい経ったのだろう。

糊《のり》の利《き》いたシーツの肌触りにうっとりした時、何かが優花の頬に触れた。

「うっ……ん」

深く沈んでいた意識が、少しずつ覚醒していく。優花は重たい瞼を動かし、何度も閉じそうになる目を押し開いた。部屋を照らすオレンジ色の灯《あか》りに、一瞬ここがどこかわからなくなる。だが、間近にある小鳥遊の顔に焦点が合うと、瞬《またた》く間に記憶が甦《よみがえ》った。

優花はハッと息を呑み、枕に頭を乗せて優花を眺めている小鳥遊を見返した。

「良く眠ってたね。疲れた？」

「あ、あの……ごめんなさい！」

小鳥遊がベッドを降りたことにも気付かず、優花は眠ってしまったのだ。

優花は動揺を隠せないままベッドに手をつき、上体を起こす。だが自分が裸体だと気付き、さっと上掛けを引っ張って躯を隠した。

あれほど大人の女性を意識して、綺麗に立ち去ろうと決めていたのに！

羞恥《しゅうち》で頬が火照《ほて》るのを感じつつも、優花はそっと小鳥遊を窺《うかが》う。面倒臭いと言いたげな態度を取られても仕方ないと覚悟するが、意外にも彼は真面目な顔をしていた。肘《ひじ》で体重を支えながら上体を起こし、優花をじっと見つめている。鍛えられた上半身を目にしてどぎまぎしてしまうが、そこは必死に耐えて彼を見返した。

「どうして謝るのかな。俺は嬉しいんだけど？　俺に気を許してくれたってことだろ？」

小鳥遊が何を言いたいのかわからない。優花が寝てしまっても、特に気分を害さなかったと解釈していいのだろうか。

優花はさりげなく目を逸《そ》らした。すべてを見られるのは恥ずかしいが、いつまでベッドにいるのかと問われる方が怖い。優花は彼に背を向けて、ベッドから足を下ろす。

「長居してごめんなさい。わたし、帰る用意を――」

立ち上がろうとしたその時、いきなり手首を掴《つか》まれた。

「優花！　……俺とのセックス、不快だった？　俺、満足させられなかった？」

「まさか！」

優花は上掛けで胸を隠すと肩越しに振り返り、彼に小さく首を横に振る。

「そんなことない。それは小鳥遊くんが、一番わかってるくせに……」

「小鳥遊……か」

小鳥遊が目を伏せ、呆れたように呟《つぶや》く。だが間隔を置かずに顔を上げ、鋭い眼差しで優花を射抜いた。

「うん。だからそうやって背を向けられる理由がわからなくて。鳴海、俺たちの相性って悪くなかったよな？」

「……うん」

「それなら、この関係……続けないか？」

「えっ？」

小鳥遊の言葉を理解できなかった優花は、思わず訊き返す。でも彼は、何も答えない。優花の様子を探るように、手首の内側を優しく愛撫する。

「あ、あの――」

「これで終わりたくない。このまま鳴海を離したくないんだ。俺と……また一緒に過ごしてほしい。俺が嫌いじゃないなら、受け入れてくれないか」

小鳥遊が、優花との関係を続けたい？　優花に女性として魅力があると認めてくれた⁉

でもそこに恋人にしたいという思いはない。それが優花の心に影を落とす。涙ぐみそうになり、優花は咄嗟《とっさ》に俯《うつむ》いた。

どうせなら、小鳥遊の〝付き合ってほしい〟という告白を聞きたかった。躯《からだ》だけでなく、心を欲してもらいたかった。でも、それを望めないのはわかっている。一回だけでいいから好きな人と結ばれたいと優花が望んだが故に、彼に簡単に手に入る女と思われたのだ。

「鳴海、この関係を今夜で終わらせるのは嫌だ」

小鳥遊が、優花の手首の内側で脈打つ部分を優しく撫《な》でる。そうすることで、彼は言葉だけでなく、態度でも示していた。

小鳥遊に酷《ひど》い扱いをされていると、充分にわかっている。でも、彼が差し出すその手を振り払う勇気を、優花は持ち合わせていなかった。そこに愛情はないとしても、恋い焦《こ》がれている相手に女性として欲されている。それを拒《こば》めるはずがない。

優花は胸をドキドキさせながら、返事を待つ小鳥遊を見つめ返した。

「小鳥遊くんがそう望むなら……」

そう応じた瞬間、小鳥遊の顔がみるみる明るくなる。

「鳴海――」

かすれた声で優花の名を呼び、小鳥遊は顔を寄せてきた。二人の距離が縮まる。

「ありがとう。絶対に後悔させないから……」

小鳥遊は、軽く開いた優花の唇に視線を落とし、誓うように口づけた。そのキスに心を揺さぶれた優花の躯《からだ》が、ふにゃふにゃと蕩《とろ》けそうになる。それを意思の力で押し留めて、胸元を隠す上掛けを強く握り締めた。

この判断が正しかったと言える未来が訪れるのかどうかはわからない。だが、そう思える日がいつか来てくれたらと願いながら、優花は瞼《まぶた》を閉じた。そして顎《あご》を上げ、小鳥遊の口づけを深く受け止めた。

## 四

小鳥遊と大人の関係を持ち、それを継続させると決めてから四日目。彼の執拗《しつよう》な口づけで素肌に咲いた赤い花も、ようやく消えてきた。その間、優花は彼と一度も会っていない。彼が本職のラジオのパーソナリティや、別の仕事で忙しいためだ。

だからといって、小鳥遊に避けられているわけではない。まるで付き合い始めの恋人の如《ごと》く、彼はこまめに電話やメールをくれる。大学時代、いつも肩を寄せたわいもない話をしていた、あの楽しい日々が戻ってきたようだ。

でも小鳥遊は、優花に躯の関係しか望んでいないはず。なのに、どうしてここまで気を配るのだろう。優花は、彼と擬似恋愛ができる幸せに心を躍《おど》らせる反面、違和感も抱いていた。

優花は小さく嘆息して、会社のドアを開ける。

「おはようござ、い……ます」

全社員の興味津々な目が、一斉に優花に注《そそ》がれる。何故そんな風に見られるのかわからず、優花の足が自然に止まった。

週明けに出社した昨日、実は優花は主任と一悶着《ひともんちゃく》を起こしていた。小鳥遊と再会したラジオ番組について、パーソナリティの変更が知らされていなかったと優花が文句を言ったためだ。結局のところ、伝達の不備ということで、話は終わった。

その時の優花の剣幕が、いつもと違っていたに違いない。その日は誰も優花に近づこうとしなかった。にもかかわらず、一日経っただけで皆の態度が一変している。

「あの、皆さん……どうされたんです？」

「鳴海、水臭いな！」

白い歯を見せた主任が、席を立つ。身構える優花に駆け寄り、強く背中を叩いた。

「い、痛いです！　いったい、何があったんですか？」

「何がって、お前のことに決まってるじゃないか！　鳴海にとって初めての広報の仕事に、俺たちは皆心配してたんだよ。それで昨夜は皆、ラジオに齧《かじ》りついていたってわけさ」

昨夜から始まった、優花が担当しているラジオ番組。初仕事の優花を心配して、皆が聴いてくれたのだろう。でも、何故そこまで過剰反応するのか理解できない。特におかしな点はなかったはずなのに、そこにいる全員が満面の笑みを浮かべている。

「まだとぼけるのか？　……鳴海、まさかお前が……あの小鳥遊アナと同じ大学で顔見知りだとは思わなかったよ！」

最初、主任が何を指しているのかわからなかった。でも徐々に言っている意味が脳に浸透していくと、優花の躯《からだ》が一気に火照《ほて》り始めた。

「ええっ!?　どうして、わかったんですか！　だって、彼……相手が女性とか、そういう話は一言もしてない――」

「鳴海……、俺は企画書に目を通しているし、スタッフの人数もおおよそ把握している。……しかも、俺たちは鳴海の出身大学を知っている。あとはネットで小鳥遊アナの略歴を調べれば簡単だ」

グッジョブと言わんばかりに主任が親指を立てると、後ろに控える社員たちが声を上げた。

「鳴海、このパイプは絶対に大切にしろよ！　放送局アナウンサーと仲のいい社員がうちにいるなんて、これは、会社にとってプラスになる」

まるでこれで仕事の幅が広がる、新しい仕事の開拓ができると言いたげな意見に、優花は上司の前で額《ひたい》に手をあてた。

「期待していただいてるところ申し訳ありませんが、小鳥遊くんと知り合いとは言っても、それほど……親しくはないです。それに彼も一社員、過度の期待はされない方が――」

「何を言ってるんだよ、鳴海！　そこはお前が頑張れ！　メディア関係に顔が広い小鳥遊アナと、仲良くするんだ！」

「……はい、頑張ります」

これ以上、何を言っても無駄《むだ》だ。優花は主任の言葉を受け流し、自分のデスクへ向かう。目の前に座る川上に「おはようございます」と挨拶《あいさつ》して、バッグを引き出しに入れる。出社早々疲れ気味の優花を見て、川上がくすくす笑い声を上げた。

「大変だったね。でも許してあげて。ほら、うちって……大きい会社じゃないでしょ。クライアントの希望を叶えるには、コネって必要だし。そこに降って湧いたのが今回の件。是が非でもパイプを太くしたいって思ってしまうのよ」

主任と川上の話は、優花にも充分理解できる。でも、彼らの期待に添うことは無理だ。そもそも小鳥遊が優花に求めているのは、大人の関係のみ。そんな彼と仕事の深い話ができるはずもない。仕事中に〝これからもよろしくお願いします〟と言うぐらいだ。

優花は神妙に頷き、「その気持ちはわかります」と返事はするものの、それ以上は話さず、パソコンの電源を入れた。

始業時間を過ぎると、男性社員のほとんどが打ち合わせで外出し、優花と川上は事務作業に追われた。

一日が終わり、また陽が昇って一日が始まっても、それは変わらない。この一週間、優花はいつもどおりの仕事をこなし、集中した時間を過ごした。

目新しさもない平凡な日々を過ごしたせいか、小鳥遊と再会したことも、求められるままセックスしたことも、大人の関係を続けると約束したことも、すべて嘘《うそ》だったのではないかと思えてくる。

でも、今日はラジオ番組の収録がある。彼と一週間ぶりに会うと思うと、気持ちが昂《たかぶ》って仕事が手につかない。

いつもよりお洒落《しゃれ》しているのもある。女性らしいシフォンのブラウスに、ふんわりと広がる紺色のスカート、そして耳元で揺れるピンクゴールドのピアスを着けた優花は、仕事終わりのデートを楽しみにしているOLにしか見えない。

それは、男性社員にも気付かれていた。優花を見てはニヤニヤするその表情を見れば、何を考えているのかわかる。だが一言でもその件に触れてしまえばやぶへびになりそうで、優花は何も言わなかった。ただひたすら領収書のチェックをしては、数字をパソコンに打ち込んだ。

退社時間まで一時間を切った頃、主任が打ち合わせを終えて会社に戻ってきた。優花は彼に出された経費の件で確認を取ろうと席を立つ。

「主任、今お時間いいですか？」

「うん？　何か問題が？」

「はい、大問題ですよ」

毎月交《か》わすやり取りなのに、今回も主任はしれっとした態度を取る。外回りで忙しいことも、入院中の三井の仕事を負担していることもわかっている。だが、チェックを怠《おこた》ったと優花まで責められるのはたまらない。

「交際費についてです」

優花は領収書を出して、不明な点を訊いては一つずつ確認していった。

「わかりました。ただ先月の交際費も足が出ていたので、今月は特に気を付けてくださいね。予算内に収まらないのであれば、直接上に交渉してください」

「わかった……」

「では、よろしくお願いしますね」

優花がそう言った時、ポケットに入れていた携帯のアラーム音が響く。それは昼過ぎ、優花が忘れないように設定したものだ。

もうそんなに時間が経っていたのかと驚きながら、音を止めた。

「うん？　何か重要な予定が入ってるのか？」

「はい。今日は、これからラジオの収録です。初回は収録時間ギリギリに入ってしまったので、今日は少し早めに伺おうと思って」

「いい心掛けだ！　そういう気持ちが大切なんだよ。スタッフとの親交を深めるのも、鳴海の仕事だからな」

主任は立ち上がり、優花の肩を優しく叩いた。

「早く、行く準備をしなさい。残りの仕事は、週明けに回せばいいから」

「……すみません。では、失礼します」

優花はデスクへ戻り、主任から預かっていた領収書を未処理の箱に入れた。パソコンの電源を落として、バッグを取り出す。それから目の前に座る先輩の川上に視線を向けた。

「川上さん、すみません。これからラジオの収録に立ち会うので、お先に失礼しますね」

「うん、頑張っておいで。番組も楽しみにしてるからね」

笑みを浮かべた川上が、優花の背を優しく押してくれる。現場に赴《おもむ》くのは二回目ということもあり、優花が今もこの仕事に不安を抱いているとわかってくれているのだろう。

川上のさりげない思いやりに触れて、優花の胸にほんわかとした温もりが広がっていく。

「ありがとうございます。頑張ってきます！」

そう返事をすると、優花は社内にいる社員たちに「行ってきます」と言って、会社をあとにした。

昼過ぎから降り出した雨はまだ止まず、歩道には水溜りができている。空を覆う鉛雲《なまりぐも》が流れていることを期待していただけに、優花はため息を吐《つ》いた。

収録初回も雨、二回目も雨。梅雨《つゆ》だから仕方ないが、また足元が濡れると思っただけで、気落ちしてくる。でもそんなことを考えていたら、いつまで経っても動けない。

バッグの中にある折り畳み傘を取り出そうとした時、携帯が鳴った。慌てて取り出して確認すると、そこには小鳥遊の名が表示されていた。

「も、もしもし？」

『鳴海？　俺、小鳥遊だけど、今電話、いい？』

「う、ん……」

再会した時と比べて、優花の緊張はかなり解けた。でも、こうして携帯で話すと、直《じか》に耳元で囁《ささや》かれているようで、たまらなくなる。背筋を走るぞくぞくした疼《うず》きに煽《あお》られて、つい吃《ども》ってしまう。

そのことに気付かれないようにしようとするが、上手くいかない。それほど小鳥遊の声は魅力的だった。

『あのさ、こっちには何時ぐらいに着く予定？』

躯《からだ》を縮こまらせてしまうほどの甘い電流に襲われる。これではいけないと、優花はほんの少しだけ携帯を耳元から離し、深呼吸をした。

「実は、早めに行こうかなって思って、今ちょうど会社を出たところなの。初日は収録時間ギリギリに入って迷惑をかけてしまったから、今日は打ち合わせから立ち会えたらと思って……」

『本当に？　じゃ、このまま向かうってこと？　どこかに立ち寄る予定も無し？』

「えっ？　……う、うん、そうだけど……」

「じゃ、立ち寄って正解だったな！」

突然、傘を差した男性が目の前で立ち止まった。そこには、黒色のジーンズに白色のポロシャツを着た、ラフな姿の小鳥遊がいた。彼は深くキャスケットをかぶり、黒縁フレームの伊達眼鏡をかけていたが、優花と目が合うなり、嬉しそうに頬を緩める。

「どうして、小鳥遊くんがここに!?」

優花は目を見開き、そこにいる小鳥遊を見つめる。彼が手にした携帯を切るのを見て、優花も通話を切ってバッグに入れた。

「別件の仕事で外に出てたんだ。それも終わってちょうど帰るところだったんだけど、そういえば鳴海の会社がこの辺りだったと思い出して、それで寄ってみた。出られるなら、一緒に乗っていかないかと思って。どうせ行く場所は同じだろ？」

「乗る……？」

「ああ。さあ、こっちへおいで」

小鳥遊は優花を引っ張り、彼の差す傘の下へ誘う。

「車で来てるんだ。すぐそこのパーキングに入れてるから、このまま一緒に来て」

小鳥遊は優花が雨に濡れないように肩に腕を回し、ビルの隣に設けられたコインパーキングへ歩き出す。そして、黒いＳＵＶ車の前で立ち止まり、鍵を開けた。

「乗って」

小鳥遊はまるで恋人をエスコートするみたいに、優花に手を差し出す。セダンと違い車高があるが、一人で乗れないわけではない。でも優花は彼に触れたくて手を借り、助手席に座った。直後、優花の手を握る、彼の骨ばった節《ふし》にふと目がいく。ドキッとしてその手を離そうとするが、そうする前に彼に強く握られた。

ハッとして小鳥遊を見ると、難しい顔をする彼と視線がぶつかる。何か間違った態度を取ってしまったかとあたふたする優花の手を、彼がそっと解放した。

「た、小鳥遊――」

咄嗟《とっさ》に小鳥遊の名を呼ぶが、彼はそれに気付かず助手席のドアを閉めて車の前を回る。

今のは何だったのか、優花は訊《たず》ねたい気持ちになったが、その気持ちをぐっと堪《こら》え、運転席に乗り込む小鳥遊を目で追った。

優花の勤める会社は郊外にある。小鳥遊は、まずは東京駅に向かって北西に車を走らせた。しばらくすると、彼が口を開く。

「現場へ向かう前に二人きりで話がしたい。収録まで時間があるし、どこかで停まってお茶しよう」

いったい何の話だろう。気にならないわけではないが、優花は口を開かなかった。小鳥遊が言うとおり、時間はたっぷりある。ここで焦る必要はない。

「うん、そうだね」

優花は、フロントガラスの向こう側にある、雨に濡れたビル郡を見るともなしに眺めた。

車に乗って十五分ほど経った頃、道路標識に東京駅の字が見え、放送局が近いことがわかった。

そこからさらに数十分走るが、彼はまだ車を停める気配を見せない。

このままでは現場に着いてしまう。その前に二人きりになりたいと言っていたのに……

ハンドルを握る小鳥遊の横顔をちらっと見る。それに気付いた彼が、優花に目をやった。

「うん？　どうかした？」

「……どこに行くのかなって。だって、もうすぐ放送局だし」

「今日は雨だから、道路事情がどうなるか予測できないだろ？　それで、なるべく仕事場に近いところで車を停めた方がいいと思ってね」

そう言うと小鳥遊はウィンカーを出し、有名なコーヒーチェーン店の敷地に入る。人の多いコーヒーチェーン店を選んだことに、優花は驚きを隠せなかった。

今の小鳥遊は、目深《まぶか》にキャスケットをかぶり、伊達眼鏡をかけている。それは、オフの時間を誰にも邪魔されずに過ごしたいと望んでいるからだと思っていた。

釈然としない表情で小鳥遊を横目で窺《うかが》っていると、彼はドライブスルーへハンドルを切る。

店内で飲むのではなく、ドライブスルー⁉

驚く優花の隣で、小鳥遊はマイクに向かって「ホットラテ一つ、……鳴海は？」と横を向く。

「あっ、ホットカフェモカ」

小鳥遊は優花の言葉を伝えると、車を移動させた。渡し口でそれらを受け取るとカップホルダーへ置き、コーヒーチェーン店の空いた駐車場スペースに車を停める。

「はい、どうぞ」

小鳥遊は、優花の頼んだカップを差し出す。

「ありがとう」

優花は小鳥遊からカップを受け取ったところで、やっと彼が最初から店内に入る予定はなかったと気付いた。

自分の勘違いに笑いが込み上げてきた時、小鳥遊がぷっと噴き出し、車内に包まれる変な空気を打ち破った。

「ひょっとして鳴海は、俺が……どこか素敵なカフェにでも行くのかと期待してた？」

「えっ⁉　あ、あの……素敵なカフェというより、人目を気にしなくてもいい個室とかのあるカフェに行くのかなって」

優花が正直に答えると、また小鳥遊がくすくすと笑った。彼はホットラテのカップを掴《つか》むと美味《おい》しそうに飲み、そして優花に意識を戻した。

「ありがとう、俺を想って考えてくれて。ここ数日は、俺ばっかりが鳴海に連絡してただろ？　正直、俺の一方通行かなと思ってたんだ。でも、こうして俺を気遣う気持ちを聞けた。本当に嬉しいよ」

「だって、それは――」

本物の恋人同士じゃないから……

優花が言葉を詰まらせると、小鳥遊が手を伸ばして膝の上に置く優花の手を握り締めた。

「いいよ。その分、俺がガツガツ攻めるし」

小鳥遊は優花の手を持ち上げ、指の付け根に唇を落とした。それだけではない。彼は上目遣いをし、優花を食べたいとばかりに舌でそこをいやらしく舐《な》める。

瞬《また》く間に、優花の躯《からだ》に火が点いた。車体を打ち付ける雨音と心音が協奏し始め、優花の興奮を高めていく。狭い空間に二人きりでいるのも影響しているのかもしれない。

空気が濃く、甘いものに変化していく。

スウィートな雰囲気に浸《ひた》りたい気持ちもあるが、それを壊すべく、優花は小鳥遊に握られた手を引き抜いた。自分の胸の前で両手を擦《こす》り合わせる。

「……小鳥遊くん、大学時代と全然違う」

「そうかな。鳴海が本当の俺を知らなかっただけかもしれないよ？　……だから、これからは俺を知っていってほしいな。覚悟してて。日を追うごとにびっくりさせるから。そうするには、まずきちんと会う日を作らないと。そうだ、俺たちが顔を合わせる収録日の夜は、必ず一緒に過ごそう。俺のために躯《からだ》を空けてて。いいね？」

小鳥遊の懇願の声音に、優花は抗《あらが》えなかった。小さく頷き、彼との約束を守ると誓う。

「やっぱりドライブスルーにして正解だった。せっかく二人きりになれたのに、カフェに入ってたら、こうして間近で鳴海を見られないし、触れられなかった」

手を退《しりぞ》けられた腹いせか、小鳥遊はスカートの上から優花の大腿《だいたい》に触れた。

「小鳥遊くん！」

小鳥遊の大胆な手を振り払おうとする優花に、彼が甘い声で囁《ささや》いた。

「あの夜の……堂々とした鳴海はどこへ行ったのかな？」

それが脳に浸透していくと、優花の手から力が抜け落ちていく。

いったい何をしているのだろう！

小鳥遊が関係を結びたいのは、大人の女性を演じていた優花。不意の愛撫にあたふたする、地の優花ではない。わかっていたはずなのに、素《す》の自分が表に出てしまった。

大学時代と変わらない優花だと、小鳥遊の興味は絶対に薄れてしまう。彼に飽きられたくなければ、興味を持ち続けてほしければ、彼の好む女性を演じないと……

それはいつまで続ければいいの？　——そんな声が優花の頭の中で響くが、それを無理やり隅《すみ》へ追いやった。

「それは、今夜まで……待ってもらってもいい？　今、箍《たが》が外れたら……わたしよりも小鳥遊くんが困ったことになると思う」

「ハハッ、言うね。でもそれは正しいよ。鳴海は、俺を良くわかってる」

ううん、わからない。全然わからない！

優花は心の中で、小鳥遊の言葉に反発する。でも結局、何も言わなかった。ただ、彼が手にしたカップを置き、躯を捻《ひね》って顔を近づけてくる様子を見守った。

二人の距離が縮まるにつれて、車体を打つ雨の音や車が水を跳ね上げる音が遠くへと掻き消えていく。彼の欲望を宿す強い眼差しに、優花の意識までも絡め取られた時、吐息が耳殻《じかく》をかすめた。

あまりの心地よさに、彼を誘うような喘《あえ》ぎが零《こぼ》れる。その声さえも誰にも渡さないとばかりに、彼が優花の唇を塞いだ。

先ほどまで小鳥遊が飲んでいたラテの香りが、鼻腔《びこう》をくすぐる。

「……っんぅ」

「ああ、……優花」

小鳥遊が口づけを交《か》わしながら、優花の名を親しげに口にした。彼に柔らかな唇を甘噛みされ、濡れた舌でそこを舐《な》め上げられる。たったそれだけで、ブラジャーの下の乳首が敏感に反応し始めた。

「ンぁ……んっ」

息苦しさに唇を開くと、舌を差し入れてきた小鳥遊に、深いキスを求められた。くちゅくちゅと唾液の音を立てられると同時に、大腿《だいたい》を撫《な》で上げられる。背筋を這《は》う疼《うず》きに躯《からだ》がぶるっと震えた瞬間、彼が唇を離した。

小鳥遊のものだと熱い刻印を押されたみたいに、唇がじんじんする。腫《は》れていないか確かめたい衝動に駆られたが、それをぐっと堪《こら》えた。優花はゆっくり瞼《まぶた》を開けて、自分を窺《うかが》う彼と至近距離で見つめ合う。

「今夜まで待ち切れないよ」

「……わたしも」

それは素直な気持ちだった。小鳥遊と結ばれたいという欲求が自分でも不思議なほど湧き上がってくる。彼の口元が嬉しそうに緩んだ。

「収録が終わったら、すぐに会社を出よう。俺に抱かれるその時を楽しみにしてて。鳴海の躯に俺の手、唇、舌が這うのを」

小鳥遊の言葉に、優花の頬は上気した。下腹部奥にじわじわと侵食する熱が渦《うず》巻《ま》き始める。今にも抱いてと言いそうになる自分を抑え、優花は熱っぽい息をついた。

「今日は、俺のために、お洒落《しゃれ》してくれたんだよね？　……女性らしいブラウスとスカートを剥《は》いで、鳴海の裸を目にするのが楽しみだ」

小鳥遊が鼻で優花の頬を擦《す》り、耳元にチュッと音を立てて口づけた。躯の芯を走る甘い刺激に耐え切れず、優花の躯がビクッとなった。

「鳴海、可愛過ぎる……」

情熱にかすれた声で囁《ささや》き、優花の髪にキスを落とす。そして名残惜しげに時間をかけて躯を離した。

「でも、今は自重しておくよ。鳴海に言われたとおり、これ以上は俺が苦しむことになる」

小鳥遊は運転席にきちんと座り直し、カップを掴《つか》んだ。

「さっき、現場へ向かう前に二人きりで話がしたいって言ったのを覚えてる？」

「うん。……何か大切なこと？」

「ああ。このあと社に戻ったら、多分プロデューサーが鳴海に話すと思うけど、その前に俺の口から伝えた方がいいと思ってさ」

「な、何？」

小鳥遊の声音からは、特に不穏な気配は感じられない。なのに優花の心が騒ぎ、知らず知らず動《どう》悸《き》が速くなる。

何か失態をしてしまったのだろうか。それで、プロデューサーの不興を買ってしまった？

不安げに顔を強張《こわば》らせる優花に対し、小鳥遊がふっと笑った。

「第一回の放送で、俺が鳴海の話をしたのを覚えてる？」

「えっ？　あっ……うん」

優花はおずおずと頷いた。

「実は放送終了後から、久しぶりに再会した旧友とはどうなったのかっていうメールが多く届いてるんだ。それで、番組内のフリートーク枠で鳴海の話を入れていこうかって企画が持ち上がってる。今日の打ち合わせでは、とりあえず第二回の収録でも、第一回の放送と同じ展開で持っていき、視聴者の反応を見ようという流れになると思う」

「わたしの話を？」

小鳥遊は頷くと同時に表情を引き締め、真摯《しんし》な目を向ける。

「俺としては、こういう試みもいいかなって思ってる。ただ、鳴海が嫌なら断ってもいい。鳴海の素性を明かすわけじゃないけど、まったく影響ないとも言い切れないから。鳴海が俺との関係を電波に乗せてほしくないと思うなら、打ち合わせの時にそう言ってくれて構わない」

小鳥遊は言葉を慎重に選びながら、優花が負担に思わないように話していた。放送局側の事情もあるはずなのに、彼は優花の気持ちが一番大事だと伝えてくる。

本音を言うと、個人的なことをラジオで話すのは止めてほしい。でも、これは仕事なのだ。ここに主任がいれば、きっと優花に〝我が社のため、スポンサーのために受けろ〟と言うだろう。そして、そうするべきだというのも、もうわかっていた。

優花はいつの間にか落としていた視線を上げ、こちらを窺《うかが》う小鳥遊を見つめ返した。

「……同窓生の話をすれば、番組はより良い方向に進む？」

「ああ。大抵のリスナーは、メインパーソナリティのリアルな感情を知りたいと思っている。俺が鳴海と過ごして感じたことを話せば、さらに沸くだろう。それは第一回の反響が物語っている。番組の反響が大きくなればなるほど、番組にとっても、スポンサーにとっても、それはプラスに進む。結果、夏のイベントに向けてもいい宣伝になる」

それならば、覚悟を決めよう。小鳥遊が言ったように、第一回の放送で話したような内容で進めていくのであれば、優花は特別に身構える必要はない。

「わかった。打ち合わせでそういう話題が出たら、大丈夫だって伝えるね。だって、わたしの素性を話すわけじゃないもの」

「ありがとう、鳴海！　仕事とはいえ、収録日には毎回鳴海の話ができるかもしれないと思っただけで、とても嬉しい。これからの三ヶ月、本当に楽しみでならないよ」

三ヶ月……

急にその期間が重いしこりとなって、優花の胸に落ちていく。それが何を意味するのかははっきりしないまま、優花は手にしたホットカフェモカを口に含んだ。

何故か大好きなチョコレートシロップとスキムミルクの味がしない。舌に残るのは、甘さではなく、刺すような苦味だった。

五

第二回で放送された優花と小鳥遊の話は、リスナーを番組に惹《ひ》き付ける材料となり、続けられることが決定した。学生時代の話を織り交ぜたことが、予想以上に高評価を得たのだ。ただ、同じことを続けていれば飽きられる。目新しさを出すために、収録前に小鳥遊と優花が近隣に出掛けることも決まった。二人で巡った先で発見した内容を番組で話す、というのが目的だ。

その成果が出ているのだろうか。〝キミドキッ！〟は七月の放送開始から好調で、それは、毎週送られてくるメールとＳＮＳの反響でも伝わってくる。もちろん、小鳥遊の話術が生きてこそのフリートークだが、放送を重ねていくたびに優花の名を伏せたこのコーナーは人気が上がっていった。最近では、彼の同窓生が男性なのか女性なのか、それをネタにして語り合う、小鳥遊のファンも現れているらしい。さらに八月開催の公開録音イベントが告知されると、いつも以上に番組は盛り上がってきた。

どんな内容であれ、番組が注目されるというのは、スポンサーにとっても大成功と言える。優花の勤め先の社長を始め、主任や他の社員たちもこの結果に満足していた。

＊＊＊

そうこうしているうちにじめじめした梅雨《つゆ》が明け、本格的に夏の眩《まぶ》しい陽射しが窓から射し込み始めた七月下旬。

優花は、デスクで仕事をする主任のもとへ向かった。

「主任、今月分の書類はまだですか？　もう締めちゃいますよ？　精算してほしいって言ってたのに……」

　忙しいのはわかるが、優花に頼んできたのは主任自身。それなのに、一向に出そうとしない彼に、優花は嫌みを滲《にじ》ませて言った。だが、主任はどこ吹く風。ニコニコして、優花の腕を強く叩く。

「悪い。俺だって外を走り回って頑張ってるんだから、少しぐらい許してくれよ。……それより、今回の件は本当に嬉しいよ。最初はどうなるかと思ったけど、鳴海を起用して本当に良かった」

　主任は引き出しを開けて領収書を含めた書類を取り出し、それを優花に渡した。今回も項目がバラバラで整理されていない。

「主任、少しぐらいまとめて――」

「そうだ、聞いたよ！　鳴海が受け持ってるあの番組、今年度いっぱいは継続するんだってな。こちらも引き続きスポンサーを出せるか、現在取引のあるクライアントと話を詰めてる最中だ。本当に良く頑張ったよ。とは言っても、労《ねぎら》うにはまだ早いな。鳴海にはあと二ヶ月担当してもらわないといけないし。頑張ってくれよ」

「あっ……はい」

　文句を言う気満々だった優花だが、彼の〝あと二ヶ月〟という言葉で気分が削《そ》がれてしまう。肩を落として、自分のデスクへ戻った。

　小鳥遊に〝これからの三ヶ月が楽しみ〟と暗に会う時間を区切られて、一ヶ月が経つ。その間、誘われればデートをし、甘く囁《ささや》かれればベッドも共にした。但し、それは収録日に限っていた。それを考えると、彼と仕事で会えるのは、もう数えるほどしかない。

デスクに置いてある卓上カレンダーを見る。今週の収録は、小鳥遊の仕事の都合で先週に二週分を録っているため休みだ。つまり、時間ができたという連絡が入らない限り、来週の収録まで彼とは会えない。

しかも八月はお盆休みとイベントが重なるため、録り溜めの収録が行われる。イベントを除けば、通常収録日は一日しかない。さらに九月は放送設備保守点検で番組が休止するので、二日間しか仕事で会えないと気付く。

二ヶ月あるとは言っても、実質ラジオ収録で会えるのは、片手にも満たない……

その事実にショックを受けた優花は、それからどうやって仕事を終わらせたのか、退社する川上といつ挨拶《あいさつ》を交《か》わしたのかもわからないまま、気付けば、十九時を過ぎていた。

いつも定時で上がる優花が、いつまでもデスクに座っているのはおかしい。優花は手早く帰り支度を済ませて、タイムカードを押す。

「お先に失礼します」

「お疲れ～」

社員たちに挨拶して、優花は会社を出た。エアコンの効いた部屋から一歩踏み出した途端、むわっとした熱気に包み込まれる。まとわりつく空気が重く、息がし辛《づら》いと感じるほどだ。

この不安を取り除いてくれるのは、小鳥遊しかいない！

優花は、携帯電話を取り出そうとバッグに手を突っ込むが、何も掴まずに引いた。

勘違いしてはいけない。自分が弱ってる時に電話をかける行為は、小鳥遊の望む大人の関係を逸《いっ》脱《だっ》している。そんな行動を取れば、きっと重い女と思われる。

優花はバッグをギュッと掴《つか》むとビルを出て、最寄り駅に向かって歩き出した。

十数分後、流れる汗を拭《ぬぐ》いながら駅へ着くと、帰宅ラッシュの満員電車に乗り込む。自宅の最寄り駅で降りた時は、暑さと疲れにやられてもうクタクタだった。

冷たい飲み物を飲んで、部屋でゆっくりしたい……

重い足取りで混雑した改札を出たその時、携帯が振動しているのに気付いた。慌てて携帯を取り出し、そこに表示された名前を見る。疲れなど一気に吹き飛んだ。

「も、もしもし！」

『鳴海？』

バリトンの美声に耳孔《じこう》をくすぐられて、優花の心臓が飛び跳ねる。

「た、小鳥遊くん」

『うん、俺……。良かった、電話に出てくれて。俺、何か無視されるような無粋な真似《まね》をしたのかと思ったよ』

「ごめんなさい。会社を出てからもずっとマナーモードにしてて、全然気付かなかった」

優花は通行人の妨げにならないように人と人との間を縫って端へ寄り、小鳥遊の声に集中した。

『そうだろうなとは思ったけど、夕方から連絡取れなかったから、余計な詮索《せんさく》をしてしまったよ。誰にも邪魔されたくない……行為をしている最中だった、とかさ』

「何回も連絡くれてたんだ……。本当にごめんなさい。今日は定時で上がれなくて」

そう言いながら、優花は小鳥遊の言葉に小首を傾《かし》げた。

誰にも邪魔されたくない行為？　それはいったい何を指しているのだろう。

いくら考えても思い浮かばずにいると、小鳥遊が小さくため息を吐《つ》いた。ただの吐息なのに、優花の背筋に甘い疼《うず》きが這《は》い、喘《あえ》ぎに似た息が零《こぼ》れる。慌てて口を手で覆うが、彼に聞こえてしまったに違いない。彼は、毎回優花をベッドで翻弄《ほんろう》させるあの艶《つや》っぽい笑い声を零した。

自然と優花の声が震えるが、ここは誤魔化し続けるしかない。優花は羞恥《しゅうち》に見舞われつつも、欲望に火を灯《とも》されたことに気付かない振りをして、彼に「あ、あの……」と声をかけた。

「どうして電話を？　……確か、出張で仕事が詰まってるって言ってたよね？　それで今日の分は、前倒しで先週に二本録ったはずじゃ？」

『その件では、鳴海にも迷惑をかけました。出張前に幾《いく》らか余裕ができたのは、スタッフたちが生懸命時間を調整してくれたお陰です。……それで、このあとなんだけど、時間ある？』

「えっ？」

優花は顔を上げて、駅の時計を見る。二十時を少し過ぎていた。

『もしかして予定入れてた？　いや、それより、今一人？』

「うん。でも……もう家の近くなの」

『俺が出てきてほしいって言ったら、鳴海……来てくれる？』

小鳥遊の甘えた声音に、優花の躯《からだ》が期待で慄《おのの》く。それを隠したい一心で、優花は片腕で我が身を抱いた。

「でも、明日から出張なんでしょ？　わたしと会うよりも、躯を休めた方が――」

『鳴海に会いたい。出張へ行く前だからこそ、鳴海と過ごしたい。嫌か？』

嫌なわけない！　好きな人に、一緒に夜を過ごしたいと言われているのに……

優花は小鳥遊と過ごすかもしれない夜に、弾む呼気《こき》を抑えられなくなる。優花の足は彼に返事をする前に、自然と改札へ向かっていた。

「……どこに、行けばいい？」

小鳥遊が告げた先は、成田国際空港にほど近いシティホテルだった。明日のフライトが早朝のため、そこに一泊するという。成田までの距離を考えると時間が惜しくて、優花はホームへ続く階段を駆け下りた。

『俺は直接ホテルへ向かう。テラスバーがあるから、そこに来てくれる？』

「わかった。たぶん、十時過ぎぐらいには着けると思う」

『俺の我《わ》が儘《まま》に付き合わせて悪い。でも、鳴海と会えるのを楽しみにしてる』

「……わたしも、会えるのを楽しみにしてるね」

甘い声で囁《ささや》いて通話を切ると、優花はホームに入ってきた電車に飛び乗った。小鳥遊に会えるその瞬間だけに思いを馳《は》せ、電車を乗り継ぐ。

成田までの時間がとても長く感じたが、それでも苦にならなかったのは、ひとえに彼に会える幸せを感じられていたからだ。

駅が近づくにつれ、優花の動悸《どうき》が速くなってきた。

早く、会いたい……！

これまでに感じたことのない、小鳥遊への強い想いが込み上げてくる。

優花は駅で降りるなり、急いでタクシー乗り場へ向かった。タクシーに乗り込んでホテル名を告げると、車は小鳥遊が待っている場所へ走り出した。

それから十数分後。

タクシーがシティホテルのエントランスで停まる。料金を払って外へ出ると、足早にホテルに入り、豪華なシャンデリア、落ち着いた雰囲気のロビーには目もくれず化粧室へ向かった。

鏡の前で汗を拭《ぬぐ》い、乱れた髪や化粧を直す。スカートの皺《しわ》や、ノースリーブのフリルシフォンブラウスを撫《な》でて、自分の姿を確認した。

「大丈夫。全然見苦しくない」

問題ないと自分に頷くと、優花は化粧室を出て、待ち合わせをしているテラスバーへ歩き出した。

「お席にご案内しましょうか？」

バーに足を踏み入れると、黒いパンツに白いシャツを着た、清潔感あふれるボーイが近寄ってくる。

「待ち合わせをしてるんですが……」

しっとりした空気が漂う大人のバーラウンジ。テーブルの上に置かれたランプが、薄暗いなかであやしく揺らめいている。小鳥遊の姿を求めて目をきょろきょろしていると、テラス際のテーブルにいる彼を見つけた。入り口に顔を向けて席に座っていた彼は、優花を認めるなり片手を上げる。

「見つけました。わたしにはハイライフを、彼にはベルベット・ハンマーをお願いします」

「はい、お席にお持ちいたします」

優花は、まるで美女でも崇《あが》めるような小鳥遊の視線を浴びながら、彼の待つテーブルへ向かった。傍《そば》に近づくと彼が静かに立ち上がり、優花を椅子にエスコートしてくれる。さりげなく女性を迎えるスマートな行為に、今まで彼がどれほど多くの女性を相手にエスコートしてきたのか良くわかる。

「今日も綺麗だね、鳴海」

「そんな風に言ってくれるのは、小鳥遊くんだけ」

「本当に？　でも、それって嬉しいかも。鳴海がどれほど可愛いか、俺しか知らないわけだし。まあ、鳴海のいいところを、他の男たちに見せるつもりはないけどね。全部俺のものだから……」

どうして小鳥遊は、歯の浮くようなセリフを恥ずかしげもなく言えるのだろう。

再会した初日は別として、小鳥遊はスタッフが周囲にいれば一線を引いてくれていた。でも二人きりになれば、ぐいぐい前に出てくる。セックスの時はさらに豹変し、男の色香を漂わせながら言葉責めと濃厚な愛撫を織り交ぜて、優花を翻弄《ほんろう》する。

その時、急に小鳥遊から受けたエロティックな行為が、優花の脳裏《のうり》に浮かんだ。自分を制御できず、みるみるうちに頬が熱くなっていく。

もし明るい場所なら、優花が何を思い出したのか瞬時にバレていたかもしれない。でもこの薄暗い照明が、優花の火照《ほて》りを、感情を消してくれる。男性に慣れていない優花を覆い隠してくれていた。

優花は安堵でホッと息をつき、小鳥遊をからかうように目を細める。

「小鳥遊くんって、そうやって付き合ってきた女性を口説《くど》いてたんだね」

「俺が、口説く⁉」

小鳥遊は目を見開いて口をぽかんと開けたあと、唇を尖《とが》らせて難しい顔をした。

「そういえば、これまで女を口説いた経験ってないかも。そもそも、口説かなくても……あっ、悪い。鳴海の飲み物を先に注文するべきだった！」

小鳥遊が、急に話題を変える。

嘘《うそ》を吐《つ》かなくても、別に責めないのに……

小鳥遊がボーイを呼ぼうとするのを見て、優花は咄嗟《とっさ》に手を伸ばして彼の腕に触れた。テーブルに置いてある、小鳥遊の飲みかけのグラスをちらっと見て、そして顔を上げる。

「もう頼んできた。小鳥遊くんの新しい飲み物も一緒に……」

「ハイライフと、ベルベット・ハンマー？」

優花が頷くと、小鳥遊は嬉しそうに頬を緩めた。

「鳴海、俺――」

小鳥遊が何かを言いかけた時、ボーイが現れた。

「ハイライフです」

小鳥遊が優花を指す。ボーイはそれぞれのグラスを前に置くと、静かに立ち去った。

「これまで何回かバーで一緒に飲んだけど、初めてだ。鳴海がこれを頼んでくれたのって」

「だって、いつも小鳥遊くんが頼んでくれてるから……」

妙に感激する小鳥遊に、優花はなんでもないと肩を竦《すく》めた。

「そういえば、出張ってどこに行くの？」

「うん？　台湾だよ」

「台湾？　どういう仕事なの？」

「ここ数年、イベント会社から企画が持ち込まれるようになってさ。今回は向こうで、日本製品の発表会が開かれる。そこのイベントＭＣに指名されたんだ。ラジオのパーソナリティが俺の本職だけど、最近は司会業も面白いなって思えてきてる。これも、鳴海が大学時代に俺の背中を押してくれたお陰だよ」

優花はとんでもないと頭を振る。確かに小鳥遊に就職の件で相談されたが、優花はただ彼の告白を聞いていたに過ぎない。すべて小鳥遊の諦めない精神が、実を結んでいるのだ。

「目標に向かって頑張ってきたから、今の小鳥遊くんがあるんだと思う。苦しくても諦めずに前を向いて突き進むなんて、誰にでもできることじゃないもの」

「うん、そこは自分のいいところだと思う。ほしいものは諦めずに、手を伸ばすのもね」

小鳥遊がそう口にした途端、テーブルに置かれたランプの灯《あか》りが急に揺らめく。それが彼の瞳に反射し、優花を見つめる小鳥遊の目が光った。虎視眈々《こしたんたん》と獲物を狙う野獣のような目に射竦《いすく》められて、優花の脈が激しく打ち始める。しかも二人の間に漂う空気が濃厚なものに変化し、優花の素肌にまとわりつき始めた。息をするのも辛《つら》くなり、呼気《こき》が徐々に浅くなっていく。

すると、小鳥遊の目線が優花の胸元につぃと落ちた。直接見られているわけではないのに、ブラジャーの下で乳首が敏感になる。

ああ、もう部屋へ行きたい！

「鳴海……」

小鳥遊が情熱的な声で囁《ささや》いた。優花に手を伸ばし、スカートから覗く膝頭に触れる。その指が感じやすい内腿《うちもも》を撫《な》でた時、彼がいきなり「あっ」と声を上げて手を離した。

「悪い、電話だ……」

「う、うん」

ポケットに入れていた携帯を取り出すと、小鳥遊が小さな声で「はい……」と話し始める。彼の目が外れたことで、優花は躯《からだ》にまとわりつくねっとりした空気から解放された。

優花は長く息を吐き、躯に入った余分な力を抜こうとする。だが小鳥遊に焚き付けられた火は燻《くすぶ》り、それを消すには最後まで燃やし尽くすしかないところまで広がっていた。ただ、今はまだ我慢できる。でもこのあと、ほんの少しでも小鳥遊に触れられたらどうなるかわからない。

いつからこんなにエッチになってしまったのだろう。

優花は、小鳥遊が小声で「今？　ホテルのテラスバーにいるけど――」と話しているのを、聞くともなしに耳にしながら、華奢《きゃしゃ》なグラスの脚に触れた。気持ちを落ち着かせようと、ハイライフを一口飲む。パイナップルの甘酸っぱさのあとにくるウォッカに喉を焼かれるが、さっぱりした味に引き寄せられて、また一口と飲んだ。

「鳴海、ごめん」

通話を切った小鳥遊が、申し訳なさそうに優花に謝る。

「ううん、大丈夫。……仕事の話？」

「仕事と言えば仕事？　そうじゃないと言えば……うーん、違うかな。でも今は、余計なことは考えたくない。鳴海だけに集中したい」

小鳥遊の言葉は要領を得ないが、彼に手首を掴まれて皮膚の薄い部分を愛撫されると、どうでもよくなっていく。目の前にいる彼しかもう見えない。そして彼もまた、優花だけをじっと見つめてくる。優花の手を持ち上げ、彼が今まで撫でていた部分に顔を寄せた。

「小鳥遊……っんん！」

小鳥遊が、優花の手首に柔らかな唇を落とす。濡れた舌で舐《な》め、そこを強く吸い上げた。そして顔を上げ、優花の耳元で甘く囁く。

「もう部屋へ行こう……」

小鳥遊に大人の関係を続けたいと望まれ、優花はそれを受け入れた。だから、彼はこうやって優花をその気にさせる誘惑はしなくてもいいのに、決して手を抜かない。まるで、優花が本当に愛しくて、そうせずにはいられないという態度を取る。

どうしてそういう表情をするのだろう。

大学時代から、男女問わず人気があった小鳥遊。今でも外を歩けば、女性の目を惹《ひ》き付ける。それほど魅力あふれる男性が、優花を愛しく思うはずはない。何故なら、彼が好きになるのは、ミスキャンパスに選ばれるような内面も外見も美しい女性だからだ。

なのに小鳥遊は、バーにいる綺麗な女性には目もくれず、優花だけがほしいと見つめてくる。そんな風にされたら、彼の本当の気持ちは自分にあるのではと勘違いしてしまいそうになる。

違うのに、そうではないのに！

「早く鳴海と二人きりになりたい」

「……本当に？」

優花は咄嗟《とっさ》に訊き返していた。そう反応するとは思わなかったのか、小鳥遊が目を見開く。

「もしかして、俺の気持ちって伝わってなかった？　鳴海と二人きりで過ごしたいから、無理を承知でここに呼んだのに。それに、海外へ行く直前に会いたいと思った女性は、鳴海だけだ」

小鳥遊の率直なその言葉がすとんと胸に入り込んでくると、まるで息を潜めていた蝶《ちょう》が一斉に羽ばたいたかのように、これまで必死に抑えていたものがざわめき始める。

訊いてみてもいいだろうか。最初は躯《からだ》の関係で始まったが、今は優花を想ってくれているのかと……。

「小鳥遊くん！　あの――」

優花が勇気を出そうとした、まさにその時だった。

「見つけた、彬くん！」

彬くん!?

小鳥遊の名を呼ぶ可愛らしい声音に、さっと彼を窺《うかが》う。すると彼は、優花の真後ろに立つ声の主を驚いた表情で見上げていた。だが、そこには苛立ちや不快といった感情はない。小鳥遊の知り合いの女性なのか、彼の目元が柔らかくなっていく。

優花が肩越しに振り返ると、ファッション雑誌から抜け出てきたとしか言いようのない、ショートカットの髪をふんわりとさせた美女が立っていた。彼女はキャミソールにミニスカート姿で、豊満な胸とすらっとした生脚を惜しげもなく披露している。男性だけでなく、女性の目をも奪う女性。優花は真っ赤な口紅を塗った彼女の顔をまじまじと見ていたが、次の瞬間ハッと息を呑んだ。

まさか、そんな！

優花の顔が強張《こわば》るのを見計らったかのように、その女性がちらっと優花を見る。最初こそ艶然《えんぜん》とした笑みを浮かべていたが、彼女の顔つきがおもむろに変化していく。

「嘘《うそ》、あなた……、優花？　……鳴海、優花なの⁉」

信じられないとばかりにまじまじと優花を見るその女性は、小鳥遊の元カノ、宇都宮千穂だった。大学時代にあった、弾ける若さはそこにはない。ただ当時にはなかった色気があり、男性を蕩《とろ》けさせてしまう艶《つや》があった。それほど、彼女の容姿は光り輝いている。

そんな宇都宮を目《ま》の当たりにして、優花は想像もつかないほどのショックを受けていた。小鳥遊が彼女と何年付き合ったのか、いつ別れたのか、優花はそれを知らない。だが別れた今でも、二人は繋《つな》がっていたのだ。

お願い、千穂ちゃんをこの席に誘わないで！　——と、必死に目で訴えるが、小鳥遊が優花の心情を汲《く》めるはずもない。

「ねえ、そこ……座っていい？」

「ああ、どうぞ」

案の定、小鳥遊は笑顔で宇都宮に空いた席を勧めた。

「ありがとう！　……それにしても、まさか優花とこんなところで会うなんて思わなかった」

「あっ、そっか。鳴海は携帯を失《な》くして以降、大学時代の友達と連絡を取ってないって言ってたな。千穂とも卒業以来だったのか」

「えっ？　携帯を失くした？　……ああ、それで優花と連絡が取れなかったんだ！」

宇都宮が小鳥遊の言葉にきょとんとするが、急に顔に憂《うれ》いを滲《にじ》ませて優花の手を掴《つか》む。

「どうしてるのかなって、ずっと心配してたんだよ。彬くんと一緒にいる時、時々優花のことを訊かれたけど、連絡取れないせいで何も言えなくて……」

「あっ、うん……」

大学時代に仲良くしてくれた宇都宮との再会なのに、優花の心は躍《おど》らない。それどころか、愛想笑いしかできなくなる。

「ところで、どうして優花が彬くんと一緒にいるの？　いつ二人は……再会したの？」

「本当に偶然だったんだ。なあ、鳴海」

再会した一ヶ月前を思い出したのか、心なしか優花を見る小鳥遊の面持ちが柔らかくなる。そして、再会できた幸運を感謝するように、彼の口元がほころんだ。

「びっくりしたよ。先輩アナの都合で、俺に仕事が舞い込んできたんだけど、そこに番組の関係者として鳴海がいたんだ。しかも、鳴海も会社の都合で急遽《きゅうきょ》その仕事に就《つ》くことになってさ。あの時、いったい何が起こったのかわからないほど俺は興奮しっ放しだった」

「それって……今ネットでも話題になっている〝キミドキッ！〟のこと？　まさか、彬くんが話している同窓生って、優花なの!?」

「ああ、そうなんだ」

小鳥遊は照れを隠すように目元を伏せ、髪を掻き上げる。宇都宮はそんな彼を横目でちらっと見たあと、優花ににっこりした。だが彼女の綺麗な黒い瞳には冷たい光が宿っている。笑顔とは裏腹の感情に動揺し、優花は「あの！」と彼女に声をかけた。

「千穂ちゃんはどうしてこのバーに？」

「あたし？　もちろん彬くんと一緒に過ごせたらなと思って」

「す、過ごす？」

宇都宮の言葉に思わず訊き返す優花に、小鳥遊が笑って彼女の言葉を打ち消した。

「さっき話した、台湾でのイベント企画の件を覚えてる？　あれって、千穂が働いてるイベント会社のものなんだ。明日は、担当の彼女と一緒に現地へ向かう予定でさ。でもまさか、千穂までホテルに泊まるとは思わなかった」

「彬くんが一人なら、あたしが慰めてあげようかなって」

「俺に連絡してきたのは、それが理由だったのか……」

二人の会話で、先ほど小鳥遊の携帯にかかってきた相手が宇都宮だとわかった。今もなお、気軽に会話ができるほどの仲だと見せつけられて、優花の心にどす黒い嫉妬《しっと》が渦巻《うずま》き始める。

「……二人とも、とても仲がいいね」

小さな声で言うと、宇都宮が脚を組み、艶美《えんび》な笑みを零《こぼ》した。

「そうね。大学を卒業したあとはお互いに遠慮もあったけど、彬くんと一緒に過ごすうちに、昔よりももっと近づけた気がする」

「確かに。千穂が俺をイベントMCに推してくれた縁で、こうやって仕事の幅を広げられたし。千穂にはとても感謝してるんだ」

小鳥遊が宇都宮に顔を向ける。大学時代、彼女を目で追っていた時と同じ表情をしていた。

嫌だ、そんな風に見ないで！

優花は手にしたグラスをテーブルに置くと、バッグを持って勢いよく立ち上がった。

「鳴海？　どうかした？」

「あの……わたし、ちょっと、化粧室に行ってくるね」

優花は頬を引き攣《つ》らせて作り笑いを浮かべる。逃げるように化粧室へと歩き出すが、本音は駆け出したい気持ちでいっぱいだった。けれども意思の力で感情を押し殺し、化粧室へとゆっくり向かう。

小さなシャンデリアが煌《きら》めく化粧室に入ると、優花は姿見の前に立ち、鏡を見つめた。そこにいるのはモデルみたいに目を惹《ひ》く宇都宮とは違う、野暮《やぼ》ったい優花だ。色気も何もない自分の姿に、涙が出そうになる。

優花は、宇都宮が現れるまで、小鳥遊に想われているかもしれないというかすかな望みを抱いていた。でもその幻想は、今や音を立てて崩れ落ちている。

何を勘違いしたのだろう。宇都宮と付き合っていた小鳥遊が、優花なんかに想いを傾けるはずないのに……

「優花？」

宇都宮の声が響き、優花はハッとして正面の鏡を見た。そこに映る彼女の姿を認めて、思考が止まる。だがすぐに我に返ると、優花は振り返った。

「千穂ちゃん……」

「口紅を塗り直そうと思って来ちゃった。それに、優花と二人きりで話もしたかったし」

宇都宮は、まるでランウェイを歩くような足取りでこちらへ近づき、優花の前で足を止めた。

「……ねえ。優花って、彬くんと付き合ってるの？」

「まさか！　小鳥遊くんとは仕事で……再会しただけで」

小さく頭を振る優花に、宇都宮は満足げに目を細めて「そうよね」と呟《つぶや》く。彼女は脇へ寄ってポーチを取り出し、赤い口紅を塗り始めた。

「あたしと彬くんの関係って知ってる？　仕事の話じゃなくて、プライベートのことなんだけど」

二人が恋人同士だった事実を指しているに違いない。

「……うん。付き合ってたんだよね？」

優花が頷くと、口紅をポーチに入れた宇都宮が鏡越しに優花を見つめた。

「良かった、優花があたしと彬くんの関係を知っててくれて。昔のあたしは独占欲が強くて、彬くんを誰にも渡したくないって気持ちばかりが大きかった。それで上手くいかなくなったの。でも今は違う。彼が少しぐらい余所見《よそみ》してもいいかな、って思えるようになってきた。昔と変わらず……いい関係を築けてるお陰でね」

宇都宮が鏡から目を背《そむ》け、直接優花と向き合う。

「だって、結局は遊びなんだもの。飽きたら捨てる存在だもんね。三十歳になって、あたしもようやく成長できたかなって感じ。優花、あなたは絶対に男に遊ばれる存在になったらダメよ。この歳になって遊ばれて捨てられるなんて、正直辛《つら》いものね。さあ、行きましょう。彬くんが待ってる」

宇都宮に腕を掴《つか》まれるなり、強く引っ張られた。

「ち、千穂ちゃん？　あの……待って！」

「優花にお願いがあるの。今日はこのまま帰ってもらってもいいかな。あたしね、彬くんと――」

化粧室を出ながら宇都宮が何かを言おうとする。でもその言葉は、途中で止まった。化粧室を出たそこに、壁に凭《もた》れた小鳥遊がいたからだ。

「彬くん？　どうしたの？　こんなところで……」

宇都宮が優花の腕に絡めた手をそっと離して、小鳥遊のもとへ歩き出す。だが彼はそんな彼女の脇を素通りして、優花の肘《ひじ》をがっちりと掴んだ。

「鳴海を待ってたんだ。じゃ、俺たちはここで失礼するよ。千穂、明日空港でな」

小鳥遊は悪びれる様子もなく、朗《ほが》らかに宇都宮に手を上げる。彼の突然の行動に彼女が狼狽《うろた》えるが、そちらには構わない。彼の意識は優花に向けられていた。

「ちょっ、彬――」

「さあ、行こう」

宇都宮の声にも、彼はもう振り返らない。優花を急《せ》かすように、エレベーターホールへ向かう。

元カノより、優花と過ごす時間を優先してくれた小鳥遊。彼にとって、それは些細《ささい》なことかもしれないが、その行動が優花をどれほど喜ばせてくれているか、きっと彼にはわからないだろう。

そんな小鳥遊の行動に心を躍《おど》らせつつも、彼に放ったらかしにされた宇都宮が気になり、優花はそっと彼を振り仰いだ。

「あの、いいの？　千穂ちゃん」

「うん？　……千穂？　いいよ。どうせ数時間もすれば、また空港で一緒になるし」

小鳥遊の言葉に、優花はハッと息を呑んだ。そのことをすっかり忘れていた。仕事とはいえ、二人が海外へ行くと思っただけで、優花の心は揺れる。

「危ない！　……大丈夫か？」

小鳥遊の腕が、ふらついた優花の腰に回される。転ばないように支えてくれただけなのに、今は衣服を通して伝わる彼の温もりと力強さが何より嬉しかった。

「ありがとう。大丈夫……」

優花は小鳥遊に支えられてエレベーターに乗り、彼が泊まる予定の部屋へ向かう。彼は真っすぐ前だけを見据え、ドアの前で足を止めた。

先ほどは優花を急《せ》かす素振りを見せたが、今の小鳥遊の態度を見る限り、欲望に駆られている風には見えない。しかし室内に足を踏み入れた途端、その考えは間違っていたと気付く。彼が背後から抱きついてきたからだ。前触れもなく優花の首筋に鼻を擦《こす》り付け、唇を落とす。

「小鳥遊くん！　ま、待って――」

「待てない。それはもうわかってるだろ？　鳴海がバーに現れたあの瞬間から、俺の躯《からだ》が滾《たぎ》ってるって。……ほら」

小鳥遊がさらに優花を強く抱く。硬く大きく漲《みなぎ》る彼の昂《たかぶ》りが、優花のお尻に押し付けられた。

「ずっと仕事が忙しくて溜まってたのもある。でもさ、鳴海を前にすると、普段の冷静な自分がどこかへ飛んでいくんだ。……俺、結構限界に近い」

その言葉を裏付けるように、小鳥遊の手が優花のブラウスに伸びた。裾をスカートから引き出し、素肌に指を走らせる。

「……っん」

小鳥遊の指が触れたそこかしこが、熱を持ち始める。じわじわと迫り来る甘い疼痛《とうつう》に、躯が震えた。

求められるのは嫌いではない。優花だって、小鳥遊にホテルへ来てほしいと言われた時から欲望で躯が燃え始めていた。バーで彼に煽《あお》られると、早く彼の腕の中に飛び込みたいと思ったほどだ。

ただ宇都宮と再会したせいで、優花の熱は突如冷めていった。彼女の美しさと、別れても仲の良い二人の姿を見せられて、自分は敵《かな》わないと思い知ったためだ。

でも小鳥遊は今、優花を腕の中に引き寄せている。彼の求めに応《こた》えたいという気持ちが沸々《ふつふつ》と込み上げると同時に、燻《くすぶ》っていた火が再び燃え上がってきた。

ああ、早く好きな人の求めに応じたい！

小鳥遊に抱きつきたい衝動に駆られるが、なんとか堪《こら》える。汗を流さずにベッドに飛び込む勇気はまだない。今日は陽が落ちても三十度を超えており、いつにも増して汗をかいている。彼の欲望を削《そ》ぎたくはなかったが、優花はそっと彼の腕に触れた。

「小鳥遊くん、シャワーを浴びさせて。あっ……んぅ……、汗かいてるから、イヤ……」

「汗なんかかいてないよ？　俺の手、ほら……鳴海の肌の上を滑《なめ》らかに動く。さらさらしていて、それでいて柔らかくて……何も問題ない」

小鳥遊の手がブラジャーの上から乳房を包み込む。

「で、でも！」

それ以上進ませないために、優花はその手をあたふたと掴《つか》んだ。だが彼は聞く耳を持たず、優花の耳殻《じかく》の裏に鼻を擦り付ける。

「ほら、汗の匂いはしない。ただ、俺に触れられて鳴海の体温が高くなったのかな？　鳴海が愛用している香水の甘い花の香りがほのかに強くなって、俺の興奮を煽ってくる」

「そういう問題じゃなくて……っんぁ！」

小鳥遊が優花の髪を片側に寄せ、首の付け根を強く吸った。

「じゃ、一緒にシャワーを浴びよう」

小鳥遊の手のひらの下で、優花の心臓が激しく高鳴る。それは静まるどころか、どんどん速くなり、息遣いも弾んでいく。

「嬉しいな。鳴海も感じてくれてるんだ。……俺も同じ気持ちだよ」

優花のこめかみにキスを落とした小鳥遊が、手を両肩へ移動させる。そこに力を込められただけで、彼の意思が伝わってくる。生唾を呑み込んだ時、優花は小鳥遊の方を向かされた。

小鳥遊の節《ふし》くれだった指が優花のブラウスに伸び、小さなボタンを器用に外していく。その手が肩を舐《な》めるように滑り、レースのキャミソールの生地を掴む。優花は自らの意思で両手を上げて、彼の行為を助けた。続いて、スカートのファスナーを下ろされる。足元にスカートの花が開くと、彼が次は俺の番だと言わんばかりに、優花の手を彼のTシャツに持っていく。

「俺のも脱がせて」

小鳥遊と再会して一ヶ月。優花は、ラジオの収録終わりに彼と夕食を取り、お酒を飲むのが常だった。程よくアルコールが回って緊張が解けてきた頃、彼にホテルへ誘われて甘い時間を過ごす、という流れを重ねている。

だからこういう関係には少しずつ慣れてきたつもりだが、今日はカクテルを二口ぐらいしか飲んでいない。意識がはっきりした状態で行動に移すには、まだ尻込みする自分が残っていた。

そういう点が、まだ大人の女性になりきれていないのだ。宇都宮なら、小鳥遊が望みを口にする前に、堂々と手を伸ばすに違いない。

刹那《せつな》、小鳥遊と宇都宮が裸体で激しく睦《むつ》み合う姿が脳裏《のうり》に浮かんだ。

「……っ！」

優花の心臓に、ナイフを突き立てられたような鋭い痛みが走る。あまりの苦しさに唇を引き結んだ時、小鳥遊が優花の頬に触れた。顎《あご》を上げろと促《うなが》される。

「どうした？　……体調が悪い？」

優花は頭を振り、小鳥遊のＴシャツをギュッと掴んだ。

過去に囚《とら》われてもいいことはない。現在に目を向けるべきだとわかっているのに、いったい何をしているのだろう。

優花は小鳥遊の言葉に返事はせず、掴《つか》んだシャツを引っ張り上げる。行動で彼がほしいと伝えたくてベルトを抜き、ジーンズのボタンを外した。大きく膨《ふく》らんだ彼のものを傷つけないようにファスナーを下ろす。

「ありがとう」

小鳥遊が優花の額《ひたい》に自分の額を触れ、唇を求めてきた。

「……っんぁ……はぅ」

ちゅっちゅと音を立てては唇を甘噛みし、舌で舐《な》め、湿った吐息を落とす。小鳥遊は優花の背に片手を回し、簡単にブラジャーのホックを外した。胸を締め付ける圧迫感が消え、優花は急に心許なくなった。だが彼がそれを打ち消す如《ごと》く、優花の素肌を愛撫しながらブラジャーを取り、頬、顎、首筋、そして鎖骨へキスの雨を降らす。

「あ……っ、ん……ぁ」

小鳥遊の唇は優花の素肌に熱の軌跡を残しては、さらに進む。空気に触れて硬くなる乳首を唇に挟み、舌先を使っていやらしい動きをする。優花の躯《からだ》が小刻みに震え始めても、彼の愛戯《あいぎ》は止まらない。美味《おい》しそうに尖《とが》る先端を弄《いじ》り、乳白色の柔らかい乳房に強く吸い付く。やがて彼の手は、優花の細い腰を擦《さす》った。パンティの端に指を引っ掛け、それを引き摺《ず》り下ろしていく。

そして、小鳥遊はゆっくり絨毯《じゅうたん》に膝をついた。彼の唇は乳房を離れて肋骨《ろっこつ》、お臍《へそ》へと辿る。柔らかい髪の毛がそのあとを追い、火照《ほて》る肌を舐めていく。

下肢ががくがくして、自分の力で立っていられなくなった優花は、小鳥遊の肩に手を置いて躯を支えた。でも、彼の鼻が優花の茂みを掻き分け、舌で秘所をぺろりと舐めた瞬間、尾てい骨から脳天へ甘い疼《うず》きが駆けていった。

「……ふぁ……っ、あっ！」

腰が甘怠《あまだる》くなって、砕けそうになる。その場に膝をつかずに済んだのは、小鳥遊が優花の躯を支えていたお陰だ。安堵から胸を撫《な》で下ろすが、それはやにわに掻き消えた。彼が秘所に舌を這《は》わせたのだ。

「や、だ……ダメ……そこは、まだ……っんぁ！　……たか、なし……くん……あんぅ」

「鳴海のここ、もう濡れてる。……俺が舐めただけでぴくぴくしてるし」

小鳥遊の言葉に、優花の顔が羞恥《しゅうち》で真っ赤になる。何かを言わなければと思うのに、言葉が出ない。その間にも、彼はぴちゃぴちゃと音を立てて吸い、舐め、舌先を硬くして淫襞《いんひだ》をこじ開けてくる。

「ンッ、あ……っ、は……ぅ！」

小鳥遊のいやらしい舌の動きに、思考を持っていかれる。優花は、送られる快感に喘《あえ》ぐしかできなかった。

「鳴海、俺がほしいって言って。……今すぐ俺に抱かれたいって」

あまりの刺激に勝手に腰が引けるが、小鳥遊がそれを許さない。優花の正気を失わせたいとばかりに、膝裏や内腿を撫で上げる。そして、その指を秘所に忍ばせた。閉じる花弁を押しのけてねじ込み、締まる花蕾《はなつぼみ》に指先を挿入する。

「あっ、あっ……はぁ……っ、ンッ……ぅ！」

奥深くを抉《えぐ》られているわけではない。第一関節ぐらいまでを愛液で濡れた蜜壷《みつつぼ》に埋《うず》められ、抜かれ、また押し込められているだけだ。でも舌で淫唇《いんしん》と花芯《かしん》を舐《な》められ、指ではセックスを連想する動きをされると、躯の中で渦巻《うずま》く熱が膨張し、何も考えられなくなっていく。

「鳴海、俺にどうしてほしい？　言ってくれないと、ずっとこのままだけど、それでいい？」

小鳥遊のもたらす愛戯に陶酔《とうすい》していた時、彼の言葉が、優花の脳に浸透する。

このまま？　……中途半端で放っておくと？

「い、イヤ！　……ああ、お願い」

優花の懇願に、小鳥遊が顔を上げた。彼の唇は、優花の愛液で艶《つや》やかに光っている。彼はわざと舌を出して、ぺろりと唇を舐めた。彼の行為に頬を蒸気させる優花に、優しく目を細める。

「鳴海……」

「小鳥遊くんがほしい……。わたしを抱いて……今すぐ――」

そう言った瞬間、小鳥遊はジーンズとボクサーパンツを一気に脱ぎ捨てて立ち上がった。鍛えられた腹筋の下にある黒い茂みからは、もう赤黒い昂《たかぶ》りが頭をもたげている。彼のしなる充血した切っ先を目にして、優花の口腔《こうこう》に生唾がじわっと湧いてきた。

「うん、俺が気持ちよくしてあげる」

小鳥遊が、優花をバスルームへ誘う。

そこには、外の景色を望める広いバスタブと、ガラスで仕切られた、三人ほど入れるシャワーブースがあった。

小鳥遊はシャワーブースのガラスドアを開けて優花を引っ張り入れ、湯を出す。降り注《そそ》ぐ温水に、優花は感嘆の息をついた。

「本当に気持ちのいい声を出すね。鳴海の甘い吐息を聞くだけで、いつも俺は……男心を掻き乱されるんだ。それほど鳴海は俺に影響を与えてる。わかってる？」

小鳥遊は優花の髪を両手で後ろへ梳《す》いて、シャワーを止めた。素肌を弾く水滴が、躯《からだ》の曲線に沿って、乳房を、腰を、黒い茂みを舐めるように滴《したた》り落ちていく。

その光景に魅了されたと言わんばかりに目を輝かせたあと、小鳥遊は備え付けのアメニティグッズの中から一つのボトルを掴《つか》んだ。泡のボディソープをたっぷり手のひらに出し、優花の躯を洗い始める。

普通に洗ってくれているのに、泡のついた手で優しく触れられると、燻《くすぶ》っていた火が再び勢いを増してきた。肩から腕へ、指の一本一本まで丁寧に洗う。それだけで優花の下腹部奥が熱くなり、媚襞《びひだ》がいやらしく戦慄《わなな》く。

「あ……っ、そこ……ぁ、はぁぅ」

小鳥遊の無骨な手はわき腹へ移動し、乳房をすくい上げるように包み込んできた。ゆったりしたリズムで揉み、硬く尖《とが》る乳首を指の腹で摘《つ》まむ。

「ンッ！ ……あ……っぅ、や、ヤダ……」

「洗ってるだけなのに、そんなに感じる？」

小鳥遊は優花を見下ろし、その手を動かしていく。お尻を両手で包み込んでは揉み、茂みを洗い、そして指を秘所に滑らせた。

「待って、そこは自分で……っぁ」

小鳥遊の指が花芯《かしん》に触れ、優花の躯がビクンと跳ねた。

「頼むよ、俺にさせて」

言葉どおり、小鳥遊は軽く触れながら優花の秘所を洗う。優花が喘《あえ》いでも彼は執拗《しつよう》に指を走らせた。腰が甘怠《あまだる》くなり、両脚に力が入らなくなっていく。倒れずにいられたのは、仕切りのガラスに凭《もた》れて、必死に躯を支えてたお陰だ。

小鳥遊の指が秘所を離れた。快《こころよ》い刺激を失い、媚《こ》びに似た声が漏れる。すると彼は跪《ひざまず》き、大腿《だいたい》に優花の足を乗せて指の間を洗い始めた。

「あ……っ、っんふ……ぁ、ああ……」

触れるか触れないかの強さで擦《こす》られる。そうされるだけで、これまでとはまた違うビリビリとした電流が、足元から下腹部奥へ向かって走る。蓄積されたそれは大きな渦《うず》を巻き、快楽の潮流が優花を包み込んでいく。

「んぅ……、はぁ……あっ」

喘《あえ》ぎが止まらない。たまらず片手で口を覆うが、優花の甘え声が漏れてバスルームに響き渡る。

小鳥遊の手が離れ、もう一方の足に移る。優花の躯《からだ》の中心にある熱だまりは、破裂しそうなほど膨《ふく》らんでいた。

こんなことは初めてだ。男性に躯を洗われる行為が、エロティックなものになるとは思いもしなかった。羞恥心《しゅうちしん》を吹き飛ばすほどの興奮に煽《あお》られて、頭の中が真っ白になっていく。

優花のありとあらゆる感覚を揺るがした小鳥遊の手が離れた時は、手足に力が入らないほど痺《しび》れていた。だが立ち上がった彼に手を取られ、休む間もなく手のひらに泡のボディソープをたっぷりのせられる。

もしかして、今度は優花に洗えと……？

小鳥遊は何も言わない。仁王立ちになり、優花の片手を自分の胸へと導く。優花は泡のついた手で彼の逞《たくま》しい胸板を撫《な》で始めた。

「……っ！」

優花の爪が小鳥遊の乳首に触れると、彼が息を詰めた艶《つや》っぽい声を漏らす。ドキドキしながらも、優花は勇気を得てさらに手を滑らせていく。

小鳥遊の胸板は、まるで水泳選手みたいに筋肉がついていた。薄《うっす》ら浮き出る腹筋に触れ、陰影のできた溝に指を走らせる。もう少し下げたら、天を突くほどしなる彼自身に手がかすってしまう。なるべくそれに触れないようにして、彼の黒い茂みに泡をのせた。

「は……っ、くっ……」

小鳥遊は歯を食い縛り、優花の耳元で呻き声を押し殺している。優花がそっと目を上げると、彼は優花の顔を見つめていた。その瞳は欲望を色濃く宿し、優花を煽る。

さあ、その先に進め――と言わんばかりの強い眼差しに、優花の心臓が早鐘を打ち始めた。

これまでにない大胆な行動で、優花は小鳥遊の反《そ》り返った硬い剣を握った。

「鳴海……っ」

小鳥遊が上体を傾け、優花の耳元に情熱に駆られた声を零《こぼ》す。彼の吐息がそこをかすめただけで、優花は首を竦《すく》めてしまうほどの甘い疼《うず》きに襲われる。直後、下肢の力が一気に抜けた。

「……っぁ！」

優花は小鳥遊のものを離して、へなへなと膝をついた。だが、彼の昂《たかぶ》りを間近で見て、また違う快感に襲われる。脈打つそれは雄々しくそそり勃《た》ち、泡だけが重力に従って伝い落ちている。

初めて目にする光景に、優花の口腔《こうこう》の中に生唾が溜まる。呑み込もうと思っても、舌根が硬くなって上手く動かない。喉元の脈が跳ね、何も考えられなくなる。

「それで終わり？　……もっと洗ってよ。手の持ち方を変えて――」

小鳥遊が優花の手首に掴《つか》み、先ほどとは違う握り方を教えてくる。親指を上に向けさせられ、そのまま握ると、彼が優花の手首を離した。

「さあ、鳴海の触りたいように動かして」

わたしのしたいように？　――心の中で反芻《はんすう》するが、優花はそれは違うと頭を振った。

優花がどう触りたいかではなく、どんな風にすれば小鳥遊が気持ちよくなってくれるか、それが一番大事だ。

優花がそっと小鳥遊を窺《うかが》うと、彼は唇をほころばせて期待に満ちた目を向けていた。優花は視線を手元に落とし、手の中で熱くなっている彼のものを見る。

たどたどしい動作で、充血して膨《ふく》らむ切っ先に向かってスライドさせ、指が引っ掛かる境目で手を止める。それを何度か繰り返し、圧迫を強くしたり弱めたり、泡の助けを借りて彼のものを優しく洗う。

優花の手の中で膨張していく、小鳥遊のもの。硬く、熱くなっていくのと同時に、頭上から彼の激しい息遣いが降ってくる。それが、優花の躯《からだ》を燃え上がらせる。秘所が慄《おのの》き、とろりとした愛液が滴《したた》っていくのがわかるほどだ。

軽く内腿《うちもも》を擦《す》り合わせながら、小鳥遊の赤黒くて太い怒張の根元に指を這《は》わせ、また違う男性の象徴的なものに恐る恐る触れた。乳房とはまた違う柔らかと重さにどぎまぎしつつ、優しく触れ続けていると、先っぽの割れ目が口を窄《すぼ》めるみたいにキュッと締まった。

「……っ！」

小鳥遊の苦しそうな声音、気持ちを隠せない躯の反応に、優花の呼吸のリズムが速くなっていく。

乳房が揺れるにつれて、敏感になった乳首に痛みが走った。

ああ、早く激しく求められたい！

優花は小鳥遊の立派なものを離し、彼の内腿に手を滑らせる。すると、彼が突如優花の手首を掴んだ。ハッとして顔を上げると同時に、上体を屈めた彼に優花は引っ張られた。

「あっ……」

ふらつく優花を、小鳥遊が腰に腕を回して支えてくれる。だが、彼の硬く滾《たぎ》る怒張が下腹部に触れ、優花の腰からまた力が抜けそうになる。

「まだまだ、これからだよ」

小鳥遊は軽い調子で言うが、優花に負けず劣らず、彼の胸板は激しく上下していた。口から零《こぼ》れる吐息も熱を帯び、その目は欲望で血走っている風にも見える。

小鳥遊がシャワーの栓を捻《ひね》ると、飛沫《しぶき》が降り注《そそ》ぎ、泡で隠れていた二人の素肌を露《あらわ》にさせていった。

これまでにないほど、小鳥遊の硬茎《こうけい》が大きくしなる。天を突く角度がさらに増し、先端の窪《くぼ》みに明らかに水滴とは違う先走りが滲《にじ》み出ていた。彼はそれほど、優花を抱きたいと思ってくれているに違いない。改めて、彼の限界が近いとわかった。

二人の躯に付いていた泡が流れ落ちると、小鳥遊はシャワーを止めて優花に手を伸ばした。乳房をすくうように持ち上げ、揉みしだき、執拗《しつよう》に硬く尖《とが》る乳首を指の腹で弄《いじ》る。そうしながらも、優花のこめかみに唇を落とした。

「……ンッ」

「可愛い声で啼《な》かれると、それだけでたまらなくなる」

小鳥遊の言葉に、優花の頬が上気する。

「小鳥遊くん……」

もっと先へと望む甘い声が漏れる。すると小鳥遊のキスがやや下がり、耳殻《じかく》を舐《な》められた。そして耳孔《じこう》に舌を突き込まれる。

「あ……っ、んぁ、はぅ……」

首を竦《すく》めて逃げるが、先を燻《くすぶ》るような熱に包み込まれた。でもそれは弾けるのではなく、下腹部奥で渦《うず》を巻いて肥大していく。焦《じ》らされる愛撫は別に嫌いではない。でも今は、小鳥遊と早く一つになりたかった。

「やぁ……、もう……抱いて……。わたしをめちゃくちゃに感じさせて……」

いつもの優花なら羞恥心《しゅうちしん》が勝るのに、この時ばかりは小鳥遊に懇願していた。優しくではなく、激しく貫いてめちゃくちゃに求めてほしいと目で訴える。

わたしを早くベッドへ連れて行って。強く攫《さら》って！　――高まっていく欲求を目に込めて顎《あご》を上げた優花に、小鳥遊は頬を緩める。

「もちろん。鳴海には、俺で感じてほしい」

うん？　〝俺〟で？

小鳥遊の言い方に引っ掛かったが、優花はあまり深く考えず、それを彼の了承と受け取った。

ベッドルームへ誘おうと、彼の腕に触れる。だが彼は急に躯《からだ》を反転して優花と距離を取り、シャワーブースにあるステンレス製の棚に置かれた小さな包みを取った。それはコンドームだった。

前もって用意していた⁉

息を呑む優花の前で小鳥遊は包みを開け、ガラスの仕切りに凭《もた》れた。上を向く精力漲《みなぎ》る自身の先の部分にゴムをあてがい、丁寧にかぶせる。

優花を抱くという意思表示とも取れる態度に、女として心を揺さぶられる。これまでも彼に抱かれているのに、また違う興奮を掻き立てられ、優花の心臓は早鐘を打ち始めた。弾む呼気《こき》も抑えられない。

「鳴海……」

小鳥遊が優花に迫り、仕切りのガラスへと追い立てる。背中に触れる冷たい感触に息を呑んだ時、彼が優花の膝の裏に腕を差し入れて持ち上げた。

「あっ！」

片脚を上げたせいで、優花の秘所が露《あらわ》になる。花蜜がまとわりつく淫唇《いんしん》がぱっくり割れ、小鳥遊の膨《ふく》れた切っ先が戦慄《わなな》く媚口《びくち》に触れる。彼の燃えるような体温が伝わり、自然と躯が震え上がった。

「俺がほしいって、ぴくぴくしてる」

小鳥遊は口元をほころばせて、優花の頭に自分の額《ひたい》をこつんと触れさせた。

「苦しいかもしれないから、俺にしっかりしがみついてて」

優花は言われるまま、小鳥遊の背に両腕を回して心持ち躯を密着させる。乳房が彼の胸板をかすめるだけで、ツンと硬くなった乳首がぴりぴりしてきた。

「挿《い》れるよ……」

小鳥遊を受け入れる準備ができている秘所は、あふれ出た粘液でびしょ濡れだった。そこに彼の膨らんだ先端が触れる。くちゅと淫靡《いんび》な音を立てて、蜜口に捩《ね》じ込まれた。

「……っ、んぁ、……っぁ」

媚壁を押し広げながら時間をかけて進む、小鳥遊の昂《たかぶ》り。蜜壷に埋めては退《ひ》き、また少し奥へと挿入していく。

「あ……っ、やぁ……あぁっ！」

小鳥遊の背に爪を立て、優花は襲いかかる快感に抗《あらが》おうとする。だが時間をかけて駆り立てられた熱は既に躯《からだ》中に広がり、もう大きく燃え上がっていた。律動されるだけで絶頂に達してしまうのではと思うほどの快楽が、優花を包み込む。

「……っく！　鳴海、そんなに締め付けないで。俺、我慢ができなくなる」

「我慢なんてしないで。わたし……小鳥遊くんに望まれるなら、どんな風に抱かれてもいいの。だって、嘘《うそ》っ……っぁ！」

あれほど大きく漲《みなぎ》っていたのに、また優花の膣内で小鳥遊の熱棒が膨れ上がった。硬さも増し、敏感な皮膚を無理やり引っ張られる苦しさに襲われる。

「鳴海……、簡単に〝どんな風に抱かれても〟なんて言ったら駄目だ。俺の妄想はもっと凄いんだから、これまで以上に鳴海を啼《な》かせてしまうよ」

小鳥遊が甘い声で囁《ささや》き、優花の鼻に自分の鼻を触れ合わせる。

「でも今は、先のことはいい。この時間を大切にしたい」

ペロッと優花の鼻を舐《な》めたのを合図に、小鳥遊が律動を始めた。角度を増す熱茎に穿《うが》たれ、優花は片脚で立っていられなくなる。すると、彼は優花のぐらつく躯を支えながら腰を抱き、蜜壷《みつつぼ》を貫いた。

「あっ、あっ……っん、……ぅ、はぁ……ん！」

苦しい体勢だが、ぬめりのある愛液が彼の滑りをスムーズにする。

「まっ、待って……っん、あっ、そこ……あ……っ」

優花は、小鳥遊の肩に顔を押し付けた。彼は浅く腰を引いては、深く楔《くさび》を打ち込む。これまでの体位と違うせいか、触れられただけでビリッとした電流が走る。

「ここが気持ちいい？　鳴海の、いいところって、ここ？」

小鳥遊は抽送《ちゅうそう》を繰り返しては、腰を回転させ、優花が一番感じる場所を探る。わざと膣壁を擦《こす》り上げるようなエロティックな動きに、腰が気怠《けだる》くなっていく。そんな状態なのに、彼は一際優花が喘《あえ》ぐ場所を探り当て、そこを集中的に攻めてきた。

「ンッ……あっ、ダメ……っんぁ！　そこは、イヤ……ああ、は……ぁん！」

優花を攫《さら》おうとする情火の渦《うず》に呑み込まれそうになる。快感に身震いしつつも、優花は彼の背に回した手を滑らせ、必死に肩口を掴《つか》んだ。

「俺を咥《くわ》え込む優花のここ、すごく俺のをしごいている。わかる？」

小鳥遊が赤裸々な言葉で責め立てる。優花の意識は、膣内に何度も埋められる感覚にしか向かなくなっていった。

「ほら、さらに俺を締め上げてくる。なあ、俺に抱かれるのが好き？」

小鳥遊の肩に顔を押し付けて、優花は悦《よろこ》びに包まれながら小刻みに頷いた。

「ああ、本当に可愛い。俺をどれほど虜《とりこ》にするんだ？　何度抱いても、新しい鳴海を発見できるなんて、この上なく幸せだ」

「あ……っ、んんぅ、はあ……あっ……ぁ」

もう限界だ。小鳥遊に片脚と腰を支えられているが、もう耐えられない。体内で生まれたうねりが凄い勢いで増幅され、瞬《また》く間に下肢の力を攫《さら》う潮流へと変化していく。

「ん、んぅっ！」

「ああ、鳴海。君を、めちゃくちゃにしたい！」

切羽《せっぱ》詰まった声を、耳元で囁《ささや》かれる。耳殻《じかく》に触れる湿った嘆息、耳孔《じこう》をくすぐる艶《つや》のある声音に、優花の躯《からだ》は愉悦の渦《うず》に包み込まれた。

「ああ……、ん……ぁ、んくっ！」

優花は顔をくしゃくしゃにさせて、送られる刺激に陶酔《とうすい》する。そうしながらも、優花はどんな行為でも受け入れると伝えるために、小鳥遊の肩口にキスを落とした。

「酷《ひど》い男だと、思わないでくれ。それほど俺は……ああ、優花！」

小鳥遊が愛しげに優花の名を囁くと、優花の片脚を抱え上げる腕に力を入れた。膝が乳房につくほど持ち上げられる。そして、彼は激しく腰を前へ突き出した。

大きくて太い剣に蜜を掻き出され、ぐちゅぐちゅと淫靡《いんび》な音を立てられる。小鳥遊を受け入れる粘液音が、どれほど彼に感じさせられているのかを物語っていた。普通なら、内腿《うちもも》に滴《したた》り落ちる花蜜の量に恥じらいを覚える。でも優花は、そんな風にはまったく思わなかった。それ以上に、彼をすんなり受け止められる準備ができたことの方が誇らしい。

彼を愛しているから……

優花は片脚で爪先立ちし、小鳥遊の躯に強く抱きついた。

「たか、なし……くん。……つぁ……っん、はぁ」

小鳥遊の愛戯《あいぎ》でもたらされる恍惚感《こうこつかん》に、優花の頬は紅潮し、キスで腫《は》れた唇から漏れる吐息は熱をはらみ始めていく。

「ダメ……っんぁ……っ、もう……わた、し……っ！」

「うん、わかってる。俺が、優花をイかせてあげる」

宣言どおり、小鳥遊は挿入する角度を変えては膣奥を抉《えぐ》り、ずるりと引き抜き、彼が見つけた優花が一番感じる部分を執拗《しつよう》に擦《こす》る。

しかも、律動のビートをどんどん速めていく。深奥を攻める圧迫感と、膨張する熱が作用し合い、疼痛《とうつう》に身を支配される。優花は小鳥遊の喉元に湿った息を零《こぼ》して、彼の肩に強く爪を立てた。

「あっ、あっ……ダメッ！　いや……ぁ、もう……い、イク！」

押し寄せる快《こころよ》い疼《うず》きに抗《あらが》えなくなった時、彼を包む蜜口が締まった。

小鳥遊は歓喜に満ちた呻き声を上げつつも、抽送《ちゅうそう》のスピードを緩めない。それどころか、さらに速めて、優花の濡れた奥を根元深くまで突き上げる。

徐々に小鳥遊の息遣いが荒くなり、優花の喘《あえ》ぎ声と協奏し合う。シャワーブースに濃厚な空気が流れる中、優花は彼に淫靡《いんび》な音を立てられ総身を揺すられていた。

「たかな、し……くんっ！」

もう耐え切れないとすすり泣きに似た嬌声を上げた刹那《せつな》、小鳥遊が違った動きを入れた。ぷっくりした花芯《かしん》に何かが触れ、優花の体内で渦巻《うずま》いていた熱だまりが一気に弾ける。

「っんんんぁ……っ！」

優花は背を弓なりに反《そ》らし、躯《からだ》の中で燃え上がる熱に身を投げ出した。瞼《まぶた》の裏には眩《まばゆ》い閃光《せんこう》が放たれ、万華鏡の如《ごと》く色鮮《いろあざ》やかな光が射す。あまりにも強烈な絶頂感に、優花の頭の中は真っ白になり、四肢の力が緩《ゆる》やかに抜けていった。

直後、小鳥遊が呻き声を上げて優花の深奥に精を迸《ほとばし》らせたが、それに気付かない。優花は繭《まゆ》に包まれたような温もりに抱かれて、彼の腕の中で静かに意識を手離した。

＊＊＊

誰かが、優花の髪を優しく撫《な》でている。羽みたいな軽いタッチで頬に触れたと思ったら、柔らかくて冷たい感触があとに続いた。

「……う、ん……」

優花は柔らかな枕に顔を埋《うず》めて、満ち足りた息をついた。普段使わない筋肉を酷使《こくし》したせいか、躯は気怠《けだる》い脱力感に包まれている。でもそれがまた気持ちがいい。

お願い、このままもうしばらくわたしを放っておいて――心の中で囁《ささや》くと、〝うん？　誰に言ってるの？〟とどこからともなく自分の声が聞こえた。

突然眠気が掻き消え、優花はハッとして目を開けた。ベッドに手を突き、震える腕に力を込めて上体を起こす。カーテンが引かれているので部屋は薄暗いが、隙間から射し込む陽光で、朝になっているとわかった。

「そうだった。昨夜は――」

小鳥遊とめくるめく甘い夜を過ごした記憶が、走馬灯《そうまとう》のように浮かぶ。バスルームで愛された直後少し気を失ったが、再びベッドで彼と激しく四肢を絡めて愛し合った。共に躯を寄せ合って眠りについたのはつい先ほどでは、と錯覚するぐらい、躯が気怠い。

優花は視線を彷徨《さまよ》わせて、ダブルベッドの隣を見る。でも、そこは空っぽだった。隣の枕は窪《くぼ》んでいて使った形跡はあるが、部屋に優花以外の誰かがいる気配はない。バスルームにいるかと思い耳を澄ませるが、一切音は聞こえてこなかった。

もう一度空いた隣を見ると、サイドテーブルに置かれてある白い紙が目に入った。そのメモを手に取る。

そこには〝一緒に朝食を取りたかったけど、気持ち良さそうに眠っていたので起こさずに行きます。精算はしていくのでチェックアウトまで休んでください。昨夜は本当にありがとう。では、行ってきます。彬〟と書かれていた

小鳥遊の気遣いに、本当なら心が温まるはずなのに、優花の心臓に締め付けられるような痛みが走った。手足も氷みたいに冷たくなっていく。

小鳥遊が優花をその場に置き捨て、宇都宮のもとへ飛んで行ったと感じたからだ。実際はそうではないかもしれない。だが相手は、一度は想いを通わせ合った元恋人。その相手と泊まりの出張と思っただけで、二人の間で何かが起きるのではと胸騒ぎが収まらない。

「……お願い。早く、帰ってきて」

優花は小鳥遊の恋人ではない。だからそんな風に思うのはお門違いなのはわかっている。でも言いようのない不安に苛《さいな》まれて、優花はベッドの上で膝を抱え込み、小さく躯《からだ》を丸めた。

六

翌日、日曜日。今日、小鳥遊が帰国する。

これまで、彼はどんなに忙しくても、毎日欠かさず連絡だけはしてくれた。なのに、今回に限って彼から着信がない。そのことに、優花は少なからずショックを受けていた。

土曜日の早朝に出国して、日曜日に帰ってくるというハードスケジュールなのはわかっている。

いろいろと忙しくて連絡できなかったのかもしれない。でも本当は、宇都宮と過ごす時間が楽しくて、優花を忘れていたのではないだろうか。

美男美女が互いを激しく貪《むさぼ》る光景が優花の脳裏《のうり》に浮かび、慌ててその考えを拒絶する。

「違う、そんなことあるわけない！　あるわけ……」

これ以上、小鳥遊が連絡をくれなかった理由を考えたくない。

優花は、あえて精力的に動き回った。午前中いっぱいは部屋の掃除をし、午後は一週間分の食料を買いに行く。

そこまでは良かった。だがアパートに戻って一人になると、また小鳥遊のことを考えてしまう。

優花はガラステーブルに置いてある携帯を見た。今日、それはまだ、一度も鳴っていない。

小鳥遊は、十六時に始まるラジオの生放送に出演するため、もう帰国しているはずだ。その番組は、渋谷にあるサテライトスタジオで毎月一回行われる。彼の出張スケジュールがハードだったのも、この仕事があったせいだ。

放送開始まで、あと十五分。今家を出れば、放送終了までには現場に着けるかもしれない。

そう思った瞬間、優花は動き出していた。細身のジーンズに、胸元が開いたキャミソールといった洒落《しゃれ》っ気のない恰好だったが、その上に日焼け防止のボレロカーディガンを羽織る。クラッチバッグに財布と携帯、ハンカチだけを入れると、部屋を飛び出した。

肌をジリジリと焦《こ》がす強い陽射しが降り注《そそ》ぐ中、最寄り駅まで歩く。電車の中でサテライトスタジオの住所を確認して電車を乗り換え、渋谷駅で降りた。

ハンカチで汗を拭《ぬぐ》いながら人込みのスクランブル交差点を通り抜け、坂を上がる。すると、十代から二十代の若い女性たちが、ある一箇所に群がっているのが目に入った。スピーカーを通して漏れる、男性たちの笑い声も聴こえる。一人は、優花の知る小鳥遊の声だ。

たった一日小鳥遊の顔を見なかっただけなのに、まるで何週間も離れていたかのように感じる。

優花は弾む胸に手を置き、少しずつそちらへ近づいた。ガラス張りのスタジオの中に、ヘッドホンをつけた小鳥遊と、ドラマや映画で活躍している若手男性俳優がいた。

優花はサテライトスタジオを望める歩道の柵に腰掛け、自然と小鳥遊の姿を追う。

小鳥遊は手元にある原稿をあまり見ず、ゲストから面白い話を聞き出したり、応援してくれるファンに彼の意識を向けさせたりしている。楽しそうに笑ってはゲストの肩の力を抜かせるその姿に、優花は目が離せなかった。

小鳥遊はアナウンサーだが、俳優みたいに花がある。体躯《たいく》も、モデル並みに引き締まり、声や話し方も素敵だ。彼に惹《ひ》かれる女性もいるのではないだろうか。

優花は、周囲に集まる女性たちに目を向けた。ガラス張りのスタジオに張り付くのは、ゲストのファンのはず。でも、小鳥遊に目を奪われている女性もちらほら見受けられる。

小鳥遊がやりたかった仕事で成功していく姿を見るのは、まるで我が事のように嬉しい。反面、彼を応援するその他の女子と優花は、なんら変わりないと思い知らされる。

優花は小さくため息を吐《つ》き、軽く俯《うつむ》く。

ここまでいったい何しに来たのだろう。連絡をくれなかった小鳥遊が優花を忘れていないか、自分の目で見るため？　それとも元カノの宇都宮と関係を持ったのかどうか、確かめたかった？

別れて何年も経っていても、一度でも肌を重ねたことがあれば、男性はその人を忘れられないと聞く。今、二人の間に仕事以上の関係はないと信じたいが、やはり心のどこかで、小鳥遊はまだ宇都宮が好きなのではと思ってしまう。彼女を前にして、欲望を抱かない男はいないとわかっているからだ。

「……帰ろうかな」

そもそも優花は、小鳥遊とは付き合っていない。にもかかわらず、浮気を疑う恋人みたいに仕事場まで押しかけてきたら、彼が幻滅するのは明白だ。さらに〝俺たちって、そういう関係じゃないよね？〟と追い討ちをかけられたら、恥ずかしくてこの先彼と顔を合わせられない。

うん、帰ろう……。

優花は腰を上げながら、ガラス張りのスタジオに目をやる。途端、優花の心臓がドキンと高鳴った。何メートルも離れているのに、小鳥遊が優花の姿を認めて驚いた顔をしている。

優花は咄嗟《とっさ》に「ごめんなさい」と呟《つぶや》いた。それを見た小鳥遊が、あたふたと小さく頭を振る。

ひょっとして、ここにいろという意味？　帰ってはいけないということ？

その仕草の意味は正確にはわからなかったが、再びおずおずと腰を落とす。すると、彼が白い歯を見せて頷いた。

「今日は楽しいお話をたくさん聞かせてくださり、ありがとうございました」

小鳥遊がゲストに頭を下げ、スタジオの外で手を振るファンにも会釈《えしゃく》する。若手俳優がファンに笑顔を向けると、彼女たちが歓喜の声を上げた。小鳥遊はその光景に口角を上げ、ヘッドホンに触れる。コントロールルームから指示が入っているのか、彼は一度原稿に視線を落として頷き、顔を上げた。

「さて、八月にお迎えするゲストですが……まだ正式に決まっていないみたいなので、決定次第ホームページで発表させていただきますね。夏休み中なので、是非学生の方も渋谷のサテライトスタジオにも遊びにきてください。それでは、第四週の日曜日にまたお会いしましょう」

番組のテーマソングが流れ始めると、小鳥遊はヘッドホンを外し、若手俳優とにこやかに握手を交《か》わす。音楽が止まるまで、彼らはスタジオ内からファンサービスをしていた。

無事に番組が終わると、ファンの女性たちが一人、また一人と去っていく。サテライトスタジオ前は、優花ただ一人になった。

「どうしよう」

優花は、歩道の柵から静かに立ち上がった。小鳥遊が何を伝えたかったのか定かではないが、いつまでもここにいれば、彼に迷惑をかける可能性がある。何か話があれば、今度こそ携帯に連絡を入れてくれるだろう。

それを信じなければ……

優花が、渋谷駅へ向かって歩き出そうとしたその時だった。

「鳴海！」

喧騒《けんそう》の中、優花の名を呼ぶ声が耳に届く。振り返ると、小鳥遊が優花の方へ走ってくるところだった。彼はいつものようにキャスケットを深々とかぶり、伊達眼鏡をかけている。

「小鳥遊くん」

小鳥遊は駆け寄って来るなり手を伸ばし、優花の手を握り締めた。

「初めてだね。鳴海が俺の仕事を見に来てくれたのって」

思ってもみなかった小鳥遊の態度に驚きつつも、優花の頬が自然と上気する。目を伏せる優花に、彼はさらに強く手を握ってきた。

「鳴海、このあと予定は？」

「わたし？　別に何も……ないけど？」

優花の返事に、小鳥遊がホッと息をついて胸を撫《な》で下ろす。

「実は俺、まだ仕事が残ってるんだけど、一時間ほど休憩があるんだ。近くに美味《おい》しいクラブサンドを出すカフェがあるから、そこで話さないか？　それに、渡したいものもあるし」

小鳥遊は優花にノーと言わせないためか、手を握ったまま歩き始める。優花は彼に引っ張られる形であとをついていくが、すぐにやや小走りして彼の隣に並んだ。

「小鳥遊くん、あまり無理しないで。仕事を優先してくれた方が、わたしも――」

「気にしなくていいよ。実は、元々別件で空きをもらってたんだ。それに、鳴海の体調も気になってたし」

「体調？」

小首を傾《かし》げる優花を小鳥遊は横目でちらっと見つめ、意味深に口元をほころばせた。

「うん。……金曜日の夜、無理な体勢で鳴海を激しく抱いただろ？」

シャワーブースで愛された体位だけでなく、激しく奥を突かれ、異様に感じる場所を探し当てられた時のことを思い出し、優花の頬が紅潮していく。

「その分だと、大丈夫だったかな？　バスルームでイッたあとも、鳴海の方から俺を強く求めてくれたし。あれ、とても嬉しかった」

小鳥遊の生々しい言葉に、優花は羞恥《しゅうち》を隠したくて片手で顔を覆った。

「小鳥遊くん、言葉が露骨過ぎる……」

「そうさせているのは、相手が鳴海だからだよ」

急に小鳥遊の声が低くなる。驚いた優花は、手を下ろして彼を仰ぎ見た。

「でもできれば、大学時代の鳴海に、俺は――」

俺は、何？　――続きを求めて待つが、小鳥遊は口を噤《つぐ》む。肩で息をして、込み上げてくる感情を必死に殺している風に見える。サテライトスタジオの脇にある裏通りへ入っても、小鳥遊は何も言わない。ただ、感情の宿る瞳を隠すように、キャスケットのツバを下げた。これ以上は何も話すつもりはないと、全身で優花を拒《こば》んでいる。

小鳥遊のそんな態度に傷つけられながらも、ここで諦めたくない優花は、自分の手をしっかり握る彼の手に視線を落とした。

「わたしに言いたいことがあれば、遠慮せずに言って……」

「言ったら、鳴海は逃げ出すよ。俺の中で渦巻《うずま》く醜《みにく》い感情を知ったら、この手を振り払うと思う。

だから言わない。今はまだ、鳴海に嫌われたくないんだ」

力のない笑みを浮かべたと思ったら、苦々しく顔を歪《ゆが》める小鳥遊。そんな彼を初めて見て、優花は息を呑むほど驚いた。

いったい何が、小鳥遊を不安にさせているのか。彼が何か酷《ひど》い行為を求めてきたとしても、優花が彼を嫌う日は絶対にこないのに……

そこはきちんと伝えたいと思うが、そうなると優花が小鳥遊を好きだと告白する必要が出てくる。でも彼は優花と大人の関係を続けたいだけで、愛の言葉なんて望んでもいない。

もし、ほんの少しでも好きという想いをほのめかせば、彼は優花に対する興味を失い背を向けるだろう。

それを恐れた優花は、出そうになった言葉を呑み込んだ。

「鳴海……」

小鳥遊に名を呼ばれ、優花はそっと彼を仰ぎ見る。彼は辛《つら》そうな表情をして、優花を見下ろしていた。

「俺はね、二十二歳の時に一度失敗したんだ。掴《つか》みかけたと思ったら、それは砂と化して俺の指の隙間からすべて零《こぼ》れ落ちていった。それで、機が熟したと思えるまで無茶はしないと決めてる。なのに、なかなか感情が追いつかない。人生って、上手くいかないな」

小鳥遊が何を言わんとしているのか、優花はようやく理解できた。

二十二歳と言えば、大学在学中、もしくは社会人一年目のことになる。その時期、彼が宇都宮と付き合っていたと考えるなら頷ける。彼女との間で問題が起きたのだろう。二人の間にいったい何が起こったのか、これまでにないほど訊きたい衝動に駆られた。

けれどそこには触れず、優花は小鳥遊の手を引っ張って歩き出した。

「そういえば、カフェはどこにあるの？　早く冷たいジュースが飲みたいかも……」

「ああ、カフェはあそこ。蔦《つた》に覆われている店なんだけど、わかる？」

優花がこの話を終わりにしたと感じたのか、小鳥遊もそれ以上蒸し返そうとしなかった。前を向き、優花をカフェに誘う。

店内に入ると、レトロな雰囲気を醸《かも》し出す木製のカウンターやテーブルが目に飛び込んできた。内装はどこか昭和風だが、それがとてもいい。そこだけゆったりとした時間が流れているのではと思うほど、居心地良さそうな空間が作られている。魅力あふれるカフェに心を奪われていると、小鳥遊が優花の背に触れた。

「奥へ行こう」

小鳥優に促《うなが》されて、テーブル席に腰を下ろす。

クラブサンドが美味《おい》しいという話だったが、優花は果汁百パーセントのパイナップルジュースを、彼はカプチーノを注文した。二人ともバーで飲むカクテルと似た味を頼んだことに、優花はふっと頬を緩める。

「鳴海はさ、今日はどうしてサテライトスタジオに来てくれたんだ？」

飲み物が置かれると、小鳥遊が口を開いた。優花は冷たいパイナップルジュースを飲み、正面に座る彼と目を合わせる。

正直に、連絡がなかったからと言うべきか、それとも嘘《うそ》を吐《つ》いて、暇だったからと言うべきか。どうしようか悩んだが、前者は少し行き過ぎな気が、後者は白々し過ぎる気がして、結局どちらも選べなかった。

「小鳥遊くんの仕事って、わたしがかかわっているラジオ番組でしか知らないでしょ。できたら他の仕事も見たいなって思ってたの」

「そっか……。俺に会いたくて来たって言ってくれたら嬉しかったのに」

優花は小鳥遊の言葉にどぎまぎしつつも、その話題を避けるためグラスを置いた。

「出張はどうだったの？　疲れたでしょ？」

「まあね。でも、イベントスタッフの方が大変だから、俺は文句を言えないよ。それに、千穂が持ってきてくれたこの仕事を引き受けたいって言ったのは俺だし。会社に迷惑をかけないためにも、イベントに来てくれる人たちのためにも、俺はできることをしただけさ」

「そう、だよね」

ぎこちなさが残るが、優花は小鳥遊が不審に思わないよう目を細める。本来なら、ここでどんなイベントだったのか訊くべきかもしれない。だが、優花はあえて話題を広げようとしなかった。詳しく問いかければ、そこには必ず宇都宮の名が出る。二人がどういう風に過ごしたのかなんて聞きたくない。

「それにしても、帰国早々生放送って大変だね。向こうを発《た》ったのって早朝でしょ？　あまり眠れてないんじゃない？　大丈夫？」

「俺は大丈夫だよ。成田に着いたあとは直接会社へ行って、仮眠室で眠って、生放送に備えたし」

小鳥遊はにっこりする。でもすぐに、申し訳なさそうに頭を下げた。

「向こうから連絡できなくてごめん。分刻みで忙しくてさ。昨夜は現地スタッフが食事会を開いてくれたのはいいんだけど、気付けばもう朝四時で。五時にはホテルを出て、一緒に帰国する千穂と待ち合わせをして空港へ行ったんだ。そんな訳で、移動中はほとんど眠ってしまった」

「じゃ、向こうでは自分の時間って持てなかったの？」

千穂ちゃんとは甘い時間を過ごしたわけじゃないの？　――そういう思いを目に込めて、小鳥遊の顔を見つめる。

「全然なかった。まあ、仕事で行ってるから、当然だけどね」

小鳥遊の言葉に、優花の頬が自然と緩む。宇都宮と同じ便で帰ってきたというのは気になるが、それでも自由な時間はなかったとわかり、ホッと胸を撫《な》で下ろした。

「でも、鳴海にはお土産《みやげ》を買ってきたんだ」

「えっ？」

小鳥遊はポケットから小さな包みを出し、優花の前に置く。台湾土産という名に相応《ふさわ》しく、見慣れない漢字が袋に書かれていた。

「スーツケースは会社に置いてるけど、鳴海に買った土産だけはボディバッグに入れててさ」

「開けていい？」

小鳥遊の「いいよ」という返事をもらうと、優花は封を開けて手のひらに出した。それは、鉱石が連なったブレスレットだった。

「可愛いだろう。緑色の石は翡翠《ひすい》、淡いピンク色の石はローズクォーツ、灰色のものはラジウム鉱石だって」

「素敵……！」

「現地のスタッフが連れて行ってくれた店でそれを見た時、鳴海の華奢《きゃしゃ》な手首に似合うなと思ったんだ」

優花は、ブレスレットを手首に嵌《は》めた。

翡翠には災難除け、ローズクォーツには無条件の愛という意味があると、雑誌でよく目にする。そこに小鳥遊の想いが込められているのを感じ、優花はブレスレットに触れた。

「ありがとう！」

思いがけない小鳥遊の土産に、優花の胸の奥が蝋燭《ろうそく》の火を灯《とも》したように熱くなっていく。彼が向こうでも優花のことを忘れずにいてくれたのがとても嬉しかった。

どうしよう、小鳥遊に抱きついて、キスしたい……

小鳥遊への想いが目に宿っていたのかはわからない。だが、眼鏡のレンズの向こうにある彼の目線がついと下がり、優花の唇に落ちた。次第にそこがじんじんしてくる。耐え切れなくなってかすかに唇が開くと、彼の瞳の色が少し濃くなった。

「鳴海はさ……、どうしてそう簡単に俺の心を――」

何かに惹《ひ》き寄せられるかのように、小鳥遊が優花に向かって片手を伸ばす。その手が頬に触れそうになった、まさにその瞬間だった。

「彬くん！」

甘い声が店内に響いた。その声の主が誰なのかわかると、優花に緊張が走る。

聞き違いだとは思わなかった。ほんの数日前、同じシチュエーションに遭遇したからだ。しかも小鳥遊が「千穂！」と優しい声で呼べば、もう疑う余地はない。

でも、どうして宇都宮がここに？　表通りから脇に入ったところにある隠れ家風のカフェを、何故知っているのだろう。まさか小鳥遊は、ここで彼女と会う約束をしていた？

優花は正面に座る小鳥遊に目を向ける。だが、彼の色を失った顔を見て息を呑んだ。優花の視線にも気付かず、顔を強張《こわば》らせる彼。宇都宮とは違う別の誰か、もしくは何かに気を取られているのがわかった。

優花が振り返ろうとしたその時、宇都宮がテーブルの横に立った。ちらっと小鳥遊を窺《うかが》うが、彼は彼女を一切見ない。優花の背後だけをじっと凝視している。

「優花」

本当は、小鳥遊が何を見ているのか確かめたい。だがここで優花の名を呼ぶ宇都宮を無視すれば、彼女の機嫌を損《そこ》ねてしまう。優花は、しぶしぶ彼女を仰ぎ見た。

「あたしと彬くんが待ち合わせしている場所に、まさか優花がいるなんて！　本当にびっくり！　それにしても、再会してからよく会うわね」

宇都宮はにっこりして、優花を抱きしめるように肩に手を置いた。そして耳元に顔を寄せてくる。

「彬くんが忙しいってわかってるのに、現場まで押しかけてきたの？　もう大人なんだから、場をわきまえたら？」

優花にしか聞こえないほどの小さな声で囁《ささや》く。しかもその声音には、刺々《とげとげ》しさが含まれていた。

宇都宮はすぐに優花から躯《からだ》を離し、何事もなかったかのように「ねっ、優花」と言って可愛らしくニコッとする。だが優花を見る彼女の目は笑っていない。

優花は咄嗟《とっさ》に返事ができなかった。彼女の優しい笑顔とは裏腹の、胸を抉《えぐ》る言葉。それが鋭い刃《やいば》となって、優花の心臓に突き刺さったからだ。

宇都宮は、もう一度小鳥遊とヨリを戻そうと考えているのだろうか。だから、こんな風に牽制《けんせい》している？　もしそうなら、優花に勝てる要素はない。小鳥遊だって彼女に迫られたら、きっとノーとは言えない！

「千穂……」

顔の血の気が一気に引くのを感じながら宇都宮を見つめていた時、小鳥遊の声が耳に入った。彼女は綺麗な歯を零《こぼ》して、優花から小鳥遊へと目を向ける。

「ごめんね。彬くんに時間を作ってもらったのに、先に優花と話しちゃった。それより、彬くんはもう気付いていると思うけど……今日は懐かしい人も一緒なの。……ほら来て」

宇都宮が優花の後方に意識を向け、手招きする。つられてそちらを見ると、どこか見覚えのある男性がいた。彼は優花を見るなり、懐かしそうに口角を上げる。その笑顔が、優花の記憶にある男性と重なる。襟足《えりあし》を隠すほど長かった髪は短くなっていたが、間違いない。

「佐野、くん？　どうして……」

「久しぶり、優花」

えっ？　……ゆ、か？

優花は目をぱちくりさせ、勝手に隣に座ろうとする佐野大地を見た。彼とは大学のサークルは同じだったものの、話しかけられたら答えるというぐらいの間柄でしかない。しかも、当時は苗字で呼ばれるのが普通で、〝優花〟と言われたのは今日が初めてだ。

突然のことに何も反応できずにいると、佐野がいきなり動き出した。隣の椅子にあるクラッチバッグを掴《つか》み、それを優花の膝に親しげに置くと、空いた場所に座る。

「やあ、小鳥遊」

「……ああ」

小鳥遊の隣に宇都宮が腰を下ろすのと、不機嫌そうに唇を引き結ぶ小鳥遊とを、優花はもやもやした気分で交互に見つめる。

何故小鳥遊がそんな表情を浮かべているのかと一瞬不思議になったが、宇都宮を見てその理由に思いついた。

宇都宮が佐野と一緒に現れて、嫉妬《しっと》しているのだ！

愕然《がくぜん》とする優花の前で、宇都宮がくすくすと可愛らしい声で笑う。

「びっくりしたでしょ。ちょうど大地から連絡があったの。彬くんとは仕事で会うんだけど、十分くらいで終わるから、一緒に行かないかなと思って誘っちゃった。二人は、知らぬ仲でもないしね。でもまさか、優花もここにいるなんて。まるで同窓会みたい！　ねえ、大地、嬉しいでしょ。優花とは久しぶりだもんね」

「ああ、とっても。その、俺たちの……最後の別れ方が、お互いにとって辛《つら》いものだったしね」

最後の別れ方？　佐野との……？

佐野が何のことを言っているのか、すぐにはわからなかった。でも意味深に〝最後〟と言われて思い出すのは、卒業式しかない。

あの日、優花は佐野にサークルの皆で写真を撮ろうと言われた。待ち合わせ場所を決めて彼と別れたが、小鳥遊と宇都宮が両想いになったショックで、結局優花は約束を守らずに逃げた。

待ち合わせについて、小鳥遊には何も告げずに……

「ごめんなさい！　わたし、そんなつもりじゃ――」

「待って。昔のこととはいえ個人的な話だから、誰にも聞かれたくないかな」

「えっ？　あっ、うん……」

優花は素直に頷く。ここで小鳥遊を呼んでこなかった理由を問われれば、二人の告白シーンを盗み見したと話さなければならなくなる。それは絶対に嫌だった。

その時、佐野がいきなり優花の手を掴《つか》み、前置きもなしに立ち上がる。優花は咄嗟《とっさ》に佐野の手を振り払おうとするが、それをさせない強さで逆に握り締められた。あまりの痛さに息を呑むが、彼は真っすぐ小鳥遊だけを見つめている。

「小鳥遊は、千穂と大切な話があるんだろ？　俺も優花と……昔できなかった話をしたいんだ。彼女、借りるよ」

「ま、待てよ、佐野——」

腰を浮かしかけた小鳥遊の腕に、宇都宮が手を乗せる。

「いいじゃない。別にどこかへ行くわけじゃないし。それに、あたしとしなきゃいけない仕事の話があるでしょ？」

小鳥遊が何かを言う前に、佐野が「あっちへ行こう」と優花の手を引き、歩き出した。

「あ、あの、佐野くん!?」

そう言いながら、優花は肩越しに小鳥遊を見る。何故か彼は、その顔に辛苦《しんく》を滲《にじ》ませて、優花に縋《すが》るような目を向けていた。だが何も言わない。

「行くよ、優花」

結局、佐野に促《うなが》されるまま、優花は彼と一緒にカウンター席の端に座った。優花の席からは、小鳥遊たちが見えない。彼らの様子が気になるものの、わざわざ振り返って、仲睦《なかむつ》まじくする小鳥遊と宇都宮を見る勇気はなかった。

優花がスツールの上で躯《からだ》を小さくしていると、店員が近寄ってきた。優花には飲みかけのパイナップルジュースを、彼にはアイスコーヒーを置く。優花が移動したのを見て、小鳥遊と座っていたテーブルからジュースを持ってきてくれたのだ。

「ありがとうございます」

店員が笑顔で離れると、佐野が優花に顔を向けた。

「そういえば、勝手に優花って呼び捨てにしてごめん。千穂がさ、いつも優花って呼んでたから俺にも移ってしまって……。いいかな、優花って呼んでも」

「うん、佐野くんがいいなら……」

「良かった」

佐野がホッとした息をすると、人懐っこい目で優花を見つめてきた。

「それにしても、卒業以来の再会だよな。元気にしてた？　サークルの皆が連絡取れないって言ってたよ。定期的に飲み会とかやってるから、今度は優花も来てよ」

「……そうだね」

はっきり行くとは言わずに言葉を濁《にご》し、優花はグラスについた水滴に指を這《は》わせた。行きたくないわけではない。ただ、サークルの友達と会えば、絶対に昔話になる。そうなると、小鳥遊が宇都宮に想いを寄せていたいろいろな場面を鮮明に思い出してしまう。それが嫌だった。

「じゃ、決まったら……連絡するよ。携番教えて」

佐野が携帯を取り出す。優花が彼に番号を伝えると、クラッチバッグの中で携帯が鳴った。

「今の、俺がかけたやつ。あとで登録しといて」

「うん……」

「ところでさ、そんなに身構えないでよ。小鳥遊の前で、昔できなかった話をしたいとは言ったけど、正直興味ないし。それよりさ、優花にお願いがあるんだ。これからは俺とも仲良くしてよ」

佐野が名刺を差し出す。それを受け取って見ると、彼の勤め先は商社で、マーケティングの仕事をしているとわかる。

「千穂に聞いたよ。優花って、広報戦略会社で働いてるんだって？　見てわかるように仕事内容は違うけど、お互いきっといい刺激を受けると思う。仕事の話とかいろいろ聞かせてよ」

「でも、わたしの仕事は事務だし、話すと言ってもあまり――」

「それでもいいよ。数字から見えるものだってあるんだし。じゃ、これからもよろしくってことで」

佐野が優花に握手を求めてきた。改まった振る舞いに面食らうが、彼は気にせず「ほら、早く」と急《せ》かす。優花はおずおずと手を差し出し、佐野と握手を交《か》わした。

「良かった！　俺をもっと知ってもらえるように頑張るよ！」

これまでとは違い、佐野が心なしか声を張った。そして、握った手を持ち上げ、優花の手の甲に額《ひたい》を付ける。

「ちょっ、あの――」

佐野の態度に驚き、慌てて手を引こうとした時、グラスの割れる音が店内に響いた。ビクッとして、優花は佐野に掴《つか》まれたまま振り返る。小鳥遊が青い顔をして立ち上がり、こちらを見ていた。テーブルには水が零《こぼ》れ、その下には割れたグラスの破片《はへん》が飛び散っている。

冷静さを失ったような形相《ぎょうそう》で、小鳥遊が宇都宮に何かを告げると、通路に出た。

「彬くん！」

宇都宮が声を上げるが、小鳥遊は足を止めない。優花たちが座るカウンターへ来ると、彼は佐野に握られていない方の優花の腕を掴んだ。

「小鳥遊、くん？」

「鳴海、行こう」

「えっ？　た、小鳥遊くん！」

小鳥遊は口を開かず、優花の手を強い力で引っ張って、カフェのドアへと向かう。

優花は振り返り、佐野を窺《うかが》う。彼の態度に変化はなく、ただ優花と目が合うと苦笑した。宇都宮を見ると、彼女は何故か複雑そうな顔をしていた。

千穂ちゃんといったい何があったの？　――そう訊《たず》ねたいのに、その一言が口から出ない。優花は、唇を真一文字に引き結び、黙る小鳥遊の背を見続ける。カフェを出ても、彼と手を繋《つな》いで細い路地を歩いても、変わらず話しかけられなかった。

しばらくすると、サテライトスタジオが視界に入った。小鳥遊が足を止める。

「……駅まで送っていけなくてごめん」

「ううん、気にしないで」

「次に会うのは、収録日だよな？　仕事が詰まっててそれまで時間を取れないけど。必ず連絡はするから、待ってて」

小鳥遊がギュッと優花の手を握り、優花の手首にあるブレスレットをちらっと見た。

「俺がプレゼントしたそのブレスレット、いつも身に着けてくれる？」

「えっ？　あっ……うん。わたし、とても気に入ったし……」

「ありがとう」

そう言うものの、小鳥遊の顔はまだ強張《こわば》っている。優花は思わず彼の名を呼ぼうとするが、先に「じゃ、また」と遮《さえぎ》られた。

小鳥遊が背を向けて歩き出す。いつもと様子の違う姿を見つめていると、彼は気怠《けだる》げにキャスケットを脱ぎ、突然そのツバが歪《ゆが》むほど強く握り潰した。

「小鳥遊くん？」

優花の声は、小鳥遊に届かなかった。彼は一度も振り返らず、サテライトスタジオの裏口へ消えた。

七

八月に入ると猛暑日が続き、陽が落ちても熱帯夜となるのが普通になっていた。ニュースでも、灼熱《しゃくねつ》のアスファルトから立ち上る陽炎《かげろう》を映しては、熱中症の注意を促《うなが》す日々だ。

ただ、雨が一度も降らなかったわけではない。異常気象のせいで、突然ゲリラ豪雨に見舞われもした。

それもあって、この週末はどうなるかと思っていたが、取り越し苦労で終わりそうだ。

土曜日の朝。優花は自室の窓際に立ち、目の上に手をかざして雲一つない青空を見上げる。

「うーん、いい天気！」

爽《さわ》やかな風と陽光を肌で感じながら、目を閉じた。

明日は、ゲストを交《まじ》えた〝キミドキッ！〟の公開録音イベントが行われる。イベント会場は、群馬県にある広大な緑地公園。赤城山《あかぎやま》を望む公園に特設ステージが設営され、同時にそこで納涼夏祭りが催される予定だ。

今日、優花は現地に前乗りして、明日に備えて一泊する。小鳥遊は既に現地で忙しく動き回っているが、彼ならきっと仕事の合間を縫って、優花との時間を作ってくれるに違いない。何故なら優花がサテライトスタジオへ行ったあの日以降、彼とはプライベートの時間を持てないでいたからだ。それもあってか、小鳥遊も現場で優花と会えるのを楽しみにしてくれているようだった。

この時期、ラジオ放送局では毎年いろいろなイベントが目白押しで、小鳥遊も休日返上で仕事が組まれているらしい。ラジオの収録も、通常収録日に二週分の録り溜めをしたことを考えれば、彼がどれだけ忙しいかわかる。

でも、もうすぐ小鳥遊くんと会える——そう思っただけで、優花の頬は自然と緩んだ。

ただ、小鳥遊がサテライトスタジオ前で見せた、別れ際の様子が気になっていた。だが、毎日くる連絡からは、不機嫌さは感じられなかった。

だからきっと、あの日のことは、それほど不安になる必要はない。今は、小鳥遊と顔を合わせるその瞬間を楽しみに待てばいい。

「さてと、行く準備を始めようかな」

優花は洗面所へ向かった。簡単に髪の毛をアップにしてシャワーを浴びる。その後は部屋へ戻り、化粧を始めた。

特別な手入れをしたわけではないが、この日の化粧乗りはとても良く、肌に透明感が出ている。優花が小鳥遊に早く会いたいと思う気持ちが、身と心を活性化させているのだろうか。

恋をすると綺麗になるというのは、本当かもしれない……

湧き上がってくる温かい感情に胸が震えた時、充電中の携帯が鳴った。優花は立ち上がり、携帯の液晶画面を確認する。表示された名前に驚き、慌てて通話ボタンを押した。

「もしもし！」

『鳴海？』

電話越しに聞こえてくる、小鳥遊のバリトンの声。自然と優花の背筋にぞくぞくした疼《うず》きが走り、たまらず躯《からだ》を縮こまらせた。

「うん……」

『今、起きたところ？』

「ううん、四十分ぐらい前かな。どうして？」

『鳴海の声が色っぽいから、寝起きなのかと思って』

小鳥遊の声が、内緒話をするように心持ち低くなる。まるで、彼に抱き寄せられて耳元で囁《ささや》かれた時みたいに、優花は躯の芯に火が灯《とも》った。自然と漏れる甘い吐息に、小鳥遊がくすっと笑う。その声にまたも耳孔《じこう》をくすぐられて、優花は片手で顔を覆った。

小鳥遊はずるい。彼の一言一句に優花がどう反応するのかわかっていて、優花の心を絡め取ろうとしてくる。でも、それを優花自身が嫌がっていないのも問題だった。

『ところで、今日は何時ぐらいにこっちに着く？』

昨夜現地入りしていた小鳥遊は、今日の昼と夕方に行われる別イベントのＭＣに向けて準備をしている。今日も朝からリハーサルで忙しいはずなのに、その合間を縫って優花に電話をかけてくれたのだ。

大学時代と変わらない小鳥遊の優しさに、優花の胸の奥が熱くなっていく。胸に手を置き、彼にもたらされた温もりを感じながら、優花は玄関に置いてあるキャリーバッグを見た。

「お昼過ぎには着く予定かな。でも、自由に会場を動けるのは夕方になると思う。小林さんに、現場の雰囲気を盛り上げるためにも浴衣《ゆかた》を着てほしいって言われてるの。着付けとか髪とかセットする時間も考えないとダメだし」

『鳴海、浴衣着るの!?　……どうしよう。俺、嬉しい！』

「どうして嬉しいの？」

そう訊《たず》ねるが、小鳥遊は口を噤《つぐ》んで話そうとしない。ラジオなら放送事故になるほどの間が開くが、それでも彼は黙っている。

「……小鳥遊くん？」

痺《しび》れを切らした優花が問いかけると、小鳥遊は詰めていた息を長く吐いた。

『今はまだ内緒。今夜、鳴海が俺のもの……になったら、耳元で囁《ささや》いてあげる』

「た、小鳥遊くん！」

小鳥遊の早く優花を抱きたいと伝える意味深な言葉に、優花は動揺した。そんな優花の慌てぶりが楽しいとばかりに、小鳥遊が笑い声を上げる。

『鳴海と話すの、俺……好きだよ。声を聞くだけで、日々の疲れが吹っ飛ぶぐらい、元気にさせてくれるんだ。こんな風に俺の気分を上げてくれるのは、鳴海の他にはいなかった』

優花の心臓が、一瞬にして早鐘を打ち始める。

小鳥遊は気付いているのだろうか。これまで優花と一緒に過ごしても、セックスをしても、一度も〝好き〟とは言わなかったのに、今初めて言葉にしてくれたことを。

もちろん、優花自身を好きだと告白したわけではない。でも、好意のある言葉を口にするというのは、彼の心の中で優花の立ち位置が変化したと思ってもいいのかもしれない。

二人の関係が少しだけ近づいた気がして、優花の胸にほんわかとした温もりが生まれた。

「今日、小鳥遊くんに会えるのを、楽しみにしてるね」

携帯をきつく握り締めて、優花は声を絞り出す。感情を揺さぶられて声がかすれるが、それが今の優花に言える精一杯の言葉だった。

『待ってる』

「うん。待ってて……」

『鳴海、俺――』

小鳥遊が何か言いかけるが、その後ろで彼を呼ぶ男性の声が聞こえた。

『はい！　すみません、すぐに伺います！　……鳴海、ごめん。じゃ、あとで』

「うん。お仕事、頑張ってね」

通話を切ったあと、優花は胸に携帯を押し当て、しばらくその場で感慨にふけった。

小鳥遊との関係がいつまで続くのか、優花にも見当がつかない。でも、あと残り一ヶ月半は彼と接点がある。その間に、今以上の関係を結べるように頑張ろう。

優花は携帯をテーブルに置くと、再び化粧に取り掛かり始めた。

それから三時間後。

部屋の片付けを終えた優花は、膝頭の見えるふんわりと膨《ふく》らんだスカートと、袖口がフリルになったノースリーブのシフォンチュニックに着替えた。左手首には、小鳥遊にもらったブレスレットを身に着ける。

「わたしを待ってて……」

優花はブレスレットを嵌《は》めた手を下ろし、戸締りを始める。そして、玄関に置いていたキャリーバッグを持つと、部屋をあとにした。

＊＊＊

「うわあ、凄い！」

夜には、納涼祭りも催される緑地公園。そこは、既にたくさんの屋台がひしめき合っていた。ある一角にはストリートバスケエリアが、その反対側には子どもたちが楽しめるトランポリンエリアが設置されている。まるで遊園地のようだ。

公園内は、色鮮《いろあざ》やかな浴衣《ゆかた》を着て歩く十代の女子、男女のグループやカップル、家族連れであふれている。

「とても楽しそう！」

優花は人目も気にせず、感嘆の声を上げた。

これほどの人が集まるということは、地元ではとても有名な祭りなのだろう。しかも、夜には花火も打ち上げられると聞いている。そのような場所で、明日、ラジオ番組〝キミドキッ！〟の公開録音を行えるなんて信じられない。

他の場所も見て回りたい気持ちになるが、優花はまずやるべきことをしようと、緑地公園の隣にあるキャンプ場へと歩き出す。今夜宿泊するキャンピングカーのホテルが、そこに設営されているためだ。

キャンプ場は、うっそうと茂る雑木林の遊歩道を抜けた向こう側にある。陽を遮《さえぎ》るそこに一歩入ると、うだるような熱気が消え、ひんやりとした空気に包み込まれた。夜だとまた違った雰囲気になるかもしれないが、陽光が木々の間を通って注《そそ》ぎ込む光景はとても幻想的で、優花の目を惹《ひ》き付ける。

その景色に魅了されつつ雑木林を抜けると、たくさんのキャンピングカーが視界に飛び込んできた。入り口には祭りの実行役員と警備員が立っている。

「すみません」

優花は係員に近づき、関係者パスを提示してチェックインする。地図とキャンピングカーの鍵を受け取ると、優花は地図に書かれた公共のシャワー室、水着着用の露天風呂、バーベキューなどを楽しめるテーブルスペースを横目で見ながら、石畳でできた小道を進んだ。

「こういう感覚、久しぶりかも」

普通のホテルで過ごすのとは違う楽しそうな雰囲気に、優花の気分が高揚していく。頬を緩めて歩いていると、泊まる予定となっている白いキャンピングカーが見えた。

ドアの鍵を開け、ヒールを脱いで中へ入る。

「わあ、なんて素敵なの！」

カントリー調のキッチンに柔らかそうなふわふわのベッド、小さなテーブルが視界に飛び込んできた。室内は狭いものの、天井は高く、上体を屈めなくても普通に立って歩ける。しかもエアコン完備だ。

優花は、ドアの鍵をかけてエアコンをつけた。続けてキャリーバッグを開け、浴衣、帯、下駄といった着付けに必要な道具を取り出した。

浴衣の皺《しわ》を伸ばしている間、髪を捻《ひね》り片側に寄せて垂らす。小さな花の髪飾りを付けたあと、前髪を斜めに流してピンで留めた。

次に、浴衣スリップを着て丸い梅花柄の浴衣を羽織る。衿《えり》の形に注意して腰紐《ひも》を結び、表地は小豆色《あずき》、裏地は白色をした帯で文庫結びにした。

こうやって誰の手も借りずに浴衣《ゆかた》を着られるのは、大学時代に着付け教室に通ったお陰だ。

当時、サークル仲間と泊まったある旅館では、色鮮《いろあざ》やかな浴衣を貸し出していた。ただ、着付けを頼む宿泊客が多く、全員が浴衣を着るまでかなりの時間がかかってしまった。それを経験した優花は、自分でも着付けられるようになって、皆の助けになりたいと思ったのだ。

優花はキャンピングカーにある鏡で、自分の姿を確認した。普段よりも女らしく見える気がする。

「うん、綺麗に着られた」

着付けを終えると、スタッフの小林に電話をかける。

コール音が三回、五回と続く。忙しくて電話に出られないのだろう。迷惑をかける前に通話を切ろうとしたその時、コール音が鳴り止んだ。

『もしもし！』

「お忙しいのにすみません、鳴海です。今、大丈夫ですか？」

『ああ、鳴海さん！　ええ、大丈夫です。ついさっきまでスピーカーの近くにいたんで、携帯の着信音に気付けなくて。すみません』

確かに、小林の後ろから賑《にぎ》やかな音楽が聞こえる。さらに、マイクを通して響く小鳥遊の声が耳に入ってきた。きっと特設ステージの近くにいるのだ。

「とんでもないです。こちらこそ慌てさせてしまってすみません」

『いえいえ。……ところで、もうこちらに到着されました？』

「はい、事前にいただいていた関係者のパスでチェックインも済ませました。浴衣も着たので、これから公園内をぶらぶらしようと思ってます」

『無理を言ってしまいすみません。祭りを盛り上げるために、関係者はなるべく浴衣をという指示が出たので、鳴海さんにもお願いしてしまいました』

「大丈夫ですよ。わたし、浴衣や着物を着るの大好きなので」

優花はくすくすと声を零《こぼ》し、貴重品を入れた巾着袋を持ってキャンピングカーを出た。

「では、再確認させてください。イベントは午後なので、打ち合わせは明日の早朝、ステージでリハをする……ということで大丈夫ですか？」

『はい、変更は無しです。今夜はスタッフたちとの親睦を兼ねた夕食会を予定していますので、鳴海さんも来てくださいね。花火大会が終了してからになるので、少し時間は遅くなりますが』

「ありがとうございます！　皆さんと一緒に夕食って、初めてですね。楽しみにしてますね」

『こちらこそ、楽しみにしてます！　では、祭りを楽しんでください。またご連絡します』

「はい、失礼いたします」

通話を切ると、優花は来た道を戻り、緑地公園へ向かった。

夕方になっても気温が下がらず、むわっとした湿気が躯《からだ》にまとわりつく。ただ、時折木々に冷やされた風が公園内を通り過ぎ、素肌を撫《な》でていく。さらにカキ氷を売る店や、氷の入ったクーラーボックスでジュースを売っている店の傍《そば》を通ると、かすかに冷気を感じる。それがとても気持ちよくて、自然と優花の頬も緩んだ。

しばらく祭りを楽しみ、その後特設ステージの方へ歩き出した。ステージは公園の奥に位置するので、人の数は減るかと思ったが、まったくその気配はない。それどころか、特設ステージへ向かう人だらけだ。

「凄い……」

周囲にいるほとんどの人が、カキ氷を手にして涼んでいる。優花も躯《からだ》を冷やしてくれるものがほしくなり、行列を作る露店の一つに並んだ。そして、抹茶シロップに練乳をかけたカキ氷を買った。甘さのなかにある、ほんのり舌を刺激する苦味が癖《くせ》になる。

「うーん、美味《おい》しい！」

優花はカキ氷を食べながら、大きな特設ステージに向かった。

ステージの前に設置された六百ほどの座席は、すべて人で埋まっていた。通路を確保するために張られたロープの周囲にも立ち見客が押し寄せ、凄い盛り上がりを見せている。

そんなステージの中央には若手芸人が並び、親子連れの客をステージに上げてゲームを楽しんでいた。その進行をしているのが、ステージの下手《しもて》に立つ小鳥遊だった。

小鳥遊は縞地《しまじ》の浴衣《ゆかた》を着て、紺色の帯を締めている。芸人たちの言葉に客がどっと爆笑すると、小鳥遊がすかさずそれを盛り上げる。芸人たちの見せ場を壊さず、しかし着実に進行を進めていく。

座席を陣取る人たちの目当ては、バラエティ番組で活躍する芸人たちかもしれないが、優花は彼らを上手くコントロールする影の主役から目を離せなかった。

立ち見客の一番後ろに立ち、小鳥遊の姿を眺めていた優花だったが、もっと彼の傍《そば》へ行きたくなり、ゆっくり人と人の間を縫って前へ行く。彼がどこに視線を投げているのかわかるぐらい近くまで進んだ。

それ以上はもう行けないというところで足を止め、背伸びをしてステージを見る。

「……残りあと一つですよ！　さあ、ボックスを持ってきてください」

小鳥遊がそう告げて芸人たちのいる中央へ進み出ると、下手より牡丹柄《ぼたんがら》の浴衣を着た女性アシスタントが現れた。彼女は芸人の傍へ行き、手にしたボックスを前に差し出す。

優花はその女性の顔を目にするなり、息ができなくなった。

どうして？　何故……千穂ちゃんがステージにいるの⁉　そう心の中で呟《つぶや》いた途端、目の前がぐるぐるし、泥土《でいど》の上に立っているのではないかと思うほど両脚に力が入らなくなる。

「いや……アシスタントの彼女、なんべん見ても綺麗やわ～。ほんまにモデルやってないん？　普通に雑誌の表紙飾ってる人としか思われへんねんけど。なあ、俺らに嘘吐《うそつ》いてない？」

関西弁を話す芸人に、宇都宮は白い歯を見せて小さく頷く。

「めっちゃもったいないわ！　こんなに綺麗やのに。……なあ、このあと、俺とこっそりデートでもせえへん？」

公《おおやけ》の場だというのに、若手芸人は宇都宮と内緒話がしたいと顔を寄せる。でも、彼はその話が会場にも聞こえるように、しっかりマイクを口元に引き寄せていた。その行為に、会場がどっと沸く。宇都宮は慌てて芸人の傍を離れ、破顔している小鳥遊の後ろに身を隠した。

その行為に、またも会場が爆笑する。

「そういうアプローチは、どうぞ裏でお願いします。さあ、今は彼女が持ってきてくれた、ボックスから番号を引いてください。皆さん、待ってますよ」

「うわぁ、そうやった！　じゃ、引きます！」

奥ゆかしげに頬を染める宇都宮が、再び前に進み出て芸人にボックスを差し出す。でも彼女の目は傍《そば》にいる小鳥遊に向けられていた。彼女が何かを話すと、彼は楽しげに彼女の背に触れる。

これまで幾度となくそうしてきたと言わんばかりの仕草だ。

「……っ！」

小鳥遊の頑張る姿を見に来ただけなのに、どうして彼と宇都宮の仲睦《なかむつ》まじい様子を目にしなければならないのだろう。

嫌だ、ここにいたくない！

嫉妬《しっと》が、優花の心に広がっていく。それは、喉の奥をキュッと締め付けるほど強烈だった。

「深く息を吸って」

前触れもなく、男性の低い声が優花の耳元で聞こえた。続いて、誰かに肩を強く抱かれる。びっくりして顔を上げると、そこには優花の知る人物がいた。

「ど、どうして……佐野くんが、ここに!?」

白いTシャツにジーンズ姿の佐野が、真面目な顔つきをして優花をじっと見下ろしている。

「俺？　俺は……千穂に遊びに来ないかと誘われてさ。こういう祭りって、マーケティングの調査にも役立つんだよ。何気ない会話から飛び出す情報も参考になるし。それより――」

佐野はついと目を逸《そ》らし、ステージに立つ小鳥遊たちを見つめる。そして再び、優花に意識を戻した。

「小鳥遊は、優花に何も言ってなかったんだ……。今日は朝からずっと千穂と一緒にいるって」

ず、ずっと⁉

即座に返事ができなくて口籠《くちご》もっていると、佐野がにやりとした。

「千穂がイベント会社で働いてるのを知ってるだろ？　このイベントも千穂のとこの会社が企画したやつなんだ。千穂がああやって現場に顔を出すことは滅多にないけど、相手が小鳥遊となればそれは別。大学時代の同窓生っていうのが強みで、社長にも頼りにされてるらしい。だから、小鳥遊の行くところに千穂の影があり、ってわけさ。まあ仕方ないよな。あの二人は――」

佐野が優花の耳元に顔を寄せ、意味深に「ほら、付き合いが長いし」と囁《ささや》いた。

何故佐野が、優花に追い討ちをかけるような言い方をするのだろう。そんなこと、わざわざ言われなくてもわかっているのに……

「佐野くん、わたし――」

「なあ、優花。その手に持ってるカキ氷……美味《おい》しそう」

「はい？」

急に話が変わって、優花は目をぱちくりした。そして、彼が顎《あご》で示すカキ氷に視線を落とす。少し融《と》けかかっているが、まだ半分以上氷は残っていた。

「それ、いらないんなら、俺にちょうだい。実は、喉が渇いててさ」

「……これを？」

「うん、優花が持っているそれ」

優花はこれまで、誰かに食べかけを渡すなんて一度もしたことがない。しかも、カキ氷をすくうスプーンストローは、優花が口をつけている。親密ではない相手にそれを渡すなんて、正直気が引ける。でも喉が渇いているという佐野に嫌とは言えなかった。

「ほら、ちょうだい」

「……う、うん」

戸惑いつつも、優花は佐野にカキ氷の入ったカップを手渡そうとする。そんな優花に、彼が顔を寄せて口を大きく開けた。

それって、食べさせろという意味!?

優花の困惑を尻目に、佐野が上目遣いで早くと急《せ》かす。優花はスプーンストローで氷をすくい上げるが、やはり心のどこかでブレーキがかかった。

佐野の周囲にいる女性たちは、気軽にこういう行動を取るのかもしれないが、優花は違う。

「あの――」

優花は顔を上げて、断りを入れようとする。だがそれを防ぐように、佐野に肘《ひじ》をおもむろに掴《つか》まれた。

「あっ！」

すくい上げた氷は、瞬《またた》く間に彼の口腔《こうこう》へと消える。そして、彼は喉を鳴らしてそれを呑み込んだ。

ちょうどその時、会場で歓声が沸く。ハッとして正面を見ると、優花の目の前の席に座る若い女性が立ち上がったところだった。彼女は、観客の拍手を受けてステージへと向かう。

「はーい、こっちに上がってきてください！　あっ、急がんでもええよ」

一瞬何事かと思ったが、ステージ上で何かのクジを引き、それに当たったのが今の女性らしい。

そのまま何気なくステージ上にいる小鳥遊に目をやった瞬間、優花は飛び上がるほど震え上がった。

「うん？　優花……、どうかした？」

佐野が優花の肩を抱いたまま顔を上げるが、優花は小鳥遊から目を逸《そ》らせない。彼は呆然と立ち尽くし、信じられないとばかりに優花を凝視している。手にしたマイクを力なく躯《からだ》の脇へ下げ、彼が一歩前へ足を踏み出した。

「あー！　ＭＣの小鳥遊さんが仕事放棄してるで！」

若手芸人に話しかけられて、小鳥遊がハッと我に返った。

「いえいえ、そんなことはありませんよ！」

笑顔で返事するが、小鳥遊は再びついと優花に目を向ける。そこには、優花と会えて嬉しいといった喜びは一つもない。むしろ、憤怒《ふんど》らしきものを静かに漲《みなぎ》らせている。

怒りの矛先は、わたし？　――理由がわからずに動けないでいると、佐野が優花を引き寄せた。

「あっ！」

手にしたカキ氷のカップを落としそうになり、慌ててそれを掴《つか》む。そんな優花を、佐野が支えた。

「ご、ごめんなさい！」

「いや、気にしないで。でも、小鳥遊に俺たちがここにいるってバレちゃったな。あいつの仕事を邪魔するのも悪いし、ここから離れようか？」

「そう、だね……」

ちらっとステージを見る。先ほど選ばれた女性が登壇し、芸人が彼女に話しかけていた。にもかかわらず、小鳥遊の目は何度も優花に向けられ、今すぐにでもこちらへ駆け寄ってきそうなほどそわそわしている。素人目《しろうとめ》から見ても、小鳥遊の注意力が散漫になっているのがわかった。

「い、行こう！　小鳥遊くんに迷惑かけたくない」

「オーケー！　じゃ、こっちから抜けよう」

優花は佐野に肩を抱かれて、特設ステージを離れた。人通りが少なくなったところで、優花は足を止める。

「うん？　どうかした？」

優花を抱く佐野の腕が離れる。ホッとするものの、肩に残る彼の熱が気になって仕方がない。それをまぎらわせるために、優花は傍《そば》のゴミ箱へ行き、かなり融《と》けたカキ氷のカップを捨てた。

「優花？」

「……ゴミを捨てたかっただけ」

優花は振り返って、佐野を見る。彼は何かを考えるように優花を見つめていたが、軽く目線を伏せて口元をほころばせる。

「なあ、このあとって暇？」

「えっ？　あっ……うん。仕事の連絡が入るまでは、大丈夫だけど……」

「じゃ、一緒に公園内を回らないか？　千穂も仕事が終わったら、小鳥遊を引っ張ってくるって言ってたし。それまでの間、俺と過ごしてくれたら嬉しいな」

宇都宮が、小鳥遊を連れて来る？

不意に佐野からもたらされた情報に、優花の顔が強張《こわば》った。

佐野の話で、二人が今日は朝からずっと一緒に過ごしていたのはわかった。にもかかわらず、イベント終了後も会う約束を交《か》わす二人。お互いしか見えなくなりつつある関係に、優花の心の中で嫉妬《しっと》が渦巻《うずま》き始める。

嫌だ、小鳥遊を宇都宮に奪われたくない！

「わかった。佐野くんと一緒にいる」

優花は瞬《まばた》きする間もなく、そう答えていた。佐野といれば、小鳥遊と合流できる。それが一番いいとばかりに、必死の形相《ぎょうそう》で彼に詰め寄った。

「よし、行こう！　俺、お腹空いてるから、いろいろ食べたいんだ」

にこやかな顔の佐野に、優花は屋台が立ち並ぶ方へ誘われた。

その後の優花は、佐野に連れられるまま射的をしたり、ソースせんべいを食べたりしながら、お祭り会場をぐるぐる巡った。

そうしている間に、抜けるような青空は茜《あかね》色に染まり、東の空から黒い闇が広がってくる。そして完全に陽が落ち、天には煌《きら》めく星が見え始めた。

提灯《ちょうちん》に灯《あか》りが入ると、一転して納涼祭りは昼間とは違う顔を見せ始めた。人通りは昼間よりも多くて賑《にぎ》やかなのに、どこか情緒あふれている。提灯の柔らかい灯りが、浴衣《ゆかた》姿の女性を色っぽく見せているのかもしれない。

優花の視界に入る光景は、佐野と露店を回り始めた頃とはまったく違っていた。でも未だに、優花と佐野は二人きり。彼は宇都宮から連絡が入ると言っていたのに、優花の知る限り、彼が携帯に触ることは一度もなかった。

イベントはもう終わっているはずなのに、佐野の携帯が鳴らないのはおかしい。

優花は自分で小鳥遊に連絡を入れるべく、巾着袋に入った携帯を取り出そうとする。でもそうする前に、佐野にいきなり手首を掴《つか》まれた。

「優花、次はあっちへ行こう！」

「待って、佐野くん。わたし、小鳥遊くんに――」

小鳥遊と連絡を取りたい旨を伝えようとするが彼は応じず、優花の手を引いてひしめき合う露店通りから、緑地公園の奥へ向かった。

「佐野くんってば！」

優花が声を張り上げると、佐野が肩越しに振り返ってにっこりする。その表情はこれまでと変わらない。ただ顔の半分が影となったせいで、彼の口角が変に歪《ゆが》んで見えた。まるで何か悪巧《わるだく》みしているような顔つきに、優花のこめかみに嫌な汗が流れる。

優花は咄嗟《とっさ》に手を引くが、佐野に手首に痛みが走るほど握られた。

「あと三十分もしたら、花火が打ち上げられるってさ。見晴らしのいい場所へ行こうよ」

そう言うなり、佐野は優花を強い力で引っ張り、早歩きで進んでいく。

「ま、待って、佐野くん！　……お願い、小鳥遊くんに連絡させて――」

「どうして、皆……小鳥遊、小鳥遊、……小鳥遊なんだ！」

佐野が急に癇癪《かんしゃく》声を上げた。彼の苛立った様子に、優花だけでなく、周囲の人たちも驚きの目を向ける。けれども彼は気にせず、優花をさらに急《せ》き立てて、外灯のない花壇の裏に連れ込んだ。

薄暗いせいで人目には付きにくいかもしれないが、すぐ傍《そば》では人が行き交っている。助けが必要になれば声を上げたらいい。きっと誰かが気付いてくれる。

そう考え、優花は彼が落ち着きを取り戻すまで声を殺すことにした。ただ、表面上は平静を装《よそお》うものの、実際は優花の心臓は痛いほど早鐘を打っていた。

そんな優花を気にする素振りは一切見せず、佐野は肩を揺らして深呼吸を繰り返す。異常な息遣いに緊張を覚えるが、先ほどの態度を恥じたのか、佐野は自分の感情をコントロールしようとしている。

大丈夫、佐野くんはもうわたしを驚かせはしない――そう思い、優花自身も気持ちを落ち着かせたくて息を吐く。その間に佐野は額《ひたい》に滲《にじ》む汗を手の甲で拭《ぬぐ》い、大きなため息を吐《つ》いて天を仰いだ。

「これが、俺の本音……？　ずっと、仕方がないと思って耐えてきたのに、ここへきて爆発？　信じられない。俺って、今の関係を面白く思っていなかったのか」

佐野が、独り言とは言えない声量で話す。そして静かに顎《あご》を引き、優花を見下ろした。彼の背に外灯があるので、逆光で顔が見えない。でも彼が優花の心を覗き込むようにじっと見つめているのは気配でわかった。

「焦る？」

優花の顎が自然と上がる。そうしている間も、優花は佐野に手を離してと目で訴え続けた。

「なるほどね。これじゃ、あいつも……焦るよな」

優花は思わず訊き返してしまう。すると、佐野は鼻にかかったような笑い声を上げた。彼がどういう表情をして笑ったのかわからない。呆れているのか、楽しんでいるのか、それすらも伝わってこなかった。それが優花を不安にさせる。

「……優花」

佐野が、引き攣《つ》った声で言った。

「佐野、くん？　……えっ？」

佐野が上体を屈め、優花の目を覗き込みながら顔を寄せてきた。彼の吐息が頬に触れて、初めて二人の距離が近づき過ぎていると気付く。

「ちょ、ちょっと」

優花は佐野の胸を押そうとする。だが逆に、優花の手を掴《つか》む彼の手に力が込められた。

「痛っ……、っあ、止め……っんぅ！」

それは唐突だった。

あっと息を呑んだ時には、優花は佐野に唇を奪われていた。彼がそこを甘噛みした途端、背筋に怖気《おぞけ》が走る。肌が粟立《あわだ》ち、彼への嫌悪で胸がいっぱいになる。

「……っぁ……い、ヤッ！」

これまでにないほどの力を入れて、優花は佐野を押し返した。先ほどまで決して優花の手を離そうとしなかった彼が、今回はいとも簡単に解放する。その心境の変化に心が追いつかないが、優花は早く彼の熱を消したくて手の甲で唇を拭《ぬぐ》った。

「な、何するの!?　こんなことするなんて……」

優花は、それ以上話すのも嫌だと顔を背《そむ》けると、何も言わず走り出した。

何がどうなって、佐野にキスされる羽目になったのか、何度考えても理由がはっきりしない。ただわかるのは、好きでもない男性に唇を奪われて凄くショックを受けているということだ。

目の奥がツンとし、涙腺《るいせん》が緩んでいく。視界が歪《ゆが》み、すれ違う人たちの顔が見えなくなる。そのせいで、花火を見るために広場へ向かう人々と何度もぶつかってしまう。そのたびに、優花は声を詰まらせて「すみません」と謝ったが、駆ける足は止めなかった。

どこに行きたいのかもわからずに走っていると、急に手首を掴まれて後方へ引っ張られた。佐野に掴まれた時の感触が甦《よみがえ》り、恐怖が心の奥底から湧き起こる。

「嫌だって！」

優花はヒステリックに声を上げて振り返り、手を払い退《の》けようとする。だがそこにいたのは、肩で激しく息をする、浴衣《ゆかた》姿の小鳥遊だった。

「た、小鳥遊……くん」

佐野ではなく、目の前に大好きな小鳥遊がいる。それが嬉しくて、優花は人目もはばからず彼に抱きついた。

「鳴海！」

小鳥遊が優花を抱きしめ返してくれた。

「良かった、追いつけて……」

小鳥遊は優花の耳元で長い息をつき、小さな声で囁《ささや》く。彼の優花を想う優しい声音に、躯《からだ》の芯に熱が生まれる。彼に抱きしめられただけで、佐野に付けられた不快な感触が塗り替えられていく。

優花は彼の背に回した腕に力を入れ、浴衣の背をギュッと掴んだ。

ああ、こんな風に優花を幸せな気分にさせてくれるのは小鳥遊しかいない。優花の心を突き動かせるのは、彼だけだ。

小鳥遊に会えた喜びに感極まって、先ほど込み上げたものとは違う涙が睫毛《まつげ》を濡らす。

「……んっ」

優花の口をついて出る嗚咽《おえつ》。それを耳にしたのか、小鳥遊が落ち着かせるように、優花の背を軽く上下に擦《さす》った。彼の優しさに、また涙が頬を伝い落ちていく。

「たかな、し……くん！」

優花は彼の肩に額《ひたい》を強く押し当てた。しばらくの間、彼から伝わる体温と心音に慰められていたが、次第に周囲の声が届き始める。

「あの人、今日の特設ステージで司会していた人じゃない？」

「確か、どこかのアナウンサーだよね？」

そこで初めて、優花は周囲の注目を浴びていると気付いた。小鳥遊は芸能人ではないものの、有名人だ。なのに、優花の頭の中からすっかりそのことが抜け落ちていた。

ああ、どうしよう！　このままでは迷惑をかけてしまう！

この状況を打破するには何をすればいいのかと小鳥遊の腕の中で息を詰めていると、彼が「優花」と囁いた。

「ここだとちょっとあれだから、場所を変えよう。俺と一緒に来てくれる？」

優花は小鳥遊の胸で何度も頷いた。彼が連れて行ってくれるなら、どこへでも付いていく。

「じゃ、俺と一緒に来て」

小鳥遊は、臆せず優花の手を取る。それも、一方的に手首や腕を掴《つか》むのではなく、指を絡めてきた。優花は彼と繋《つな》ぐ手に力を込め、彼の腕にぴったり寄り添うと、一緒に歩き出した。

浴衣姿のカップル、子供同士のグループ、そして家族連れと一緒に、小鳥遊は緑地公園の奥にある広場への道を進む。二股に分かれる道で、彼は人気《ひとけ》のない道へと優花を誘った。

人の気配がなくなった雑木林は薄暗いが、真っ暗で前に進めないほどではなかった。キャンピングカーが設置されたキャンプ場と隣接しているのか、そちらからは外灯の灯《あか》りが射し込み、頭上からは月光が木々の間をすり抜けて降り注《そそ》いでいる。

そんな中、小鳥遊はまだ奥へと進む。一向に立ち止まる気配がなく、優花はとうとう辛抱できなくなって彼を仰ぎ見た。

「ねえ、どこまで行くの？」

小鳥遊が愛しげに優花を見下ろす。

「もう少しかな。優花と一緒に花火を見ようと思って、用意したんだ。この時間は誰も入れない、秘密の場所をね」

意味深に言う小鳥遊に、優花はドキッとして足を止めてしまう。

「来てくれるだろう？」

もちろんだ。小鳥遊が優花を連れて行きたいと思ってくれる場所には、どこへでも付いていく。そう言いたいのに、彼の優花を見る眼差しに酔ってしまい上手く声が出てこない。

優花は言葉で伝えられない代わりに、想いを込めて彼の手を掴む。彼もそれに応じて優花の手をしっかり握り返すと、さらに奥へと促《うなが》した。

位置的に、特設ステージの裏側かなと思ってきた頃、草木が刈り取られた開《ひら》けた場所に出た。そこには綺麗な木製のベンチとテーブルがあり、一息つけるスペースが作られていた。しかも目の前には、煌《きら》めく星空が広がっている。

「ここは、特設ステージで働くスタッフたちが、仕事の合間に一服する場所なんだ。祭りが終われば撤去される。それで一般の人は、こんな場所が作られているって知らないってわけ。つまり、誰かに邪魔される心配はない。ここを知ってるスタッフたちは、まだ仕事をしてるからね」

小鳥遊が、ウッドテーブルに置いてあるランタンのスイッチを押す。灯《あか》りを絞っているのか、温かみのあるオレンジ色がぼんやりと周囲を照らした。続いてテーブルの傍《かたわ》らにあったタオルをウッドベンチに敷く。そして水を張ったバケツの横で、彼は何かに火を点けた。ほんの数秒で、ほのかにラベンダーの香りが漂い始めた。

「鳴海、さあどうぞ」

小鳥遊が、優花をウッドベンチへエスコートする。優花が座ると、隣に腰掛けた彼が、優花の頬を両手で優しく包み込んだ。

小鳥遊の目線が、涙で光る優花の目元に落ちる。彼は親指の腹で優しく目尻を拭《ぬぐ》い、そこにそっと唇を押し当てた。あまりの優しい口づけに、止まったはずの涙がまた込み上げてくる。

もう優花の心は落ち着いていたはずなのに、こうして小鳥遊に愛しげに触れられ、慰めるような仕草をされると、まだ佐野に受けた行為から立ち直れていなかったんだと思い知らされた。

「……クソッ！」

小鳥遊が、感情を押し殺したような声を零《こぼ》す。怒られたと感じた優花は「ごめんなさい……」と謝って躯《からだ》を離そうとするが、彼がそれを許さない。彼は優花の頬を大きな手で覆い、額《ひたい》と額をくっ付けた。

「違う、鳴海に怒ってるんじゃない。俺が、自分自身に苛立ってるんだ」

「な、なんで？　どうして小鳥遊くんが苛立つの？」

「俺が――」

小鳥遊は何かを言いかけるが、それ以上は言おうとせず口を噤《つぐ》む。ただ、優花の頬に触れる手に力を込め、顎《あご》を上げろと促《うなが》してきた。

「鳴海、我《わ》が儘《まま》を言っていいか？」

「……何？」

小鳥遊がゆっくり顔を離すものの、キスのできそうなところで止まり、優花の目を覗き込んできた。その双眸《そうぼう》に宿る光はとても強いが、一方でどことなく儚《はかな》げでもある。彼の心の中で、何かがぐるぐる回っているみたいだ。

ただ小鳥遊の瞳を見ていると、自分を悩ませるものから決して目を背《そむ》けないという彼の意志も伝わってくる。

やがて小鳥遊は小さく息を吐くと、優花の頬に触れていた指を動かし始めた。

「俺以外の男に、その躯《からだ》を触れさせないでほしい。鳴海に触れるのは、俺だけでいい。髪に触れるのも、頬に触れるのも、そして――」

頬を愛撫していた小鳥遊の指が、柔らかな唇へと辿り着く。小鳥遊は、まるでそこに何か付着しているとでもいうように、指の腹で拭《ぬぐ》う。それだけでは終わらない。辛苦《しんく》を滲《にじ》ませる呻き声を零《こぼ》しながら、優花の下唇を撫《な》でた。

「この唇に触れるのもだ。佐野には、二度と許さないでくれ」

予想すらしていなかった言葉に、優花は目を見開いた。

どうして小鳥遊が佐野との件を知っているのだろう。

もしかしたら、あの場面を見られていた？

優花は急に居たたまれなくなり、小鳥遊を押し返して顔を背けようとする。その行動を見越していたのか、彼に上を向かされた。

「頼む、佐野だけは嫌だ。俺は思い知らされたくない、まだ――」

小鳥遊が何かを言いかけて、また言葉を呑み込む。そして顔を寄せ、優花の唇と触れ合う寸前で動きを止めた。

「鳴海に付いた佐野の匂いを消したい。上書きしたい。思い出なんてそう簡単に消せないのはわかってる。だが俺は……えっ？　鳴海――」

優花は小鳥遊が何を言っているのか理解できなかった。でも、考えるよりも先に、躰が動く。顎を上げて、自ら彼の唇に口づけた。

「……っんぅ」

ああ、やっぱり佐野にされたのとは違う。彼に唇を奪われた時は、気持ち悪さしかなかった。でも小鳥遊とのキスは、躰の芯を焦《こ》がす熱を生む。佐野には一切起きなかった症状が、今まさに優花の身に起きていた。

小鳥遊は優花から求められても嫌がらない。それどころか、もっと続けてと促すように優花の柔らかな唇に吸い付いてくる。だが優花は、自ら軽く顎を引いて行為を終わらせた。

「なる、み……？」

「佐野くんに触れられた、その……場所や、キスされた感触は、まだわたしに残ってる。それは消そうと思っても簡単に消えない」

嫌な思い出は脳裏《のうり》に焼きつくもの。それを身をもって知っている優花は、小鳥遊に正直に答えた。

「でもね、小鳥遊くんが言ってくれたみたいに、上書きしてほしい。過去を思い出さないぐらい、小鳥遊くんの色に染めてほしい」

「鳴海……！　俺も、同じことを思ってるよ」

小鳥遊の声が情熱的にかすれる。それだけで、優花の下腹部奥が熱くなってきた。こんな風に優花の欲望を煽《あお》れるのは、もう彼以外いない。

それがわかっているのに、優花はまだ小鳥遊に想いを告げる心構えができていなかった。告白したことで、彼との関係が終わってしまうのが怖い。

最初から、小鳥遊は優花に躯《からだ》だけの関係を求めていた。ある意味、それ以上踏み込むなと釘を刺されたのも同然だ。

もし、その引かれた線を優花が飛び越せばどうなるか……

優花は好きと言えない代わりに、両腕を上へ滑らせ、小鳥遊の首に手を回した。

「鳴海？」

「小鳥遊くんがほしい。今、すぐに。……ダメ、かな？」

この行動が小鳥遊の望む大人の関係に繋《つな》がると信じて、優花は気持ちを伝える。こんな風に自分から誘うなんて恥ずかしかったが、それほど彼を求める想いは大きくなっていた。

「俺も同じ気持ちだよ。特設ステージ上で鳴海と佐野がいちゃついてるのを目にしたあの時から、ずっと鳴海を取り戻したくてたまらなかった。俺だけのものにしたかったんだ」

「わたし、別に佐野くんといちゃついては――」

「いちゃついてたさ！　佐野に、カキ氷を食べさせてただろ。俺でさえあんなの、してもらってないのに」

「あ、あれは！」

「聞きたくない。鳴海の口から佐野の名が出るのも……嫌なんだ」

小鳥遊が眉間に皺《しわ》を刻ませ、奥歯をきつく噛み締める。本当に嫌そうな顔をする彼を見て、優花は驚きを隠せなかった。

そんなに佐野を意識する必要はないと伝えたくなったが、これが逆の立場ならと思い直す。

小鳥遊が宇都宮に手を伸ばす姿を想像するだけで、優花の胸に焦《こ》げるような痛みが走った。

もしかして、小鳥遊も優花と同じ気持ちになったのだろうか。佐野といる優花を見て、胸の奥に滾《たぎ》る炎が生まれた？

それが本当なら、どれだけ嬉しいか！

ただ、優花が想うのと小鳥遊が感じたものとは、全然違うとわかっていた。彼が優花に向ける感情は、恋とは別物だからだ。彼の望みは、優花と大人の関係を結ぶことだけ、でも、それでもいい。何かしらの想いが優花に対してあるのなら、それが恋に発展するように優花は頑張ればいい。

今がその時だとばかりに、優花は手を伸ばし、小鳥遊の伊達眼鏡を掴《つか》む。それを外そうとすると、彼が俯《うつむ》き目を閉じた。

優花に、無条件に信頼を寄せてくれる小鳥遊。その行動に胸を震わせて伊達眼鏡を外すと、彼がそっと目を開けた。欲望を宿す強い眼差しを受けて、優花は立ち上がる。ウッドテーブルへ近づき、伊達眼鏡をランタンの傍《そば》に置いた。

「鳴海」

振り返ろうとするが、そうするよりも先に小鳥遊に背後から抱きつかれる。そして彼は、急に肩を揺らして笑い始めた。

「小鳥遊くん？」

「いや、悪い。浴衣《ゆかた》の帯って意外と邪魔になるんだなと思って。鳴海を抱くまで気付かなかったよ」

「帯の何が邪魔なの？」

優花は躯《からだ》を捻《ひね》り、肩越しに小鳥遊を見上げる。すると、彼は優花の耳殻《じかく》を鼻で擦《こす》り、濡れた舌でそこを辿った。

「……っんぁ」

背筋を這《は》う甘美な疼《うず》きに襲われ、優花は小鳥遊の腕の中で躯を縮こまらせる。それは四肢にまで広がり、たまらず彼の腕を掴《つか》んだ。

「鳴海を強く抱きしめたい。躯がぴったり重なり合うぐらいに引き寄せたいのに、帯が俺の下半身を押し返すんだ」

小鳥遊の真面目な声音が、優花の耳孔《じこう》をくすぐる。それだけで優花の双脚の付け根が充血し、湿り気を帯びてきた。彼に感じさせられて、躯はもう彼を受け入れる準備を始めている。

そういう状態なのに、優花は込み上げる笑いを抑え切れなかった。

「何を言うかと思えば、そんなこと？」

「いや、俺にしてみれば大事なことだよ。……鳴海にはわからないと思うけど」

小鳥遊の手が、浴衣の上から乳房を包み込んだ。優しい触れ方で優花の反応を見ながら、乳首の位置を探す。彼の指が硬くなった部分に触れると、優花の躯がビクンと跳ねた。

「見つけた」

くすっと笑みを零《こぼ》した小鳥遊が、執拗《しつよう》に乳首を弄《いじ》る。さらに首筋には唇を這わせ、何度も感じやすいところを吸った。

「あ……っ、んぁ……はぁ、ううっ」

「鳴海って、自分で着付けができたよな？　大学時代、女子たちの着付けを手伝ってたし」

優花は声を詰まらせながら、何度も頷く。早くその手を衿元《えりもと》から滑り込ませてほしいと願い、小鳥遊を仰ぎ見た。

「どこまで着崩していい？　やっぱり、帯は解かない方がいい？」

本音は何も気にせず抱いてほしいという思いがある。だが職場の男性社員たちが〝こっちはこうしたいって思うのに、それは駄目だって抑制されると、性欲を掻き立てられるよな〟と話していたのを思い出した優花は、小鳥遊にも興奮してもらいたくて頷いた。

「うん、帯は解かないで」

そう返事をしながら、優花は胸を触る小鳥遊の手首を掴んだ。その手を衿《えり》の中へと導く。次に、腰を抱く彼の手を帯の下へずらし、優花の内腿《うちもも》へ誘った。

「こういう感じでなら大丈夫。少しぐらいなら着崩れしても直せるから」

「ノーブラ？　こんな無防備な状態で佐野に抱き寄せられたのか⁉」

浴衣《ゆかた》の内側で、小鳥遊の手のひらが乳房を包み込む。無骨な手が動くたびに衿が緩み、彼の手が動きやすくなっていく。

「ンッ……！」

「最悪だよ。俺よりも先に、あいつに浴衣姿を見せるなんて」

内腿を撫《な》でる指が、秘められた付け根へにじり寄るように伸びる。そして、小鳥遊はパンティの上に指を這《は》わせ、湿り気を帯びるそこを執拗《しつよう》に擦《こす》った。

「あっ、あっ……はぁ、……っん……ふぁ」

「鳴海のエッチな声、誰にも聞かせないで。そういう姿は、俺だけにしか見せないと約束してくれ。俺、絶対に許さないよ。俺以外の男に、こんな風にいやらしく腰を揺らし、あそこも……しっとり濡らして躯《からだ》をビクビクさせるのは」

エッチな言葉を織り交ぜて、小鳥遊が硬く尖《とが》る優花の乳首を指の腹で摘《つ》まむ。ビリッとした電流が、優花のそこを中心に波状に広がっていく。

「ああ……っ！」

下腹部奥で生まれた愛液が、重力に従って蜜蕾《みつつぼみ》からゆっくり滴《したた》り落ちる。それは、パンティを浸《しん》潤《じゅん》し始めた。

「たか、なし……くんっ、あっ……お願い、下着を脱がせて」

優花は、潤む目で小鳥遊を見上げて懇願する。

このままでは、あふれ出る蜜でパンティがびしょ濡れになってしまう。このあと、番組スタッフと合流することを考えると、ここで汚してしまうのは避けたかった。

「おねだり、良くできました」

小鳥遊が優花の首筋を舌で舐《な》め上げ、そこをきつく吸う。そして慣れた手つきで優花のパンティに指を引っ掛けると、膝まで下げた。

蜜液で濡れたそこに空気が触れ、ひんやりとした冷たさに襲われる。でもそれは、時を移さずに燃えるような熱へ変わった。小鳥遊の指の腹が、いやらしい動きで媚襞《びひだ》を上下に擦《こす》り始めた。

「ンッ……、あ……やぁ」

「鳴海、テーブルに手を突いて、お尻を突き出して」

小鳥遊に言われるがまま、優花はウッドテーブルに手を乗せる。男性を誘うポーズに恥ずかしさが込み上げたが、彼が優花のお尻に股間を押し付けると、羞恥《しゅうち》はどこかへ飛んでいった。

「う、嘘《うそ》……っ、あ……ぁ！」

小鳥遊が硬くなった股間を、優花のお尻に押し付ける。さらに腰の動きに合わせて、指で隠れた花芯《かしん》に振動を送ってくる。優花の躯に放たれた小さな火が、勢いよく燃え上がっていく。

「凄いね、鳴海のここ。俺の指を咥《くわ》えたいって、いやらしくビクビクしてる。いつにも増して、ぐしょぐしょだし。もしかして半裸で……しかも外で求められて、興奮してる？」

優花を煽《あお》る、小鳥遊の言葉責め。直接的な言い方に、優花の羞恥心《しゅうちしん》は膨《ふく》れ上がっていく。一方で、小鳥遊の愛戯《あいぎ》に淫《みだ》らに反応してしまうことが幸せでならない。

優花は躯《からだ》を捻《ひね》り、熱情で潤む目を小鳥遊に向けた。

「小鳥遊くんは、わたしが感じない方が嬉しいの？　わたしは小鳥遊くんに触れられているのに、濡れないなんてヤダ……っぁ！」

割れ目に沿って弄《いじ》っていた小鳥遊は、いきなり指で媚肉を左右に開き、蜜があふれる媚口《びくち》を擦《こす》る。

「……ぁ、は……っ、そこっ……ん」

「鳴海、卑怯だ。そんな風に俺を煽ったら、我慢できなくなる！」

「っ……、が、我慢しないで」

「ああ、鳴海」

愛しげに優花の名を口にした小鳥遊が、濡れた花蕾《はなつぼみ》に指を突き込んだ。リズミカルに長い指で掻き回し、ぐちゅぐちゅと卑猥な音を立てて抽送《ちゅうそう》を始める。そうしながら、彼は優花の浴衣《ゆかた》の衿《えり》部分を引っ張り、前を広げた。下に着ているスリップも乱れ、乳房が零《こぼ》れそうになる。

すると、小鳥遊が乳白色の乳房をすくい上げ、揺すって揉みしだいた。彼の無骨な指の隙間から覗く、色濃く熟れた乳首。それが視界に入るたびに、優花の腰が甘怠《あまだる》くなっていく。

「もっと、感じて。鳴海の喘《あえ》ぎを俺に聞かせてよ。誰かに聞かれる心配はしなくていい。ここには俺と鳴海しかいないんだ」

小鳥遊は優花の首筋に顔を寄せ、湿り気を帯びた吐息で柔肌《やわはだ》を撫《な》でる。耳や首筋を攻められるだけで、躯が反応して猫みたいに背を反《そ》らしてしまう。

「どこが気持ちいい？　ここ？　それとも、こっち？」

「あ……っ、は……ぁ、あっ、そこ……イヤっ！」

小鳥遊の指が、蜜壁《みつへき》のある一点を弄る。痛みを生じるほどの鋭い電流が駆け抜け、優花は手に力を入れた。握り拳を作り、襲ってくる情欲に耐えようとするがもう無理だった。

何がそうさせているのかまったくわからない。でもこれまでとは違い、優花を快楽の淵へと駆り立てるものがあった。それはとても濃厚で、優花の躯にねっとりとまとわりついて離れない。しかもその渦《うず》へ引き摺《ず》り落とそうとしてくる。既にそこに片脚を突っ込んでいる優花にとって、もう逃れる術《すべ》はない。

「ここを触ると、鳴海の腰が艶《なま》めかしく動く。わかってる？　これまでにないほど、俺の指を凄い力で締め上げてる」

「……ンッ、そん、な……こと、はぁ、……ああっ」

小鳥遊の指が、蜜口を広げながら律動を繰り返す。花蜜が滴《したた》るほどのぬめりが、彼の挿入を助ける。彼は指に回転をかけて、スピードを速めていった。

小鳥遊に抱かれて以降、優花は躯の芯を貫く悦《よろこ》びに襲われ、毎回すすり泣きしてしまうほどの甘美な潮流に攫《さら》われていた。これ以上はもう感じられないと思っても、彼に触れられ、感じやすくなった耳殻《じかく》周辺に息がかすめるだけで、即座に躯が反応してしまう。燻《くすぶ》る火がどんどん大きく燃え上がり、強烈な快感が我が身に襲いかかる。

優花の目に自然と涙が込み上げてきた。小鳥遊と関係を持つまでは、自分を見失うことは一度もなかったのに、この日も彼に触れられるだけでどうにかなってしまいそうなほど翻弄《ほんろう》される。

「ぁん、っはぁ……ふう、あっ、あっ……！」

「もう挿《い》れたい。鳴海の温かいここに、俺のを挿れていい？　鳴海のいやらしい粘液を俺のに絡ませたい。鳴海に包まれたい。そこで俺のを強く締め上げてほしいんだ」

情欲に駆られたかすれ声で、小鳥遊が囁《ささや》いた。それだけで、彼の指が収められた膣壁が締まる。

「ほら、いいって言ってる。……鳴海のここ」

欲望の色を濃くする小鳥遊の声音。それが、優花の心の奥深くに渦巻《うずま》く彼への想いに火を点けた。

羞恥心《しゅうちしん》がないわけではない。でも顔から火が出る思いを上回る気持ちがある。

「お願い、きて。小鳥遊くんがほしい」

肩越しに振り返り、涙目で小鳥遊を誘う。優花の淫《みだ》らな仕草が彼の気持ちを突き動かしたのか、彼は優花にも聞こえるほどの音を立てて生唾を呑み込んだ。

「鳴海、反則だよ。お前、なんでそんなに可愛くなってくの？　どれだけ俺を夢中にさせるつもり？」

小鳥遊は、指の挿入を止めた。腰が抜けるほどの甘い疼《うず》きが薄れていくと同時に、ずるりと抜ける刺激に息を呑む。不満の声が漏れるが、優花の脳裏《のうり》にその次の行為が浮かぶだけで、躯《からだ》が期待で震える。早鐘を打つ心音は、さらに大きくなっていく。

「たかな、し……くん」

優花は浅い呼吸をしながら視線を落とす。小鳥遊は優花の浴衣《ゆかた》の裾を捲《まく》り上げ、帯の中へたくし入れていた。双脚の付け根は隠れるものの、大腿《だいたい》から足首までを彼の目に晒《さら》す恰好に、優花の頬は赤らんでいく。

「そのままの体勢でいて」

これから気持ちよくさせてあげるよ――そう伝えるように、小鳥遊が優花の大腿を撫《な》で上げる。その後、彼は自分の浴衣の中に手を入れて下着を下げた。重なる前身ごろの裾を持ち上げて帯にたくし込む。すると彼の片脚だけが露《あらわ》になり、怒張する彼のものが顔を覗かせた。赤黒いそれは既に頭を上げている。先の部分はぷっくり膨《ふく》れ、早く優花の膣内に入りたいと小さな窪《くぼ》みが期待に慄《おのの》いていた。

「あ……っ」

小鳥遊とはこれまで何度も肌を重ねている。数に換算すれば片手で足りるが、一回一回の行為が濃いせいで、優花はすっかり彼の色に染められたと言っても過言ではない。

そう考えれば、小鳥遊とのセックスに慣れたと言えるかもしれないが、実際は違った。彼に触れられ、感じさせられ、彼の愛戯《あいぎ》で絶頂に達してもなお、毎回ドキドキしてしまう。新たな彼を発見しては、彼を想う気持ちが増幅していく。

優花は小鳥遊の昂《たかぶ》りから目を逸《そ》らし、強く握り締めた自分の拳を見た。

小鳥遊と一緒に過ごせば過ごすほど、彼しか見えなくなってしまう。

ああ、どうしよう！

その時、小鳥遊が優花のお尻に片手を置いた。

「俺のことしか考えられないぐらい、めちゃくちゃに感じさせてあげる」

硬いもので、愛液でまとわりつく媚襞《びひだ》を上下に弄《いじ》られる。

「ンッ……、あ……はぁ」

小鳥遊の切っ先だとわかった時には、彼は既に花弁を分け入り花蕾《はなつぼみ》に触れていた。淫唇《いんしん》が彼のそれに吸い付く。

「鳴海、今から挿《い》れるよ」

角度を増す小鳥遊のものが、蜜口を押し広げて入ってきた。ぬめりのある蜜が、彼の硬くて太い熱棒の挿入を助け、スムーズに膣奥まで抉《えぐ》るのを許す。

「あぁ、は……ぅ、んぁ」

小鳥遊は一度浅く腰を引き、硬い楔《くさび》を打ち込んだ。敏感な皮膚を広げられ、これまで一度も触れられたことのない部分に彼のものが擦《こす》れる。それは、下腹部の奥が凄まじい勢いで収縮するほどの快感だった。

「や……ぁ、そこ……ああっ！　ダメ……っんぅ」

優花はウッドテーブルに手を突いて躯《からだ》を支えていたが、腕がぷるぷるしてその場に突っ伏してしまいそうになる。それでも必死に耐えていたものの、とうとう我慢できなくなり、ガクッと肘《ひじ》を曲げた。

埋められる硬茎《こうけい》の角度が変わり、蜜壁《みつへき》を押し広げる圧が強くなる。そこがじんじんと熱くなるにつれて、体内で生まれた甘いうねりが凄い勢いで増幅されていく。

「あ……っ、んんぁ、はぁ……ううっ！」

小鳥遊の総身を揺さぶるほどの激しい律動に、優花は淫《みだ》らに乱れて顔をくしゃくしゃにした。強く掴《つか》まれた腰を前へ後ろへと動かされるたびに重力に従った乳房が揺れ、浴衣《ゆかた》から完全に零《こぼ》れてしまう。視界に入る淫らな姿に、感情を煽《あお》られる。

「ああ、俺を咥《くわ》え込む鳴海のここ……凄い！　もっと、もっと俺を感じてくれ！」

小鳥遊はさらに腰を動かすスピードを速めた。昂《たかぶ》りを根元まで押し込み、軽く引き、また奥深くまで穿《うが》つ。

「いぅ……、っんぁ！　あぁ……イヤ……そこっ、あっ、あっ……！」

躯を包み込む恍惚感《こうこつかん》に支配されて、優花は悩ましい声を上げた。あまりにも喘《あえ》ぎ過ぎたため声がかすれるが、小鳥遊に敏感な部分を攻められるとそれが抑えられない。意識までも攫《さら》われそうなぐらい、高みへと押し上げられていく。

「ツン、……あ……っ、はぁ、……っぅ」

甘い疼《うず》きが断続的に押し寄せる。小鳥遊の抽送《ちゅうそう》と協奏するように、速さを増していった。

「あっ！　もう……あ、ああ……」

躯にまとわりつく愉悦に呑み込まれそうになる。痺《しび》れる手に力を込めると、小鳥遊の手が優花の乳房を包み込んだ。優花を穿ちながら、柔らかな乳白色の乳房を揉みしだき、充血して硬く尖《とが》る乳首を指の腹で摘《つ》まむ。

「は……ぁ、あんっ、んふ……ぁ、ああっ！」

「ああ、鳴海っ！　……お願いだ、この先もずっと俺だけのものでいて。他の男に、目を奪われないでくれ！」

小鳥遊が、優花の耳元で懇願の声を発した。いつもなら、耳殻《じかく》に触れる吐息、耳孔《じこう》をくすぐる声は、優花の四肢の力を簡単に奪う。だが、この時は違った。

それまで優花は何も考えられないほど小鳥遊の愛撫に陶酔《とうすい》していたのに、彼の今の言葉によって、どこかへ飛びそうだった意識が戻ってくる。

い、今……未来を望んでもいいようなことを言った⁉

優花は小鳥遊の顔が見たくて振り返ろうとするが、それを防ぐように、彼が急に抽送のリズムを速めた。大きく漲《みなぎ》った剣で、あふれる蜜を掻き出しては、淫靡《いんび》な音を立てられる。

「あっ、あっ……ダメ……っん、はぁ……ぅ」

全身を駆け巡る容赦ない情火に、下肢に力が入らなくなる。小鳥遊の片腕が腰に回されていなければ崩れ落ちてしまいそうだ。それでも彼は、角度を変えては濡れそぼる蜜壷《みつつぼ》を抉《えぐ》り、ずるりと引き抜き、敏感な壁を擦《こす》り上げる。彼の情熱に絡め取られた優花の頬は紅潮し、唇から漏れる喘《あえ》ぎが熱をはらみ始めた。

「たかな、し……くんっ！　お願い……っ、ああ、っんぅ……わた、し……っ！」

「優花っ！」

小鳥遊は自身の弾む息遣いに合わせて、激しい腰つきで優花の深奥を穿《うが》つ。優花の躯《からだ》が、膨張する熱のうねりに覆われていく。

「もう……ダメ……い、イクッ！」

ぐちゅぐちゅと淫靡な音を立てられ総身を揺すられては、もう抗《あらが》える術《すべ》はない。

優花がすすり泣きを漏らした時、小鳥遊の手が乳房を離れた。引き締まった腹部へと下がり、湿り気を帯びた黒い茂みを掻き分ける。彼は花芯《かしん》を指の腹で弄《いじ》り、優花の肩に歯を立てた。

刹那《せつな》、優花の体内で渦巻《うずま》いていた熱だまりが一気に弾けた。

「あああ……っ！」

躯が発火したみたいに燃え上がる。優花は背を弓なりに反《そ》らし、天を仰いで達した。直後、ドーンと空気を裂く巨大な破裂音がして、眩《まばゆ》い閃光《せんこう》が瞼《まぶた》の裏で花開く。続いて大きな音が鳴り続け、色《いろ》鮮《あざ》やかな光が射した。

遠くの方から聞こえてくる感嘆の声に耳を傾けて、優花は瞼をぴくぴくさせながら押し開いた。

視界の先で大輪の花火が夜空を彩《いろど》っていた。

優花が詰めていた息を吐き出すと、小鳥遊が優花の肩で「優花」と満ち足りた声を発した。

「最高の花火だな」

小鳥遊は息を弾ませながら、今もなお優花の張った乳房を揉み、愛しげに首筋に唇を這《は》わせている。

優花は小鳥遊の愛戯《あいぎ》で、躯の芯にある導火線に火を放たれ、最高の快感を得た。なのに、彼はまだ優花をその気にさせたいと、躯《からだ》に残る燻《くすぶ》った熱を煽《あお》ってくる。

もしかして、小鳥遊は吐精できなかったのだろうか。

小鳥遊の呼吸は落ち着きを取り戻しつつあるものの、優花の蜜壷に埋められた彼のシンボルは、今も芯を失っていない。

どうしていいのかわからずじっとしていると、小鳥遊の指が敏感に尖《とが》る乳首をかすめた。喘《あえ》ぎそうになり咄嗟《とっさ》に声を殺すが、自然と彼のものを包み込む蜜壁《みつへき》がギュッと締まる。彼は小さな声で笑い、腰を退《ひ》いた。ずるりと抜ける感触に、優花の背筋に甘い電流が走る。

「……っん」

小鳥遊がゆっくり躯を離した。ウッドテーブルに凭《もた》れて、いつの間にかつけていたコンドームを外す。先端部分に溜まる白濁液を見て、彼が優花で感じてくれたのがわかった。

ホッと息をつくものの、小鳥遊のものはまだ満足できていないとばかりに怒張している。でも彼はそれを気にせず、ウェットティッシュを取り出し後処理する。優花もそれをもらって愛液を拭《ぬぐ》い、途中まで下ろされたパンティを穿いた。たくし上げられた裾も帯から抜き、素足を隠す。

「いい眺めだね」

優花は自分の後方で打ち上げられる花火を振り返り、赤や青といった色鮮《いろあざ》やかな大輪の花を見る。

「そう、だね……」

そう言いつつも、優花は着崩れた浴衣《ゆかた》が気になり自分の姿を見下ろした。胸元がはだけて、乳房が露《あらわ》になっている。優花の頬が羞恥《しゅうち》で染まった時、不意に影が差す。顔を上げると、躯が触れ合うほどの至近距離に小鳥遊が立っていた。

「いい眺めって言ったのは、花火じゃない。鳴海のことだよ」

小鳥遊の目が、乳房に落ちる。優花は躯を捻《ひね》って胸を隠そうとするが、そうするよりも前に腕を掴《つか》まれた。

「隠さないで。俺の見てる前で、浴衣の着崩れを直してよ」

本当は嗜《たしな》みとしてこっそり直したい。だが優花は小鳥遊の懇願に負け、彼に見られながら着崩れた浴衣に手を伸ばした。もしかしたら帯を解かなければならないかもしれないと思ったが、なんとか体裁を整えられた。

優花は安堵の息をつき、そっと小鳥遊を窺《うかが》う。彼は魅了されたように優花を見つめていた。

「やっぱり、浴衣って色っぽい。今朝、鳴海が浴衣を着るって言ってから、俺の頭の中は鳴海でいっぱいだったんだよ」

突然の甘い言葉に、優花の頬がぽうっと火照《ほて》っていく。

「う、嘘《うそ》ばっかり！　小鳥遊くん、そういうことを……誰にでも言ってるんでしょ」

「俺が？　まさか！　俺は、誰かに気を持たせる真似《まね》はしないよ。知ってるだろ？」

小鳥遊が優花の手を掴んで上体を屈め、吐息が触れ合うほど顔を寄せた。

「わかってる？　俺がこんな風に言う相手は、鳴海だけだ」

信じてとばかりに、小鳥遊が優花に熱い眼差しを送る。でも優花は、顔を背《そむ》けた。

小鳥遊の宇都宮に対する接し方を見る限り、充分、気を持たせる態度を取っている。それを知っているからこそ、優花は彼を愛してはいても、彼のその言葉を素直に受け入れられなかった。

「鳴海？　もしかして、俺って……信用されてない？　それって、悲しいな」

小鳥遊の気落ちした声音に、優花はハッとして顔を上げた。

「そんなことない！　わたし信用していない人とは……こういう関係を結ばない。小鳥遊くんだから、わたし！」

「俺だってそうだよ。相手が鳴海だから、この関係をとても大事にしてるんだ。ただ、悪かったね。今夜はいつもの鳴海と違ってたせいで、俺……急《せ》かし過ぎたみたいだ」

小鳥遊が顔を傾けて、優花の口に優しいキスを落とした。

「……っんぅ！」

唇を触れ合わせただけなのに、優花の躯《からだ》が沸騰したみたいに熱くなる。小鳥遊の唇が動き、舌でそこを舐《な》められるだけで快《こころよ》い疼《うず》きに襲われた。

「今夜さ、鳴海の泊まるキャンピングカーへ行っていい？　スタッフとの食事会が終わったあと、鳴海と過ごしたいんだ。腕に抱いて眠りたい」

一度優花を抱いて精を迸《ほとばし》らせたのに、まだその日のうちに優花をほしいという小鳥遊の言葉に、優花は息を呑んだ。

「嫌か？　俺はこの先、毎日でも鳴海と一緒にいたいぐらいなんだけど」

優花の胸が、一際高鳴る。小鳥遊に愛されている最中、彼が〝この先もずっと俺だけのものでいて。他の男に、目を奪われないでくれ！〟と言ったのを思い出した。

ひょっとして、大人の関係を持ちかけてきた時以上に、優花を想ってくれているのかもしれない。

優花の胸が歓喜で震え始めた。

「やっぱり駄目か？　これも……急かし過ぎ？」

「ううん！　来て。小鳥遊くんに来てほしい」

優花が懇願すると、小鳥遊が満面の笑みを浮かべた。そして愛しくてたまらないという態度で、優花の後頭部に手を回して腕の中へ引き寄せた。

「こういう日が毎日続けばいいのに」

小鳥遊がボソッと呟《つぶや》く。

わたしも——そう返事をしたかったが何も言わず、優花は彼に抱かれたまま打ち上げられる花火を眺めた。

## 八

花火大会終了後、優花は小鳥遊と一緒に番組スタッフたちと合流し、焼肉店へ向かった。わいわい盛り上がりながら食べ、皆と緑地公園に隣接するキャンプ場へ戻ってくる。

「ご馳走《ちそう》さまでした。いろいろなお話を伺えて、とても楽しかったです。それじゃ、わたしはこれで失礼しますね。明日もよろしくお願いします」

優花はキャンプ場の入り口で頭を下げた。

小鳥遊と番組スタッフは、これからイベントの打ち合わせがある。それを基本にして、明日の朝、特設ステージでリハーサルをするという話だ。

「こちらこそ、明日はよろしく！　今夜はゆっくり休んでくださいね」

皆と別れると、優花はキャンピングカーへ向かって歩き出す。

「鳴海！」

数メートル進んだ時、急に名前を呼ばれる。優花が振り返ると、プロデューサーの傍《そば》を離れた小鳥遊がこちらへ走り寄ってきた。その行動に驚いた優花は、おろおろしつつも彼を窺《うかが》う。

「何？　……どうかした？」

「今夜のこと、話すのを忘れてたからさ。仕事が終わったら連絡入れるから、どこかへ行くにしても携帯を肌身離さず持ってて。そこのシャワー室でシャワーを浴びる時も、キャンピングカーに置いていかないように。いい？」

「……わかった」

優花が頷くと、小鳥遊は嬉しそうに微笑んだ。

「じゃ、あとで」

小鳥遊は誘惑に満ちた甘い声で囁《ささや》くと、優花に背を向け、先を歩くスタッフを追いかけていった。

「……あとで、か」

優花はキャンピングカーへ戻りながら、未来を約束した小鳥遊の言葉を呟《つぶや》く。それが脳に浸透するにつれ、だんだん胸の奥が熱くなってきた。ほんの一時間か二時間先のことかもしれないが、それこそ優花が望んでいるものだからだ。

小鳥遊と大人の関係を結ぶと決めた当初、一夜だけでもいいから好きな人に女性として扱われたい、彼との思い出がほしいという、自分の心に巣くうあさましい感情で動いた。そして彼に継続したい旨を伝えられ、優花もそうしたいと誘惑に乗った。

でも今は、その時に胸に抱いていた想いよりも強いものがある。時間を重ねるたびに、小鳥遊にもっともっと惹《ひ》かれていた。彼を知れば知るほど、この先も彼の傍にいたいと我儘《わがまま》が込み上げる。それだけではない。小鳥遊と、将来を約束する恋人同士になりたい……

キャンピングカーの前に着くと、優花は立ち止まり、今夜小鳥遊と過ごす車を見た。しばらくその場に立ち、彼と過ごす甘い時間に思いを馳《は》せていたが、静かに歩き出してそのドアを開けた。

窓を閉め切っていたせいで、むわっとした熱気に包み込まれる。その中で、優花は浴衣《ゆかた》を脱いでキャミソールとショートパンツに着替えた。その後、キャンピングカーを出て共同のシャワー室へ向かう。

簡易シャワー室のためとても狭い。でも、汗を流すだけなら充分だ。泡立てたボディソープで躯《からだ》を綺麗にし、髪も洗う。その後、タンクトップ型のロングワンピースを着ると、バナナクリップで髪をまとめた。

私服や浴衣とはまた違い、妙に色っぽく思える。シャワーを浴びたことで、肌がほんのりピンク色に染まっているからかもしれない。

「小鳥遊くんもそう思ってくれるかな」

今のところ、小鳥遊からの着信はまだない。優花は、傍《そば》にある自動販売機で足を止め、ミネラルウォーターと果汁百パーセントジュース、彼の好きなコーヒーなどを買い込んだ。それを手提げ袋に入れ、等間隔に設置された外灯が照らす石畳の小道を歩く。

周囲には、楽しそうにしている子ども連れの家族、手を繋《つな》ぐカップル、友人同士ではしゃぐグループがいる。

そういう雰囲気は自然と伝染するもので、優花も心を躍《おど》らせて歩を進めた。だが、優花が泊まるキャンピングカーの前に到着した時、何か違和感がし、わくわくした気分が消える。シャワーへ行く前となんら変わりはないはずなのに、異様に肌が粟立《あわだ》つ。

周囲を見回すと、キャンピングカーの陰で何か黒いものが動いた。

「……誰かいるの？」

何気なく訊《たず》ねるが、すぐに優花の顔が凍りついた。影の中から宇都宮が出てきたからだ。彼女は唇を真一文字に結んで目を見開き、優花を憎々しげに睨《にら》み付けている。

「ち……千穂、ちゃん？」

「優花。あなたが戻ってくるのを待ってたの」

優花が知る宇都宮とは、全然違う彼女がそこにいた。あまりにも気迫に満ちた目つきに、優花は一歩も動けなくなる。

宇都宮は綺麗な生脚を見せるショートパンツに、胸の谷間が覗くレース仕立てのキャミソール、その上にジレを羽織っていた。普通なら、夏の着こなしを特集するモデル雑誌から抜け出てきたような姿に見惚れてしまうところだが、今は彼女の凄まじい様子に圧倒されて動けない。すると、彼女の方が優花に近寄り、外灯の真下で立ち止まった。

「ど、どうして、わたしがここに泊まってるって知ってるの？」

宇都宮の迫力に恐れをなして、優花の声が小刻みに震える。そんな優花を見た彼女が口角を上げるが、その目はまったく笑っていない。優花を射抜くほどの鋭い眼差しを向けている。

「どうして知ってるのか……ですって？　そんなの、彬くんが教えてくれたに決まってるでしょ。イベントに来る必要なんてないのに、優花が無理やり番組スタッフに頼み込んで宿も取らせたってこともね」

「小鳥遊、くんが？」

震える声で訊ねると、宇都宮がまた一歩、優花に近づいた。彼女から漂う薔薇《ばら》の香りが、優花の躯《からだ》にまとわりつく。普段なら芳《かぐわ》しい匂いだと思うのに、今日は異様に鼻につく。

「あたし、優花に言ったよね？　男にいいように遊ばれたらダメだって。きちんと忠告してあげたのに。ちょっと彬くんに優しくされたからって、調子に乗るなんて」

宇都宮が呆れてものが言えないといった調子で、力なく頭を振る。そして豊満な乳房を強調するように、胸の下で腕を組んだ。

「まあ、それも無理もないわよね。サークル時代から男に免疫《めんえき》がなくて、優花ったら芋っ子同然だったんだもの」

「ち、千穂ちゃん？」

宇都宮の悪意に満ちた言葉が信じられず、優花はおずおずと彼女に手を伸ばした。だがその手を強い力で振り払われる。

「ねえ、彬くんがどうして冴えない優花に構うのかわかってる？　……って、わかるわけないわよね。優花って本当に鈍感だったもの」

じろりと優花を睨《にら》んだ宇都宮だったが、直後、口元を緩める。その変わり身の早さに、優花は怖くなり、荷物の入った手提げ袋をギュッと掴《つか》んだ。

「あのね、彬くんはずっとあたしと話したかったの。なんとかあたしの心を向けさせたいって必死だった。ただ、あたしがいつも優花と一緒にいたから、彼は仕方なく優花に話しかけてたってわけ。でも卒業すれば会えなくなる。それで彬くんは勇気を振り絞ってあたしに告白してくれた」

「うん、知ってた。小鳥遊くんは千穂ちゃんが……好きだったって」

宇都宮の目を見ていられず、優花は顔を背《そむ》けて俯《うつむ》く。事実を口にしたのが辛《つら》くて取った行動だったが、彼女の嘲《あざけ》るような笑い声に、優花はゆっくり面《おもて》を上げた。

「笑ってごめんね。知ってて、彬くんの優しさを恋と勘違いするなんて可哀想だなって思って。あのね、あたしと彬くんは今でも特別な関係なの」

宇都宮はそこで口を噤《つぐ》み、優花を憎々しげに睨み付ける。

「少し行き違いはあったけれど、お互いあれから色々経験して、どれほど相手が大切なのか改めてわかったの。あとは、もう一度彬くんが告白してくるのを待つだけ……。そんな矢先に、大学卒業を機に姿を消した優花が突然現れた。その後の彼の行動は、優花も知ってるよね？」

宇都宮は手を上げ、綺麗にネイルアートを施《ほどこ》した爪で優花の頬を優しく撫《な》でる。彼女の尖《とが》った爪にチクリと肌を刺され、優花はハッと息を呑んだ。止めてと叫びたかったが、ほんの少しでも動けば引っ掻かれそうで動けない。背に冷たい汗が流れ落ちていくのを感じながら、優花は恐怖に耐え続けた。

「……知ってるでしょ！」

宇都宮が苛立った声を上げる。優花は彼女を逆撫《さかな》でしないように、静かに「うん」と返事する。

彼女は満足して目を細めるが、その口元は強張《こわば》っていった。

「優花の登場は、本当に誤算だった。お互いに相手が最高のパートナーだってわかっていたのに、彼ったら優花が現れた途端あなたに近づいた。何故だかわかる？　あたしに嫉妬《しっと》させるためよ。ええ、彬くんの策略に、あたしはまんまと引っ掛かったわ！」

ようやく自分に嫉視《しっし》を向ける宇都宮の気持ちが、疎《うと》い優花にも理解できた。確かに小鳥遊と宇都宮は一度別れたかもしれない。でもお互い、嫌いになって別れたわけではなかったのだ。

二人がヨリを戻そうと駆け引きをしていたそんな時、偶然にも優花が小鳥遊の前に現れた。

大学時代みたいに、優花はまた小鳥遊に利用されたのだ。宇都宮を手に入れるために、彼は躊躇《ためら》いなく行動したのだろう。

後腐れのない大人の関係を優花に持ちかけたのは、本命が他にいたから。優花との関係を続けたいと言ったのは、宇都宮の知る優花を利用すれば彼女を嫉妬させられると考えたに違いない。

それは見事に当てはまり、我慢できなくなった宇都宮が優花にケンカを仕掛けてきた。

ああ、なんてこと！

ショックのあまり、優花の唇がわなわなと震え出す。その唇に、宇都宮の爪が触れた。

「彬くんのやり方には納得いかない。でも、それって裏を返せば、優花を利用してでもあたしとやり直したいってこと。あたし……もう駆け引きはしない。彬くんを手に入れるつもりよ。だから、もう二度と彼に近づかないで！」

宇都宮は優花の唇に触れていた指を、顎《あご》から首筋へと下げていく。その指が鎖骨に近い首の根元で止まった。そして、そこを強く引っ掻かれた。

「……痛っ！」

優花は声を上げる。だか宇都宮は怯《ひる》まず、皮膚を抉《えぐ》るように爪を立てた。

「ねえ、優花。躯《からだ》の関係があっても恋人じゃないのよ。言ったでしょ。遊ばれる女にはなるなって。釘を刺したのに……こんなところに、堂々と目立つキスマークをつけられてバカじゃないの！でも、これでわかったでしょ？彬くんにとって、優花とは遊びだったんだって。所詮、都合のいい大人の関係だったんだって肝に銘じるといいわ」

「大人の、関係！」

優花は息を呑む。小鳥遊との関係をそこまで言い切るというのは、彼が宇都宮にそういう話をしたという証拠だ。

「もしかして彬くんに……抱かれて、好かれてるとでも思った？　そんなのあるわけないって、気付かなかったの？　本当ずうずうしい女ね！」

　唐突に宇都宮に肩を乱暴に押される。咄嗟《とっさ》の対応ができなかった優花は、「あっ！」と声を上げ、尻餅《しりもち》をついた。手のひらが擦《す》れて痛みが生じるが、すぐに目の前で仁王立ちする宇都宮を振り仰ぐ。

「優花はあたしと同じ場所にすら立ててない、ましてや彼には見向きもされていないってことぐらいわかりなさいよ！　もう二度と彬くんには近づかないで。仕事で会うとしても、必要以上に彼と接触しないで！　……本当にイライラする。自分が彬くんに求められる女だと勘違いして、関係を持ち続けるなんて。自分の顔を鏡でよく見なさいよ！　彬くんの隣に立つのは誰が相応《ふさわ》しいのか、それぐらいわかるでしょ！」

　宇都宮は、まるで汚いものでも見るかのように優花に蔑《さげす》みの目を向ける。そして鼻を鳴らすと、優花の脇を通ってどこかへ去っていった。

　一人残された優花は、ショックのあまり立ち上がれなかった。そのままの姿勢で手を上げ、裂傷のできた手のひらに視線を落とす。

　皮膚は赤く充血し、血が滲《にじ》み出ていた。視界に入るその傷がぼやけていき、大きな雫《しずく》が手のひらに一滴、また一滴と落ちた。

「……調子に乗った、罰なのかな」

　宇都宮が優花に向けた憎悪。あれは、ほんの一月《ひとつき》やそこらで生まれるものではない。つまり、大学時代から優花を良く思っていなかったのだろう。

　当時の優花は、男友達の中で一番小鳥遊に親しみを感じていた。それはいつしか恋になり、彼ばかりを目で追う日々が続いた。

ただ、小鳥遊の気持ちが自分にあると知っていた宇都宮は、優花の気の利《き》かなさが不快だったに違いない。相思相愛にもかかわらず、そのことに気付かず邪魔をする優花の存在が疎《うと》ましかったのだ。

「最悪……」

何も気付けず、小鳥遊の気持ちが自分にあるかもしれないと考えたのが恥ずかしくてたまらない。それでも彼と過ごした時間を無駄《むだ》だったとは思えなかった。

そもそも、好きな人に女性として見られたい、一夜を共に過ごしたいと思ったのは優花自身だ。夢は叶えられた。これ以上を望めばきっと罰が当たってしまう。

優花は天を仰いだ。瞳が濡れているせいで、夜空に浮かぶ無数の輝きがぼやける。まるで優花の進む道は、先が見えないと告げられているみたいだ。

「……っ！」

込み上げる嗚咽《おえつ》を堪《こら》えられなくなり、優花はその場で涙を流した。

その時、優花の携帯が鳴った。おもむろに石畳に落ちた荷物から、携帯を取り出す。液晶画面に表示されているのは、小鳥遊の名前。

「小鳥遊くんっ！」

優花は、携帯を胸に押し当てた。しばらくじっとしていたが、優花は立ち上がり、キャンピングカーに入った。

手にしていた荷物をその場に放り出し、エアコンの電源を入れる。ただ灯《あか》りだけは点けずに、ベッドに潜り込んだ。いつしか鳴り続いていた携帯の着信音は止まり、部屋は静寂に包まれる。それでも優花は、決して動こうとしなかった。

暑かった部屋が涼しくなってきた頃、キャンピングカーのドアを叩く音が聞こえてきた。

「……鳴海？　俺、……小鳥遊。いないのか？　……鳴海？」

優花は、小鳥遊の声を聞きながら、携帯を胸元でギュッと握り締める。すると、その携帯が急に鳴り出した。暗闇の中で光るそこに、彼の名前が表示される。キャンピングカーの外で彼が電話をかけているのだ。

「中で鳴ってる、エアコンもついてる……ってことはいると思うんだけど、もしかして疲れて眠ってしまったのかな」

小鳥遊の独り言が聞こえたあと、携帯の着信音が止まる。その数分後、メールの着信音が鳴った。そこには彼からのメールが入っていた。

〝会おうって約束したのに眠りこけるなんて、いったい何やってるんだ!!　……というのは嘘《うそ》。疲れて眠ってしまったのかな？　俺は自分のキャンピングカーに戻るから、気にせずゆっくり休んで。明日の朝、会おう〟

そう書かれていた。優花を想う小鳥遊の優しさに胸が痛くなる。でもそれらは、宇都宮を嫉妬《しっと》させるためにした彼の演技なのだ。優花に対する気遣いすべてが、彼女とやり直すための仕掛けだったと思うと、それがまた悲しくて、辛《つら》くて、涙が止まらない。

「それでも……小鳥遊くんが好き。わたし、本当に……小鳥遊くんが好きだったの」

口に出した途端、小鳥遊の色に染められた優花の心が彼のもとへ飛んでいきたいと訴えてきた。

優花はその気持ちを必死に抑え込み、ベッドの中央で躯《からだ》を丸める。

泣き疲れて眠ったのは、空が白み始めるほんの数時間前だった。

＊＊＊

——翌朝。

泣き過ぎたせいで、優花の瞼《まぶた》は腫《は》れていた。急遽《きゅうきょ》化粧水を冷蔵庫で冷やし、それをコットンに含ませて瞼に乗せる。

「目が腫れていたら、絶対に何かあったって思われる。小鳥遊くんに気付かれたくない……」

この日、宿泊客には簡単な朝食が用意されていたが、優花はキャンピング場の受付に取りに行くことはせず、ずっと瞼を冷やしていた。それが良かったのか、出掛ける頃には化粧で隠れるほどまで腫れは引いた。

丁寧に化粧をして瞼の腫れを隠したあと、動きやすいジーンズとTシャツに着替える。そして、リハーサルが行われる特設ステージへ行こうとした。しかし、一度立ち止まり、テーブルに置いたままのブレスレットを見た。

小鳥遊が贈ってくれたブレスレットを身に着けたい気持ちはある。でも、もし宇都宮と会ったら、まだ彼を諦めていない優花の心を見抜かれるだろう。身の程知らずだと罵《ののし》られるかもしれない。

もう精神的に打ちのめされたくない！

後ろ髪を引かれる思いでブレスレットに背を向けた優花は、キャンピングカーの外へ出た。その瞬間、優花の足がピタッと止まる。

「小鳥遊、くん……」

小鳥遊は優花と似たジーンズとTシャツ姿で、キャンピングカーの少し先に立っていた。

「鳴海！　良かった」

小鳥遊が安堵の表情を浮かべ、優花のもとへ歩き出す。だが優花は彼から顔を背《そむ》け、キャンピングカーのドアに鍵をかける。これからどうすればいいのかと考える暇もなく、鍵を抜いた時には彼はもう優花の隣に立っていた。

ダメだ、逃げられない！

優花は覚悟を決めると、これまでと変わらない態度を心掛けて、小鳥遊を振り仰いだ。

「あ、あの……昨日の夜はごめんね。わたし、いつの間にか眠ってしまったみたいで」

「うん。俺が鳴海を酷使《こくし》してしまったせいかな？」

奔放《ほんぽう》に愛し合った記憶が鮮明に甦《よみがえ》り、優花の頬が紅潮していく。それを見た小鳥遊がくすっと声を漏らし、優花の耳元へ顔を寄せた。

「でも、忘れないで。昨夜の埋め合わせは必ずしてもらうよ。今月の通常収録はもうないから、次に会えるのは、九月の一週目？　駄目だ、それまで待てない。鳴海、もしお互いの都合がつけば、その前に……」

その前に……何？　まだ、わたしと関係を続けたいとでも？　――唇を強く引き結ぶ優花に、小鳥遊が上体を起こし、優花の目を覗き込んできた。そして、ついと唇に視線を落とす。

「やっぱり俺、三週間も待てない」

小鳥遊がそう言いかけた時、可愛らしく「彬くん？」と呼ぶ声が聞こえた。脳裏《のうり》に焼きついた声音に、優花はさっと彼と距離を取る。

「鳴海？」

「やっぱり彬くんだ！」

訝しげな目で優花を見る小鳥遊に宇都宮が近付き、腕を掴《つか》んだ。そのまま彼女に引っ張られて、彼の意識が優花から離れる。

「千穂、まだいたんだ？　もう、帰ったと思ってたよ」

「せっかくの日曜日だもの。彬くんの傍《そば》にいたいなと思って。でも、あたしだけじゃないわ。ふふっ、実は……大地も一緒なの。当然よね、だって今日も優花がいるんだし。ねっ、優花」

宇都宮が急に優花の名を出して、ビクッとなる。彼女は微笑んでいた。でも優花に向けられたその目は笑っていない。

昨日、あたしが言ったこと、忘れてないでしょうね！　――と言わんばかりの冷たい目つきに、優花はさらに一歩、足を退《ひ》く。

「千穂、俺の前で佐野の話はしないでくれ」

「どうして？　あっ、もしかして嫉妬《しっと》？　あたしの口からは……聞きたくなかった？」

「あ、あの！」

二人が話している最中だというのに、優花は会話に割って入った。

「わたし、もう行かないといけないの。その、先に行くね」

「えっ、ちょっと待って。俺も一緒に――」

「小鳥遊くんなら少しぐらい遅れても大丈夫だと思う。スタッフには伝えておくから、あとで合流して。……じゃね！」

これ以上、二人の親密な会話は聞きたくないと、優花は背を向けて石畳を駆けた。

ひんやりとした空気が漂う雑木林を通り抜け、緑地公園の入り口に立つ警備員に通行証を見せる。そして特設ステージへと続く道を走っていると、小鳥遊の声が風にのって遠くから聞こえてきた。

「鳴海、待って！」

聞こえない振りをしようかとも思ったが、やめた。優花の息は既に上がっている。小鳥遊に追いつかれるのも、時間の問題だろう。それならば、自ら立ち止まって彼を待った方がいい。

優花は足を止め、息を弾ませながら振り返った。小鳥遊とは十メートルぐらいの距離があったが、すぐに縮まる。彼は苦しそうに呼気《こき》を乱しつつも、優花に手を伸ばして手首をきつく掴《つか》んだ。

「どうして先に？　俺、鳴海の気に障《さわ》る――」

小鳥遊が急に息を呑む。目を見開いたまま、優花の両手首に視線を落とした。

「鳴海？　俺のあげた……ブレスレットは？」

小鳥遊の声のトーンが低くなり、優花の躯《からだ》に震えが走った。彼を振り切ろうと走ったため躯中が熱くなっているのに、握られた手の先だけが冷たくなっていく。

何も言えずにいると、小鳥遊が何かを探るように優花の目を覗き込んできた。優花は動揺を隠せず顔を背《そむ》けるものの、すぐに苦笑いを浮かべてその場を取り繕《つくろ》う。

「……あ、あのね、キャンピングカーに置いてあるの。だってほら、仕事でお洒落《しゃれ》するのはどうかなと思って」

「本当に？」

何故今日に限って、こんな風に突っかかってくるのだろう。何か異変を察している？

優花はいつもと変わらない態度を心掛けて、小鳥遊の手をゆっくり外した。

「小鳥遊くん、どうしたの？　……もしかして、千穂ちゃんに何か言われた？」

「い、いや」

小鳥遊は気まずそうに顔を背け、口を手で覆う。その態度から、彼と宇都宮の現在の関係がちらちらと見え隠れする。優花はたまらず目を逸《そ》らした。

「あっ、早く行って……最終確認をしないと！」

優花は小鳥遊をその場に置いて、一人で先を進む。

「鳴海！　ちょっと待てって！」

小鳥遊は駆けてくると、すぐに優花の横に並んだ。

「鳴海、俺の勘違いならいいんだけど、ひょっとして……俺を避けてる？」

「避ける？　そんなことあるわけないじゃない。ただ、これから仕事あるし……」

「うん、まあ、それはそうだな。……仕事と言えば、俺たちの関係もあと一ヶ月で終わりか」

小鳥遊のその言葉に、優花の胸に鋭い痛みが走った。

「鳴海……？」

心配げな小鳥遊の声が聞こえたが、優花は俯《うつむ》いて顔を隠した。

最初からこうなるとわかっていた。にもかかわらず、小鳥遊と別れたくないという気持ちが渦《うず》を巻き出口を求めて膨《ふく》れ上がる。それを必死に呑み込もうとすればするほど、優花の鼻の奥にツンと刺す痛みが走り、比例して瞼《まぶた》の裏が熱くなってきた。視界もぼやけていき、遠くに見える特設ステージが霞《かす》んでいく。

ここで泣いたら、絶対に小鳥遊に変に思われてしまう！

だが感情は決壊し、大きな雫《しずく》が目から零《こぼ》れた。もう泣いているのを隠せない。

「鳴海、どうした？」

「ああ、どうしよう！　もうすぐイベントが……始まるかと思うと、感激で胸が……いっぱいになってきた」

優花は流れる涙を手で拭《ぬぐ》う。そして小鳥遊に本音を気付かれないよう、湧き起こった感情を無理やり別のものにすり替える言い訳にした。

そのまま逃げ切れればと思っていたのに、小鳥遊に肩を掴《つか》まれる。足を止めて彼を仰ぎ見ると、彼の手が濡れた頬に伸びた。優しい手つきで、彼に涙を拭われる。

「鳴海、この仕事を受け持って以降、ずっと頑張ってきたもんな。……うん、大成功させような」

いつもと変わらない、優花を見る優しい瞳。優花は自分の涙を隠すために騙《だま》したのに、小鳥遊は優花を励まそうと優しく声をかけてくる。

それがまた優花の胸を震わせ、涙が止まらなくなってきた。

「ほら、もう泣かないで。まだイベントは終わってないよ」

小鳥遊が優花の肩を片腕で抱き、あやすように頭をポンポンと撫《な》でる。

ごめんなさい——心の中で謝りながら、優花は小鳥遊のＴシャツを掴み、彼の胸に顔を埋《うず》めた。

しばらくして、優花はそっと小鳥遊の胸を押しやって距離を取った。彼のＴシャツに、優花のファンデーションやチークが付いている。

「どうしよう！　こんなに汚してしまって、ごめんなさい」

「気にしないで。そもそも俺が鳴海を抱いたんだし。それに、俺のいないところで泣かれるより、俺の前で泣いてくれた方が安心する」

「……もう、何を言ってるのよ」

優花はおどけて小鳥遊の腕を叩くが、実のところ彼の言葉にどぎまぎしていた。

その言葉が本当だったら、どんなに嬉しいか……

一瞬目を閉じるが、優花は気持ちを切り替えて小鳥遊を見上げる。

「行こう。わたしはわたしの、小鳥遊くんは小鳥遊くんの……仕事をしないとね」

「ああ、そうだな」

優花は小鳥遊と一緒に特設ステージに向かった。小鳥遊は本番のステージへ、優花はその隣に設営されたテントへ入り、それぞれが自分の仕事に集中する。

テントでは、番組グッズが販売される。そこに並べられた、柔らかなパイル地のタオル類は、番組のスポンサー会社が経営する小さな町工場で作られたものだ。ここで上手く商品のPRができることを祈りつつ、優花は売り子として働くべく、打ち合わせをする。その最中、ステージについと目をやる。

ステージ上では、現在リハーサルが行われている。そこには、小鳥遊とスタッフ、そして特別ゲストとして呼ばれた、大人気モデルの豊永孝宏《とよながたかひろ》が立っていた。

現在メディアでも引っ張りだこの豊永は、幅広い年代の女性に支持を受けるだけあって、すらりとした体躯《たいく》に、目を奪われるほど男らしい相貌《そうぼう》をしていた。番組タイトルに相応《ふさわ》しく、新たな発見をさせてもらえるゲストではあるが、優花の目は彼を通り過ぎ、小鳥遊の姿ばかり追う。

小鳥遊の顔をまじまじと見られるのは、今日が最後になるとわかっているからかもしれない。

無事にリハーサルを終えたあと、優花はキャンピングカーへ戻って浴衣《ゆかた》に着替えた。その後は、特設ステージの横にある物品販売のテントに早めに入り、スピーカーを通して聞こえる小鳥遊の話を聞きながら仕事に勤《いそ》しむ。

途中、観覧者から〝キミドキッ！〟で話題の同窓生について質問が出た。すると小鳥遊が「このイベントにも来てくれてますよ。もちろん仕事でね」と言ってしまう。

会場は騒然となったが、彼がトークで観客の意識を別のところへ持っていき、豊永と一緒に場を笑いの渦《うず》へと変えた。

三部構成のラジオの公開録音イベントは、大盛況で幕を閉じた。

優花は特設ステージの裏に入り、小鳥遊と豊永に挨拶《あいさつ》する。続いて番組スタッフたちのもとへ行き、今日のイベントについて礼を述べた。

「鳴海さんと仕事ができるのもあと二回か。早いな」

「そうですね。……あともうしばらくお世話になります」

スタッフの小林に挨拶すると、優花は撤収作業で残る番組スタッフたちとその場で別れて、キャンピングカーへ戻った。浴衣《ゆかた》を脱いで帰り支度を終えたあとは、一人で東京行きの電車に乗る。

本当はこのまま一人暮らしのアパートへ戻るつもりだったが、急に家に帰りたくない衝動に駆られた。行き先を実家のある長野へ変え、電車を乗り換える。

「わたしって、昔と全然変わってない……」

大学の卒業式で知った真実に耐え切れず、実家に逃げ帰った日を思い出しながら、優花は特急電車の座席でそっと目を閉じた。

# 九

「おはようございます！　鳴海、やっと戻ってきました！」

会社のドアを開けるなり、優花は出社している皆に元気良く挨拶した。明るく振る舞わなければ、イベントを終えて以降ずっと落ちていた気分が、また戻ってきそうだったからだ。

社員たちが、いつもと違う優花の態度に驚きの目を向ける。それを無視し、優花は手にした大きな紙袋を胸の位置まで上げる。

結局実家へ帰ったあと、休日返上で働いたイベントの代休と、溜まっていた有給を使って約一週間のお盆休みを取ったのだ。

「皆さんに野沢菜《のざわな》を買ってきたので、家に持って帰ってくださいね。あと……小腹が空いた時に食べられたらと思って、おやきも持ってきました。あとは――」

「鳴海」

席に座っていた主任が、呆れたような態度で優花の言葉を遮《さえぎ》る。

「その荷物はとりあえずそこに置いて、まずこっちへ来い」

「……はい」

優花は、自分のデスクの下に紙袋を置く。その時、パソコンに貼られた蛍光色《けいこうしょく》の付箋《ふせん》紙《し》に目がいった。仕事の内容もあるが、そこには優花に電話をかけてきた相手の名前も記されている。すべて小鳥遊だ。

昨夜アパートに帰ってきた優花は、荷物を片付ける気力もなく、そのままベッドへ入った。翌朝、充電切れの携帯を充電器に差して出勤の準備をしていると、その最中に何十件もの着信が表示された。相手は会社と小鳥遊と佐野がほとんどで、小鳥遊に限っては何十通ものメールが入っていた。

小鳥遊のメールはどれも連絡がほしいという内容だったが、まさか彼が会社にまで電話をかけていたとは思いもしなかった。

「鳴海!」

再度、苛立った声で呼ばれる。優花はバッグを引き出しに入れると、主任のもとへ言った。

「何でしょうか……」

「お前、どうしてずっと携帯の電源を切ってた?」

「すみません。故意に切っていたのではなく、充電器を家に置き忘れてしまって、それでずっと充電できなかっただけです」

「充電なんてどこででもできる。鳴海が契約している携帯ショップでもな。それを知らなかったわけではないだろ?」

執拗《しつよう》に追及する主任の目を逃れるように、優花は自分の手元に視線を落とした。

「……その、携帯ショップは実家から遠くて」

「鳴海がそう言うなら、その言い分を信じよう。それにしても自覚が足りな過ぎる。お前は今、一つの仕事に責任を負っている身だ。連絡が長期間途切れればどうなるか……。俺の言いたいこと、お前にもわかるな」

「はい……」

優花は素直に返事をする。主任の言葉はすべて正しく、そこに反論の余地はない。

「ったく、携帯も通じない、お前の家に電話を入れても誰も出ない。連絡の取りようがなかったこっちの身にもなれっていうんだ」

主任が苛立ちも露《あらわ》に、ぶつぶつと文句を言う。その直後、彼は深いため息を吐《つ》いた。

「それで鳴海は、その、小鳥遊アナと……ケンカでもしたのか？」

「……はい？」

こちらを窺《うかが》う主任に、優花はさっと顔を上げて目をぱちくりさせる。

「鳴海は知らないかもしれないが、彼、鳴海と連絡が取れないと言ってかなり取り乱してた。いや、実際は平静を装《よそお》っていたよ。でも、言葉の端々で感じるところがあって……。鳴海、就業時間中でも構わないから、彼に電話をかけろ。社長も言ってただろ？　放送局とのパイプは大事だって」

「わかりました」

「よし！　じゃ、席に戻れ」

「失礼します」

頭を下げた優花は、デスクへ戻る前に土産《みやげ》を給湯室へ置きに行った。

主任に、小鳥遊に連絡を取るよう言われたが、優花はひとまずそれを後回しにし、デスクトップに貼られたら付箋紙《ふせんし》を一枚ずつ外していく。それを確認して、優花は小鳥遊が毎日会社に連絡してきていた事実を知った。

これはどういう意味なのだろう。

小鳥遊の必死さにどう対応すればいいのかはっきりしないまま、優花は〝連絡求む〟としか書いていない付箋紙をゴミ箱に捨てた。

お盆休み中、優花は小鳥遊との件をずっと考えていた。でも何日かかっても、結局答えは一つしか出てこなかった。

小鳥遊を好きな気持ちは、もう優花の心から消せない。

だからといって、小鳥遊に利用されれっ放しでいるつもりもなかった。当然、彼に触れられたいという気持ちは残っている。でも彼の本音を知ってしまった以上、大人の関係はもう結べない。

とにかく最後まで仕事をやり切り、小鳥遊との関係を終わらせようと決めた。でも、彼の連絡を望む付箋紙の量を見ると、すぐにでも彼のもとへ飛んでいきたいと心が揺らぐ。

あれほど、関係を持つ前の同窓生に戻ろうと決めたのに……

優花はちらりとゴミ箱を見て、色鮮《いろあざ》やかな蛍光色《けいこうしょく》の付箋紙に目をやる。だが視線を逸《そ》らし、パソコン画面に意識を向けた。

「今は、仕事しなきゃ……」

椅子に浅く腰掛けた優花は、溜まった伝票などを片付けるために仕事に集中した。順調に進むものの、午後になってもまだ終わらない。徐々に目が疲れて、数字が踊り始める。

そろそろ休憩を取ろうかと思った矢先、電話が鳴った。交通事故に遭って入院していた、三井からだった。退院の目処《めど》が付き、九月中旬に出社できるという話だ。三井の復帰の知らせに、社内で仕事をしていた社員たちが歓声を上げた。

優花は先輩の川上と目を合わせて喜びを分かち合ったあと、そっと席を立つ。

「そろそろお茶の時間ですね。わたし、用意してきますね」

「手伝うよ」

腰を上げる川上に、優花はとんでもないと頭を振った。

「わたしがお休みをいただいている間、川上さんがしてくれていたんですから、今日はわたしが。ねっ、任せてください」

胸を叩く優花を見て、川上がぷっと噴き出す。

「じゃあ、お願いね」

優花はにっこりして、給湯室へ向かった。全員分の煎茶《せんちゃ》と、優花が持ってきたおやきを準備する。その時、先ほどまで賑《にぎ》やかだった皆の声がピタリと止んでいることに気付いた。

「……うん？」

不思議に思いつつも、優花は早くお茶を持っていこうとお盆を持って振り返る。そこに、川上が入ってきた。やや焦った様子だった彼女は、優花を見るなりその口元をほころばせる。その表情の変化に、優花は眉根をひそめた。

「あの、どうかされたんですか？」

「鳴海さん、それあたしが持ってくし
「えっ？　……いえいえ、わたしが持っていきます」

優花はそう言い張るが、お盆を川上に取り上げられた。

「川上さん？」

「いいから。ほら、早くこっちに来て」

要領を得ない川上の言葉に、優花は口をぽかんと開ける。その間に、彼女は給湯室を出ていった。

優花はもう一枚のお盆を掴《つか》んで川上のあとを追うが、一歩給湯室を出たところで足がぴたりと止まった。社員全員の目が優花に向けられていたからだ。しかも誰も話さず、優花を凝視している。

「……えっ？　な、何？」

優花は部屋を見回し、一人一人社員たちの顔を見ていく。その目をドアへ移動させた瞬間、優花の心臓が高鳴った。

ドアの前に立っていたのは、小鳥遊だった。彼は黒いジーンズに白いTシャツといったラフな恰好で、キャスケットを深くかぶり、黒いフレームの伊達眼鏡をかけている。

「たか、なし……くん」

前触れもなく現れた小鳥遊を意識した途端、拍動音が大きくなる。呼気《こき》も弾み、息苦しさが増していく。彼の威圧感たっぷりの姿から、目を逸《そ》らせない。

「鳴海……」

いつの間にか主任が傍《そば》へ来ていて、優花の手にあるお盆を奪う。

「小鳥遊アナに連絡を入れろって言ったのに、お前……俺の言葉を無視したな。説教はあとだ。とにかくここはいいから、彼と話してこい」

主任は優花を睨《にら》み、他の社員に聞こえない声量で囁《ささや》く。

「でも、今は仕事中――」

「俺が行けって言ってんだから、行ってこい。但し、相手の機嫌を損《そこ》ねるなよ……。うちの会社のためだ」

主任は、ノーとは言わせない目つきで優花をじっと見る。こう言われては騒ぐわけにもいかない。

優花は主任の陰に隠れて一度深呼吸をし、自分の席に向かう。引き出しを開けてバッグを掴《つか》み、小鳥遊の傍へ歩き出した。

「少し、出てきます！」

大声で言うと、社員全員から間髪《かんはつ》を容《い》れずに「今日は直帰でいいぞ！」と返事が飛んでくる。

他人事だと思って！

優花は全員を睨み付けたい気分だったが、小鳥遊の前というのもあり、優花は大人しく彼の隣に立った。

「申し訳ありません。では、鳴海さんをお借りします」

「いってらっしゃい！」

丁寧に頭を下げる小鳥遊に、社員たちはまるで家族を送り出すみたいに元気な声で見送る。優花は天を仰ぎたい気分になるが、小鳥遊に背を押されて会社を出た。

今日も残暑がとても厳しい。ビルの外へ出れば、瞬《また》く間に茹《う》だるような熱気にあてられて汗が噴き出す。そんな暑さにもかかわらず、小鳥遊は急に優花の手を握ってきた。

「小鳥遊くん！」

お願い、わたしの手を離して！　——そう言いたいのに、これまで見たことのない真剣な表情をする小鳥遊を目にして、出かかった優花の言葉が喉の奥で詰まる。何かを口にできる状態でないのが、彼の態度から伝わってきた。

小鳥遊は、ビルに隣接するコインパーキングへ優花を誘う。彼の黒いＳＵＶ車が目に入ると、優花はたまらず彼の手を引き立ち止まろうとした。

このままでは、密室に二人きりになってしまう！

優花の態度から小鳥遊もわかっているはずなのに、足を止めない。そのまま優花を愛車まで引っ張る。彼が助手席のドアを開けたところで、優花はやっと口を開いた。

「た、小鳥遊くん、待って。わたし、どこかへ行きたくは――」

「俺は二人きりで話せる場所がほしいだけだ。どこかへ連れて行くわけじゃない。鳴海、頼む……乗ってくれ」

小鳥遊の真摯《しんし》な瞳、懇願の声音に負け、優花は助手席に座った。彼が車の前を回り、運転席のドアを開けて乗り込む。そしてエンジンをかけるものの、車内が涼しくなるまで一言も話さない。

優花はそんな小鳥遊を横目で窺《うかが》い、膝の上に置いた自分の手を見た。そこで、彼にもらったブレスレットをしていないのを思い出し、咄嗟《とっさ》に右手で手首を覆う。

「知ってたよ。してないのは……」

小鳥遊のその言葉で、優花は隠しても無駄《むだ》だったとわかった。優花がブレスレットを嵌《は》めていないのを、彼は最初から気付いていていたのだ。

「鳴海、まずこの一週間、ずっと携帯が繋《つな》がらなかった理由を教えて」

「ご、ごめんなさい。わたし、イベントを終えたあの日、本当はアパートに戻るつもりだったの。でも、久しぶりに実家に帰るのもいいかなと思って、電車を乗り換えて……」

「それで？」

初めて耳にする、小鳥遊の冷たい声音。優花の躯《からだ》の芯に震えが走る。本当に彼は、サークルで仲良くしてくれたあの小鳥遊なのかと思うほどだ。

優花は手をギュッと握り締め、込み上げる恐怖を抑えて瞼《まぶた》を閉じる。

「それで、実家に戻ったのはいいけど、わたし、携帯の充電器をアパートに忘れてしまって」

「実家って……？」

「えっ、あの長野……」

直後、小鳥遊の何ともいえないため息が聞こえた。苛立ちか、それとも呆れているのか。判断できない吐息に、優花の躯が縮こまる。

小鳥遊は何も言わない。その間、優花はエアコンの涼しさとは別の冷気にあてられる。肌が粟立《あわだ》つのは、彼が優花に怒りを漲《みなぎ》らせているからかもしれない。

優花の脈が、駆けるようにどんどん速度を増していく。ピンと張り詰めた空気に、息も辛《づら》くなってきた。

「つまり、鳴海は俺を無視したんじゃないってこと？」

優花は小刻みに頷いた。

確かに充電が切れた時、小鳥遊からメールが届いても返信をしなくてもいいと安堵したのは事実だ。充電をしようという努力を怠《おこた》ったのも真実。だからといって、故意に連絡を絶ったわけではない。

「もし、心配させてしまったのなら、ごめんなさい。わたし――」

その瞬間、小鳥遊に肩を掴《つか》まれた。そのまま彼の方へ乱暴に引き寄せられる。想像すらしていなかった抱擁に、優花の躯《からだ》に火が点く。

小鳥遊に触れられるだけで反応する躯が、優花は嬉しくもあり、辛《つら》くもあった。

こんな風に、もう小鳥遊に心をときめかせてはいけないと自分に言い聞かせていたのに……

「良かった！　俺、鳴海の気に障《さわ》る真似《まね》をしたんじゃないかと思ってたんだ。収録はあと二回しかない。その時間を考えると、今、鳴海に嫌われるわけにはいかなくて」

小鳥遊が優花の耳元で、かすれ声で囁《ささや》く。それは感情が昂《たかぶ》っている証拠だと、これまでの付き合いでもうわかっている。でも彼の〝あと二回〟という言葉に、優花は冷水を浴びせられたような感覚に陥る。彼が企《くわだ》てている計画を、改めて実感させられたからだ。

「鳴海……」

小鳥遊の無骨な手が、肩を離れて首へと滑っていく。鎖骨をかすめた指が優花の顎《あご》を撫《な》で、そして頬を包み込む。顎を上げるように促《うなが》されると、優花は伏し目がちの瞼《まぶた》を押し開いて自分を見る彼と目を合わせた。

小鳥遊の双眸《そうぼう》に映る、彼を恋い慕う優花の顔。そこには〝お願い、わたしだけを見て。わたしを女として見て！〟と訴える自分がいた。その事実に、優花は愕然《がくぜん》となる。彼を見つめる時、いつも感情がだだ漏れだったのだ。

きっと再会した時から、優花の気持ちはバレていたのだろう。それで小鳥遊は、優花が彼を想う気持ちを利用したに違いない。

これなら簡単に優花と遊べ、宇都宮を嫉妬《しっと》させられると思って……

「ああ、鳴海……」

優花を見つめる小鳥遊が、ゆっくり顔を傾ける。彼の熱っぽい息が唇に、頬を包む彼の指が耳殻《じかく》の裏に触れて初めて、優花は唇を求められていると気付いた。

流されてはいけない、逃げなければ！

「た、かなし……」

優花は小鳥遊の胸を押し返そうと手を上げるが、既に遅く、優花の唇は彼に塞がれた。

「……っん」

小鳥遊の柔らかい唇が、我が物顔で動く。優花の唇を挟んでは、濡れた舌先を使って愛撫し、口の中へ忍ばせてきた。

それだけで下腹部奥が甘怠《あまだる》くなり、腰砕けそうになる。激しく高鳴る拍動音に助長された熱が、躯の中で渦《うず》を巻き始める。

だ、ダメ!!

優花は甘く疼《うず》く躯に鞭打ち、震える手に力を込めて小鳥遊の胸を押し返した。顔を背《そむ》けて、再び唇を求められるのを防ぐ。

「鳴海？　……待って、逃げないで」

こちらを向けと、小鳥遊に顎を掴《つか》まれる。

「い、イヤ！　止めて！」

優花は悲鳴に近い声で、小鳥遊を拒《こば》む。それがいけなかったのか、これまでにない力で顔を上げさせられた。無理やり唇を奪おうと、彼が再び顔を寄せる。

「小鳥遊くん！　本当にイヤ……」

「どうして⁉　……どうして俺を拒むんだよ！」

辛《つら》いのは優花なのに、小鳥遊の方が顔を歪《ゆが》ませ、辛苦《しんく》を宿した瞳で優花を見つめる。すぐにその顔を隠すように俯《うつむ》くものの、優花の肩を掴む手だけは決して離そうとしなかった。

「俺が嫌いになった？　無理な体位で、何度も鳴海を求めたから？」

「ち、違う！　わたしは嫌いになんか――」

そう叫んだ時、バッグに入れてある携帯が鳴り響いた。久しぶりの出社で、マナーモードにするのをすっかり忘れていた。ただ、それはメールの着信音。緊急性の高いものではないはず。でもこの状況を打破したくて、優花は足元に置いたバッグに手を伸ばした。

小鳥遊は一度、優花の肩を強く掴むも、ゆっくりその力を抜き運転席に座り直した。

優花はその隙に携帯を取り出し、メールを確認する。そこにある佐野の名前にドキッとしつつ、すぐに目を通す。

そこには〝話したいことがあるので、二人きりで会いたい〟という文が書かれている。

「誰？」

「……佐野くん」

「佐野!?」

小鳥遊は躯《からだ》を捻《ひね》り、驚愕《きょうがく》の顔で優花をまじまじと見た。そうかと思ったら、携帯を持つ優花の手首を強く握る。

「だからなのか？　だから、俺が贈ったブレスレットを着けていないのか!?」

「な、何を言って——」

小鳥遊の意味不明な言葉に、優花の思考が止まる。だが彼の強張《こわば》った形相《ぎょうそう》に恐れを抱いた優花は、彼の手を振り払って携帯をバッグに入れた。

「そうなのか？　俺より、やっぱり……佐野が？」

小鳥遊がそう言った時、どこからともなく飛んできた蝉《せみ》がフロントガラスにぶつかる。その音に驚いて彼が一瞬怯《ひる》んだ隙に、優花は助手席のドアに手をかけた。

「小鳥遊くん、わたし……会社に戻るね。休み明けの出社で仕事が溜まってるの。皆、さっきは快《こころよ》く送り出してくれたけど、やっぱり自分の仕事には責任を持たないと」

「鳴海！」

小鳥遊が手を伸ばすが、優花は彼に掴《つか》まれる前に外へ出た。すぐに茹《う》だるような熱気に躯を包み込まれる。車内の方が涼しくて居心地いいはずなのに、今は照り返しの強い陽射しの下にいる方が心が安らいだ。

それほど、優花の神経は参っているという意味だ。愛されていないとわかっているのに、女として見てと懇願しそうになる自分の卑《いや》しさに辟易《へきえき》してしまう。

「小鳥遊くんも九月は忙しいんでしょ？　わたしのことは何も気にしなくていいから……お仕事、頑張って。じゃ、また連絡するね」

優花は無理やり微笑んで手を振る。小鳥遊がもう一度優花の名を呼ぶが、それを無視してドアを閉めた。

一度も振り返らず歩道に出た刹那《せつな》、甲高いクラクションの音が響き渡った。慌てて振り返ると、小鳥遊がハンドルに顔を伏せていた。

小鳥遊らしからぬその態度に、優花は踵《きびす》を返して彼のもとへ駆け出したい衝動に駆られる。だが、ギュッと奥歯を噛み締め、彼に背を向けて歩き出す。

優花の躯《からだ》は会社へ向かっていたが、心は小鳥遊のもとへと飛んでいた。

十

九月に入り、時折爽《さわ》やかな秋風が素肌を撫《な》でていくようになった。今年は例年に比べて、季節の移り変わりが早いのかもしれない。

暑さが和《やわ》らいだせいだろうか。夏バテで体調を崩す社員もいなくなり、皆、今まで以上に精力的に責務に励んでいる。

それは、目に見えた仕事の成功も影響しているに違いない。

先日、イベントの公開収録分が放送された。ゲストで登場してくれた大人気モデルの豊永が、番組グッズのタオルの手触りがいいと褒めてくれたのを切っ掛けに、番組スポンサーであるクライアントへの注文が増えているという。

優花たちとしては、これ以上の喜びはない。業績をアップさせたいクライアントの要望を叶えられたのだから、社員の誰もが喜ぶのは当然だ。

九月の最初の収録日には、主任も優花と一緒に現場に顔を出した。収録後は全員で居酒屋へ行き、イベントの慰労会《いろうかい》が開かれた。

正直、主任が一緒に出席してくれたことに、優花はホッとしていた。小鳥遊とはコインパーキングの車中でぎくしゃくして以来、上手くコミュニケーションが取れないでいる。このラジオ収録の日も、どうやって小鳥遊の誘いを断ろうかと思っていたので、本当に助かった。

結局その日は、仕事を理由に小鳥遊と過ごす約束を反故《ほご》にできた。

小鳥遊は、優花の様子がおかしいと気付いている。それでも優花はこれまでと変わらない態度を心掛け、彼から電話がかかってくれば話し、メールが届けば間を置かずに返信した。ただ一つだけ、自分にルールを課していた。

それは、小鳥遊と距離を置くということ。

会いたいと言われても、優花はいろいろな理由をつけて決して二人きりにはならなかった。それが功を奏したのか、小鳥遊の連絡は昨日でぴたりと止んでいる。

これでいい。わたしはこうなるのを望んでいたの——そう思うのに、胸の痛みが治まらない。

＊＊＊

この日も、優花は命綱のように携帯を握っていた。デスクに置いてある卓上カレンダーをちらっと見ると、目に飛び込むのは、赤いペンでチェックされた第二週の金曜日。それはラジオ収録最終日を示している。

小鳥遊と会える、最後の日。そしてその日は……

優花は唇を強く引き結びながら瞼《まぶた》を閉じ、祈るように携帯を持つ手を額《ひたい》に押し当てた。

「今日って確か……、ラジオ収録の最終日よね？　何時からなの？」

優花はハッとして顔を上げる。退社しようとする川上が、優花を見つめていた。

「今夜は二十一時なんです。それまで、会社で時間を潰そうかなって」

「いつもなら、もう少し早いよね？　どうして今日に限って収録時間が遅いの？」

「ラジオブースの空きがなくて、ずれ込んでしまったらしいです」

「担当となると大変だね。でもそれも今日で終わりか……。初めての経験でいろいろあったと思うけど、最後の仕事、頑張ってきてね」

「あっ、はい。ありがとうございます。……お疲れさまでした！」

会社を出る川上に挨拶《あいさつ》したあと、優花はまだ握り締めていた携帯に視線を落とす。

その時、先ほど閉まったドアが大きな音を立てて開いた。

「す、すみません！」

社内に響いた声に、優花は驚いて顔を上げた。社員の目が、ドアの方に向けられる。

そこには、午後から打ち合わせに出ていた同僚がいた。ホワイトボードに書いてある予定では、出先から直帰と書いてある。なのに焦って会社へ戻ってきた。それは、何か予想だにしなかったことが起きたという意味だ。

「……主任、どうしましょう」

同僚は顔を青ざめさせながら主任のもとへ駆け寄り、息せき切って何かを話し始める。「少し時間ができたので、カフェで見直していたら――」とか「引き出しに新しいデータを入れていて――」という声が所々聞こえる。だが、何を話しているのかよくわからない。

社員の誰もが自分たちの席でじっとしていると、説明を受けた主任が社内を見回し、その目を優花の上で留めた。

「鳴海！　こっちへ来てくれ」

優花は手にしていた携帯をデスクの上に放り出し、すぐに主任のもとへ向かう。

「どうかされたんですか？」

「鳴海、お前のタイピングが一番速い。これ、急いで打ち直してくれ。このあと、得意先との会議で使用する企画書のミスだ。面会の時間を逆算すると三時間ほどしかないが、頼む！」

「わ、わかりました！」

頷くなり、優花は同僚の了承を得て彼のデスクに座ってパソコンの電源を入れた。

「お前は、新しいデータを出してくれ」

主任の指示を受けた同僚も、バタバタと動き出す。

「すみません。俺が……ハードディスクに新しいデータを入れ忘れていたせいで」

申し訳なさそうに説明する同僚の指示を受け、優花は間違った箇所を次々に訂正していく。主任も一緒に、新たな表を作成した。

何度も数値の間違いはないかチェックしたあとは、数枚プリントアウトし、会社に残っている全員に見直してもらう。問題ないとわかると指定部数を印刷し、ファイリングした。

「ありがとう。本当に助かりました……」

「安堵している場合じゃない。時間に遅れたら元も子もないだろ。さあ、行ってこい！」

主任に背を押された同僚は、何度も「すみません」と謝りながら、急いで会社を出ていった。

「皆、お疲れ！　今日は俺の奢《おご》りだ。飲んで帰ろう。鳴海、お前も付き合えよ」

「いえ、わたしはこのあとまだ仕事が残って——」

そこまで言って優花はハッとし、慌てて腕時計を見る。既に二十時を過ぎていた。

「嘘《うそ》！　どうしよう！」

今度は、優花が部屋中に響く声を上げた。

「おい、仕事って……まさかラジオの！」

先ほどまで笑顔だった主任の顔が一転する。優花はそんな彼の脇を通り、自分のデスクに取って返した。引き出しを開けてバッグを掴《つか》むなり、残業中の彼らを振り返る。

「すみません、あとはよろしくお願いします！　ラジオの収録、二十一時からなんです！」

「駅までタクシーを使え！」

「主任、ありがとうございます。失礼します！」

優花は会社を急いで出た。夜風がいつもより冷たく感じ、一瞬ぞくりとした震えに襲われる。思わず我が身を抱くが、空車のタクシーが視界に入ると、その手を上げた。停まったタクシーに乗り込み、運転手に最寄り駅まで行ってもらうよう告げる。

「申し訳ないんですが、できるだけ急いでいただけませんか？」

「はい。わかりました」

タクシーが動き出した。優花はバッグに手を突っ込み、携帯を探す。だが、どこにもない。

「なんで!?」

バッグの口を大きく開き、中に入っている財布や化粧ポーチ、ハンカチなどを座席に出す。それでも携帯は見つからない。

優花は、パニックになりそうな自分を律《りっ》しながら目を閉じた。深呼吸して、いったいどこで落としたのかと考える。

定時で退社する川上と話した時には、確かに手に持っていた。でもその後、同僚が慌てて会社に戻ってきて、主任に呼ばれて以降の所在がわからない。

そこで、優花はハッと息を呑む。デスクに携帯を放り出したままなのを思い出した。

ああ、どうしよう！

運転手に告げて一旦会社へ戻ってもらおうかと思ったが、即座にその考えを却下する。今戻れば、ラジオの収録が終わる時間に、絶対間に合わなくなる。

最後の収録なのに、それだけは嫌だ。

座席に出した私物をバッグに戻してから十数分後、タクシーが最寄り駅に着いた。すぐに改札へ向かい、東京駅方面のホームへ降りて行く。

お願いです、収録が終わるまでにどうか放送局に着きますように……

目的地の最寄り駅に到着すると、乗降客の間を縫ってホームを駆けて、外へ飛び出した。

広い幹線道路を挟んだ向こう側に、放送局のビルが見える。早くそこへ行きたいのに、赤信号で足止めを食らってしまう。かなり心が落ち着かなかったが、青に変わるなり優花は走り出した。

放送局のエントランスの電灯は点いているが、今まで利用していた自動ドアは閉まっている。優花は警備員の立つ通用口に移動し、通行証を見せて建物の中へ入った。一目散にエレベーターに乗り込んで目的の階で降り、小走りで先を急ぐ。

残業中の社員とすれ違いながらスタジオへ向かい、収録中のランプが灯《とも》る部屋の前で立ち止まる。タイムテーブルで〝キミドキッ！〟の収録を確認して、軽くノックしてドアを開けた。

瞬間、コントロールルームにいる番組スタッフ全員が振り返る。

「す、すみません！　最後の収録日なのに、こんなにも遅れてしまって……」

優花は誠心誠意を込めて、小さな声で謝る。にもかかわらず、スタッフたちは一言も声を発しない。それどころか、一様に戸惑った表情を浮かべて互いに目を交《か》わしている。

「あの、何かあったんですか？」

一番仲良くさせてもらっている番組スタッフの小林に訊《たず》ねると、彼は慌てた素振りで、プロデューサーや音響スタッフに助けを求める。だが、誰も小林と目を合わせようとしない。

「……小林、お前に任せた」

プロデューサーはそれだけ言うと、優花に背を向け、意識をガラスで仕切られたラジオブース内へ向けた。優花もつられて、ラジオブースにいる小鳥遊と構成作家を見る。しかし即座に、小林に目をやった。

「……小林さん？」

優花が小さな声で呼ぶと、彼は優花の傍《かたわ》らに寄り、手にしていたタブレットの電源を入れた。

「俺たちも、どう対応したらいいのかわからなくて……。今日小鳥遊に事実確認をしたら、番組内で上手く誤魔化すから心配しなくていいって言うし。でも、収録が始まっても鳴海さんが来ない。今日は鳴海さんにとって最後の仕事でもあるのに、時間になっても連絡がないのは、やっぱりこれが原因なのかと――」

小林は、あるSNSを開いて見せた。そこには、同じアングルで撮られた写真がずらっと並んでいる。写るのは、男女のカップル。それが誰なのかわかり、優花は息を呑んで目を見開いた。

その写真は先月、小鳥遊の愛車に連れ込まれた際、彼に唇を奪われた時のものだった。ただ彼の横顔は鮮明に見て取れるが、助手席に押さえつけられている相手の女性の顔はあまり見えない。でも、優花を知る人物であれは、髪型や顔の輪郭で優花だとわかる。だから番組スタッフは、小鳥遊と一緒にいる相手が優花だと気付いたのだ。

「知りませんでした……」

動揺を隠せず、優花の声が自然と震えた。

いったい誰がこの写真を撮ったのだろう。小鳥遊のファンが彼のあとをつけて、偶然に撮った？

「今回の件では、鳴海さんにも迷惑をかけてしまって本当にすみません。小鳥遊のファンが撮ったんだと思います。ただ良かったのは、この写真で鳴海さんの面が割れることはないかなと――」

「そうですよね。顔はぼやけていますし」

優花が淡々と言うと、小林が急にタブレットを持つ手を躯《からだ》の脇に下ろした。

「もちろん知る人が見れば気付くかもしれない。その、俺たちスタッフみたいに。でも今夜の収録で同窓生の話は終わるから、これ以上酷《ひど》くはならないと思います。……それであの、この件については、これで収めてくれませんか？」

小林の言葉で、何故番組スタッフが居心地悪そうにしていたのかやっと理解できた。仮にも、小鳥遊は、ラジオ放送局のアナウンサー。優花に騒ぎ立てられると、いろいろと大変だと思ったに違いない。

わたしがそんなことをするはずないのに――そう心の中で呟《つぶや》き、目を合わせ辛《つら》そうにしている小林を仰ぐ。

「話を広げるつもりはありません。何よりわたしの顔はわからないので、騒ぎにさえならないと思います」

優花はバッグの紐《ひも》をきつく掴《つか》み、小林に頭を下げた。

「このたびは、本当に申し訳ありません。今来たところですけど、これ以上皆さんにご迷惑をおかけするわけにはいかないので、わたし、今日はこれで失礼します」

「ちょ、ちょっと待って、鳴海さん！　収録はあと十分ほどで終わるから」

小林が優花の腕を掴む。彼の心遣いは有り難いが、優花は小さく頭を振った。

優花の顔は判別できないとはいえ、あの写真で番組に迷惑をかけたのは事実。それは、優花が入ってきた時に見せた、スタッフの気まずそうな顔が物語っている。こんな状態なのに、いつまでもコントロールルームに居座れない。

「番組内容のチェックは、後日弊社でさせていただきますね」

優花がそう言うと、音響スタッフの「はい、一分間のＣＭ入ります。このあと、最後のフリートークで締めくくってください」という声が聞こえた。

「わかりました」

続いて、小鳥遊の声がコントロールルームに響く。

ハッとした優花は、ガラスの仕切りの向こうにいる小鳥遊に目を向けた。彼は優花を認めるなり目を見開き、軽く腰を浮かす。だがすぐに椅子に座り直し、マイク音を消すカフキーに触れて何かのボタンを押す。すると、音響スタッフが優花を振り返った。

「鳴海さん、小鳥遊が何か話があるようですが……」

スタッフたちの前で、小鳥遊と話すことは何もない。ただこれで彼と会うのは終わりだと思うと、優花の足は自然と進んでいた。

「これで、小鳥遊の声が聞こえますし、話せますよ」

予備のヘッドホンマイクを渡されるが、優花はそれを着用せず、マイクに口を寄せた。音響スタッフが「はい、どうぞ」と言って、何かのスイッチを入れる。

『鳴海！　収録が終わったら――』

小鳥遊の声が少し漏れ聞こえたが、優花はあえてその言葉を無視し、「小鳥遊くん」と彼の名を呼んだ。

「この三ヶ月、お世話になりました。本当にありがとう。……さようなら」

優花はそう伝えると、ヘッドホンマイクを音響スタッフに渡す。彼は優花の態度に呆気に取られながらも、それを受け取る。振り返ると、プロデューサーや小林も音響スタッフと同じ顔をしていた。

「今日はこれで失礼します。最後の仕事なのに申し訳ありません。改めてご挨拶《あいさつ》に伺わせていただきます」

そこにいるスタッフ全員に挨拶すると、優花はドアへ歩き出す。そのまま廊下へ出ようとするが、またも小林に腕を掴《つか》まれた。

「鳴海さん、最後まで聴いてください。小鳥遊は、冒頭でするはずの同窓生の話をまだしてないんです。ラストのフリートークでするって言って、引っ張ってる。彼はきっとそこで――」

優花は自分の腕を掴む小林の手を振り解《ほど》き、もう一度静かに頭を下げる。そしてコントロールルームの外へ出た。優花の真後ろで、ドアがカチリと音を立てて閉まった。

優花の周囲が静寂に包まれる。

これで、何もかも終わった。こうなるのは充分に覚悟していたはず。なのに、予想を上回る痛みに襲われる。

優花は唇を強く引き結び、込み上げる感情を押し殺そうとした。でも心にした蓋《ふた》がガタガタと揺れ、そこから積年の想いがあふれ出てくる。涙腺《るいせん》が緩み、視界が歪《ゆが》んだ。大きな雫《しずく》となった涙が、頬に零《こぼ》れる。

「……っ！」

涙を手で乱暴に拭《ぬぐ》うと、優花はエレベーターホールへ向かった。扉が開くと乗り込み、一階のボタンを押す。

その間も感情は昂《たかぶ》り、エレベーターを降りても、通用口から外へ出ても収まらなかった。このまま時間をかけて最寄り駅まで歩けば、気持ちも落ち着くかもしれない。

優花が放送局の敷地から出ようとしたその瞬間、暗闇の中からにゅっと人影が現れた。その人物に腕を掴まれ、乱暴に公道へと引っ張り出される。

「キャッ！　何する――」

「優花！」

街灯の灯《あか》りが、優花の腕を掴むスーツ姿の人物を照らす。

「……さ、佐野くん!? どうしてあなたが、ここに……」

佐野とは、先月の祭りで顔を合わせて以降、一度も会っていない。彼から〝会いたい〟というメールが何通も届いていたが、優花はそれを無視し続けた。そうすることで、無理やりされたキスの件を許していないと暗に伝えていたつもりだったのに、どうして彼は気付いてくれないのだろう。

「優花、君に会いたかった。俺、ずっと話したくて――」

「わたしにはない！ 何故メールの返信をしなかったのか、わからないはずないよね？ 悪いけど、もう佐野くんを友達としては見られない。二度とわたしに近寄らないで」

そう言って、佐野の手を振り払おうとするが、逆に強く握られた。

「……痛っ！」

骨同士がぶつかり、強い痛みが走る。手を引くものの、躯《からだ》が触れるぐらいに彼が近づいてきた。

「佐野、くん！」

空いたもう一方の手で佐野の胸を押すが、彼はびくともしない。

「俺の話を聞いてくれ」

「わかった……。わかったから、手を離して」

優花は苦痛で顔を歪《ゆが》ませ、かすれ声で懇願する。佐野は心持ち力を抜くが、決して優花を解放しようとはしなかった。まるで、優花が途中で逃げ出すのを防いでいるかのようだ。

小さく息をついた優花は顎《あご》を上げて、佐野を振り仰ぐ。

「何？ 佐野くんは、わたしに何を話したいの？」

「優花……、いや、鳴海」

不意に、佐野が優花を苗字で呼んだ。すると、これまで馴れ馴れしかった彼の態度が一変し、距離を置いたのが肌でわかった。ただそうする理由がわからず、優花は自然と身構える。

「俺……、鳴海に謝ろうと思って」

謝る？ ……今更!?

優花は奥歯を噛み締め、佐野をキッと睨《にら》み付けた。

「謝れば簡単に許されると思わないで！ わたしは佐野くんが付き合ってきた女性とは違う。簡単に唇を許す女じゃない。好きでもない男性にそんなことをされたら、傷つくの！」

「あっ……うん。それも、ごめん」

「それも!?」

佐野の言葉が引っ掛かり、優花は思わずそう口にしていた。彼はスーツの内ポケットに手を突っ込み、携帯を取り出す。それを操作し終えると、二人の間に携帯を差し出した。そこから呼び出し音が鳴り響く。

「俺が普通に話すだけじゃ、きっと信用できないと思う。だから、これで信用してほしい。但し、鳴海は電話の相手に話しかけないでくれ。俺の話だけを聞いてほしい。惑わされたくないんだ」

優花は佐野が何をしたいのかさっぱりわからなかった。誰に電話をかけているのか、何がしたくてそういう行動に出ているのか、理解できない。

「鳴海、覚えてる？ 渋谷のカフェで、俺たちが再会した日を」

優花が頷いた時、呼び出し音が切れてスピーカーホンに切り替わる。直後『大地？　何？　どうしたの？』という可愛らしい声が響いた。

前触れもなく聞こえた宇都宮の声に、優花は息を呑んだ。

「あれね、実は千穂に頼まれたんだ。小鳥遊を嫉妬《しっと》させたいから、あいつに会ってほしいって。でもそこには、いるはずのない鳴海がいた。千穂の計画とは違ったけど、ある意味……千穂の望みどおり、小鳥遊の嫉妬は買えたと思う」

『大地？　……ねえ、いったい何を言ってるの？　そこに、誰かいるの⁉』

落ち着いた口調で淡々と話す佐野とは違い、急に戸惑ったような声になる宇都宮。その声音で、彼女がこの状況に困惑しているのが伝わってきた。

「千穂が計画を練り出したのは、空港近くのホテルで小鳥遊と鳴海が一緒にいるのを見た時だと言ってた。それで俺に、鳴海を誘惑しろと言ってきた。千穂にとって、鳴海は邪魔者だったんだよ」

いきなりもたらされた新事実に、優花の頭はなかなか追いつかない。でも、徐々に佐野の言葉が脳に浸透していき、ようやく理解した。宇都宮と再会した時から、優花は彼女にとって邪魔者だったのだと。そして佐野は、小鳥遊と優花の仲を裂くために彼女に利用されたということを。

佐野を呼ぶ宇都宮の声が、引っ切り無しに聞こえるが、優花は彼女の声には耳を傾けず、彼の腕に手を伸ばしてそこをきつく掴《つか》んだ。

「じゃ、お祭りで……佐野くんがわたしに近寄ったのは、あちこち連れ回したのは……キスをしたのは、すべて千穂ちゃんに頼まれて？」

『千穂ちゃんって、まさかそこにいるのは……優花!? そうなのね！ 大地、今すぐにその口を閉じて！ 勝手に裏切るなんて、あたし許さないわよ！』

「ああ、そうだよ。俺は、鳴海が好きでしたわけじゃない。俺たちを探しに来た小鳥遊を見て、俺は行動に移した。すべて、千穂の望みを叶えてやりたくて、彼女に加担したんだ」

佐野も宇都宮の言葉を聞かずに、真摯《しんし》な目で優花に告げる。

「今、小鳥遊と鳴海の写真がＳＮＳで出回ってるけど、あれを撮ったのは俺だよ。あの日、俺は鳴海と話がしたくて会社へ向かったが、ちょうどその時、鳴海たちが外へ出てきたんだ。俺は二人のあとを追い、そして偶然あの写真を撮った」

佐野はそこまで言うと、少し気怠《けだる》げに頭を振ってため息を吐《つ》いた。

「俺は千穂にその写真を見たいと言われて、気安く送信した。千穂には、鳴海たちの間に入る隙はないと教えたかったのかもしれない。それを彼女がネットに上げた。拡散されて騒がれれば、鳴海が小鳥遊の傍《そば》を離れると思ったんだろう。鳴海は誰かに迷惑をかけるのが嫌いだと、千穂は知ってるからね。そして千穂の読みどおり、鳴海は小鳥遊とはもう会わないと決めた。……そうだろ？」

佐野は小鳥遊のいる放送局のビルを、続いて一人で出てきた優花を指す。その仕草で、彼が今夜の収録を知っていたとわかった。でも別に不思議ではない。小鳥遊が何曜日に収録しているのか、そういう話をラジオ番組内でしているからだ。

ただ、優花が一人だという理由で、小鳥遊ともう会わないと決めた件を見事に言い当てられてしまった。その眼力に驚きを隠せず、優花は困惑げに目を泳がせた。

『いい加減にしなさい、大地。このままあることないことを話し続ければどうなるか、わかってるの⁉　……あたし、もう寝てあげないわよ！　いいの⁉』

突然の宇都宮の爆弾発言に、優花は眩暈《めまい》がした。

それでも優花は、佐野の言葉を聞きたくて口を開く。

「ど、どうして……そこまでして、千穂ちゃんの望みを叶えようとしたの？」

「大学時代から、千穂が……ずっと好きだったんだ。彼女が幸せになるためなら何でもしてあげたいと思うほど、俺は彼女の魅力に囚《とら》われていた。今回も、小鳥遊との関係を望む千穂のためなら、鳴海を傷つけてもいいいって思った」

佐野は小さくため息を吐《つ》いて俯《うつむ》く。携帯の向こう側にいる宇都宮を見つめるように、液晶画面に視線を落とした。

「でも間違いだった。鳴海にキスをした時に湧き上がった虚無感は半端なかった。千穂が敵意を剥《む》き出しにして鳴海を突き飛ばしたのを見た時は、喪失感さえ覚えたよ。たぶん、俺の気持ちはあの夜には固まっていたんだと思う。こんなことはもう止めよう……って」

佐野が面《おもて》を上げて、再び優花の目を真っすぐに見つめる。その双眸《そうぼう》には揺るぎ無い決意が漲《みなぎ》っていた。

「千穂が小鳥遊を好きな気持ちはわかる。でも千穂は、あいつを振り向かせる方法を間違えた。俺はもう、そんな彼女の恋を応援できない」

そう言った直後、佐野の持つ携帯の液晶画面が変わった。宇都宮が自分で通話を切ったのだ。彼は携帯をズボンの後ろポケットに入れるが、その間も優花の目を見続ける。

「これまで嫌な思いをさせてしまって、本当にごめん。俺は、鳴海に許してもらえるとは思ってない。ただこうして鳴海に会いたいと思ったのは、きちんと謝りたかったのと、これ以上煩《わずら》わせる真似《まね》はもうしないと伝えたかったからなんだ」

「……わかった」

佐野の謝罪に、優花は小さく頷く。

ただ、佐野にいろいろ聞いても、優花の心は晴れなかった。結局のところ、優花も佐野も、小鳥遊と宇都宮の恋の駆け引きに振り回されただけだからだ。

好きな人に振り向いてほしくて、佐野は宇都宮のために動き、優花は小鳥遊との大人の関係に飛び込んだ。でも二人とも、好きな人の一番になれなかった。

改めて実感した途端、どこかへ吹き飛んでいた感情が、またも優花の胸の奥で渦巻《うずま》き始める。鼻の奥がツンとし、涙腺《るいせん》が緩む。込み上げる感情に蓋《ふた》をしようとするが、湧き起こる心の揺れを抑えられない。

「鳴海？　……俺、ごめん。本当にごめん！」

「ち、違っ……」

佐野は悪くない。優花の心が、今もなお小鳥遊への想いを断ち切れないせいだ。それが、優花を苦しめる。

優花はたまらず俯《うつむ》いた。佐野に見られたくない一心で顔を隠したのに、堰《せき》を切ったかのように涙があふれていく。

「……鳴海」

佐野が片腕を優花の肩に回し、ゆったりした仕草で彼の胸に引き寄せた。

「俺、鳴海に対して酷《ひど》いことをしたのはわかってる。罵《ののし》られても当然だ。でも泣かれてしまうと、どうすればいいのかわからなくなる。頼む、泣き止んでくれ……」

前とは違う、佐野の抱擁。純粋な気持ちで慰めようとしてくれているためか、まったく不快ではなかった。それどころか、大好きな人の一番になれなかったという同じ立場と知ってしまった故に、優花自身も彼を慰めたくなる。

優花は少しずつ躯《からだ》の力を抜き、佐野の肩に額《ひたい》を乗せて凭《もた》れかかった。

「佐野くん、わたしたち――」

前を向いて進まなきゃね。自分たちが物語の主人公になれる恋をしないとね――そう言おうとした途端、凄い力で腕を掴《つか》まれて後ろへ引っ張られた。不意の出来事に悲鳴さえも出ない。優花は勢いよく振り返り、自分を掴む人を見て息を呑んだ。

そこにいたのは、先ほど別れを告げた小鳥遊だった。彼は肩で息をし、佐野を凄みのある目で睨《にら》み付けている。

「は、離して、小鳥遊くん！」

「鳴海は黙ってろ！」

間を置かず、小鳥遊に怒鳴られる。こんな風に怒りを露《あらわ》にする彼を初めて見て、優花の腰が抜けそうになった。

「佐野……、またお前か。いつも俺の前に立ち塞がっているが、今回は退《ひ》かない。俺は、もう同じ失敗を繰り返すつもりはない」

「そう思ってるんなら、何故——」

佐野は何かを言いかけるものの、言葉尻を濁《にご》して口を閉じた。そして彼も負けじとキッと小鳥遊を睨む。

「小鳥遊の気持ち一つで、どうにかなるもんでもないけどな。現に……優花は逃げてきた。俺の腕の中に——」

「お前には絶対に渡さない！」

佐野の言葉を遮《さえぎ》るように、小鳥遊が啖呵《たんか》を切る。だがそれ以上は話すのもごめんだと言わんばかりに、彼は優花の腕を掴む手に力を込め、放送局の方へと引っ張った。

「ちょっと、小鳥遊くん！」

優花は早足で歩く小鳥遊に乱暴に手を掴まれているせいで、上手く歩けない。腕に痛みが走りながらも優花は肩越しに振り返り、距離が離れていく佐野に目をやる。視線がぶつかると、彼は力強く頷き、やがて背を向けて歩道を歩き始めた。

「余所見《よそみ》してると、転ぶぞ！」

小鳥遊の怒りはまだ冷めないのか、その声音は尖《とが》っていた。それ以上は何も話そうとはせず、エントランスを通り過ぎて通用口へ向かう。

警備員が小鳥遊を見るなり脇へ避けるが、その目は彼に腕を掴まれた優花に移る。

「彼女、さっきここを通って出ていったのを覚えていますよね？　打ち合わせが残ってるのに帰ったもんだから、俺が追いかけたんです」

「ええ、覚えていますよ。どうぞ」

「ありがとうございます」

小鳥遊は、警備員に愛想良く微笑む。でも、優花に見せる彼の背中は強張《こわば》ったままだ。警備員に見せた表情とは裏腹の感情が、彼の胸の中で渦巻《うずま》いているのが伝わってくる。

でもどうして小鳥遊が、これほどまでに鬱積《うっせき》した気持ちを抱くのだろう。怒りたいのは、ずっと利用されていた優花の方なのに……

小鳥遊は暗いロビーを歩いて、エレベーターホールへ向かう。彼がボタンを押すと扉は開き、優花は彼に無理やり押し込まれた。

「あっ！」

ボタンを押した小鳥遊が、足元を取られてふらつく優花を見る。その眉間には皺《しわ》が刻まれ、鋭い目つきをしている。これもまた今まで見たことのない、危険な香りがする小鳥遊だ。

剣呑な思いまでして、彼と一緒にいたくないと思うのに、優花は小鳥遊の眼差しに射竦《いすく》められて何も言えなくなる。

優花が躯《からだ》を縮こまらせていると、エレベーターが停まり扉が開いた。小鳥遊は優花を引っ張って、奥へと進む。そこは、優花がいつも降り立つラジオブースのある階ではない。補助灯の点いた広いフロアでは、課ごとにデスクが固まり、部屋の隅《すみ》にはパーティションを立てたスペースがあった。

小鳥遊には慣れた場所のようで、彼は迷わず奥へ進み、一つのドアの前で立ち止まる。そこにあるプレートには〝仮眠室〟と書かれていた。小鳥遊はポケットに入れていたカードキーを取り出して鍵を解除し、部屋のドアを大きく開ける。

この部屋にいったい何の用事があるの？　わたしをここに連れて来た意味は？　――おどおどしながらそう思った時、急に躯がふわっと宙に浮いた。

「キャッ！」

天井が目に入り、重心を失った躯がぐらつく。優花は慌てて手を伸ばすが、その先は小鳥遊の肩だった。

「な、何!?」

小鳥遊の腕が優花のお尻の下に回されて、彼にすくい上げられるように抱かれている。一瞬にして、優花の心音のリズムが速くなった。

小鳥遊は優花を抱いたまま奥へと進む。薄暗い部屋を歩けるのは、窓のカーテンが大きく開け放たれているせいだ。正面に建つビルから漏れる灯《あか》りや街灯が部屋に射し込んでいて、灯りを点けなくても簡易型のシングルベッドやテーブルが見て取れる。

それで、小鳥遊の様子も充分にわかった。彼の剣幕にベッドに放り投げられるのではと不安になるが、彼はベッドには見向きもせず、窓際の高さに合わせて設置されたロッカーの上に優花を下ろした。金属の冷たい感触が直接素肌に触れ、優花の躯《からだ》がビクッとなる。

「小鳥遊くん……」

かすれ声で小鳥遊の名を口にするが、それ以上言えなくなった。真正面から優花を覗き込む彼の野性的な瞳に射られて、喉の奥がキュッと締まる。さらに優花を逃がさないよう両手をロッカーについた彼は顔を寄せ、優花の両脚の間に躯をねじ込ませる。近づく互いの距離、まじり合う吐息に、優花のドキドキが止まらなくなっていく。

「俺以外の男の前で泣くのは許さない……！」

小鳥遊の低い声に、優花は息を殺して躯を縮こまらせる。いつも優花に見せていた優しい彼はそこにいない。男臭さを身に纏《まと》う、野獣のような男性が目の前にいる。優花の知らない彼が怖いのに、何故か心は期待して、悦《よろこ》びに沸く。

優花は、決意を漲《みなぎ》らせる小鳥遊の瞳から目を逸《そ》らせなかった。いつにも増して女性を屈服させる男の力強さを感じて動けなくなる。

それがわかったのか、小鳥遊がいきなり手を上げ、優花の側頭部に触れてきた。強い力を込められて顎《あご》を上げさせられると、覆いかぶさってきた彼に唇を奪われる。

「……っぅ！」

相手を思いやり、心を通わせてするキスではない。鍵のかかった箱の蓋《ふた》を無理やりこじ開ける、そんな独りよがりの口づけだった。

「つんぅ……ぁ、止め……あ……はぅ！」

優花は手を上げて小鳥遊の胸を押し、顔を背《そむ》けて彼の唇から逃れようとする。だが、間髪《かんはつ》を容《い》れず舌を挿入された。ぬめりのある彼のものが、我が物顔で口腔《こうこう》を侵す。彼を避けたいのに、彼の舌に追いかけられ、いとも簡単に捕らえられる。口腔に溜まっていく小鳥遊と優花の唾液。顎を上げているせいで、息苦しさが増していった。

これまで幾度となく小鳥遊と口づけを交《か》わしてきた。優花が息苦しくなる前に必ず一呼吸置いてくれるのに、今の彼にその心遣いはない。それどころか、キスはさらに優花を痛めつけるものに変わる。

「……んんっ、うう……ぁ、止めて！」

痺《しび》れてきた手に力を込めて、優花は小鳥遊を思い切り突き飛ばした。でも息つく暇もなく彼の手が後頭部に回され、再び顔を上げろと促《うなが》される。まだ乱暴に振る舞う小鳥遊の態度に、優花は目を見開く。それでもなお、彼は優花の唇を求めて顔を寄せてくる。

また、あんなキスをするの⁉　わたしを想わない口づけは受けたくない！　――とばかりに、小鳥遊の胸に置く手に力を込めた。

「こ、こんなの、小鳥遊くんじゃない！」

「これも俺だよ！　俺にどんな……幻想を抱いてるんだ⁉」

小鳥遊が声を張り上げた。あまりにも心を揺さぶる切実な声音に、優花の躯が震える。彼は優花の後頭部に添えた手をゆっくり離すとロッカーに手を突き、優花の躯を手の柵で囲った。

「俺は聖人君子じゃない。……本当の俺を見せれば、鳴海が逃げるってわかってた。だから、必死に自分を抑えてきたんだよ！　これでも、この仕事が終わるまでは込み上げる気持ちに蓋《ふた》をして、鳴海との距離を縮めようと思ってきた。鳴海が逃げ出してしまわないよう、俺なりに気を付けてきたのに、結果がこれか？　俺を無視し続けて、一方的に〝さよなら〟なのか⁉　ふざけないでくれ！」

優花を見る小鳥遊の瞳に、痛みに似た光が宿る。湧き上がる感情を抑制するあまりに、彼の唇はかすかに戦慄《わなな》いていた。これまで表に出さなかった彼の弱さや不安を目《ま》の当たりにして、優花の心が切なく締め付けられる。

だけど、どうして小鳥遊に責められなければならないのか。文句の一つでも言いたいのは、彼ではなく優花なのに……

大人の関係に飛び込んだ責任は、優花にある。この件で小鳥遊を責めるつもりは一切ない。ただ、宇都宮を取り戻すために優花を利用するのだけは止めてほしかった。優花を望んで手を伸ばしたんだと、最後まで思わせてほしかった。

辛《つら》い記憶が甦《よみがえ》っただけで、目頭が熱くなる。あふれそうになる涙を隠すために顔を背《そむ》け、震える唇を強く引き結んだ。

「……ヨリを戻すのか？　佐野にやり直そうと言われ、それを受けたのか⁉」

えっ？

突拍子もない小鳥遊の言葉に、優花は息を呑み、彼を仰ぎ見た。

「だからあいつに抱かれていた？　一方的に俺との関係を終わらせた足で、佐野の胸に飛び込んだのか！」

最初こそ見当違いの言葉に唖然とするが、だんだん胸がムカムカしてきた。そこに真実は何一つないのに、それで責められ続ける謂《いわ》れはない。

「ど、どうしてわたしが責められなきゃいけないの？　千穂ちゃんへの気持ちがありながら、わたしに触れ続けた小鳥遊くんに言われたくない！」

悲痛な声で言い返した優花は、小鳥遊の肩を押し返し、彼の作った手柵から逃れようとした。でも、彼の手に掴《つか》まり動けなくなる。

「待って！　それ、どういう……？　千穂？　どうしてここで千穂の名前が⁉」

優花の肩をがっちり掴んだ小鳥遊は首を横に振り、驚愕《きょうがく》に満ちた目をする。

「いや、それよりも鳴海のことが先だ。まだ、佐野への想いが残っているのか？　あいつが……好き、なのか？」

「何を言ってるの？　好きなわけないじゃない！　佐野くんと親しくした覚えも、特別な感情も持ってないのに。ヨリを戻すとか、やり直そうとか意味がわからない。しかも彼に想いが残ってるだなんて……。どうしてそんな風に思うのよ」

「な、鳴海は、大学在学中から佐野が好きで、二人は両想いだったと、千穂が……」

小鳥遊の口をついて出た信じられない言葉に、優花は彼にも聞こえるほどの音をたてて息を呑んだ。

「ち、千穂ちゃん、が？」

何故、宇都宮はそんな話を小鳥遊にしたのだろう。

優花のあずかり知らないところで何かが起こっている……

優花は口元に触れ、わなわなする唇を覆う。その動揺が指先にも伝達し、小刻みに震えた。

「鳴海……」

名を呼ばれると、優花はいつの間にか伏せていた目を上げた。小鳥遊の瞳には、優花と同じ困惑に似た光が宿っている。でもそこに心の揺れはなく、真摯《しんし》な想いをぶつけてくる。

「さっき俺に言ったよな？　千穂への気持ちがありながら、俺は鳴海を抱いたって。誰がそんな作り話を言ったんだ？」

「誰って、……千穂ちゃん」

宇都宮の名を口に出して、優花は目を見開いた。

まさか、そんな！

「……違う、千穂ちゃんが嘘《うそ》を吐《つ》く理由なんてない！」

優花と宇都宮との関係は一過性のもので、卒業後も連絡を取り合う仲ではない。でも嫌いなのかと問われれば、ノーと答える。彼女に嫌われているのはもうわかってはいるが、彼女は小鳥遊と同じように、優花の真っ白な大学生活に色彩を加えてくれた友達の一人だ。だからこそ、彼女がそんな虚言を並べたとは思いたくない。

でも小鳥遊は、すべて納得がいったと言わんばかりに天を仰ぎ、大きな息をついた。そして、血の気を失った優花の瞳を覗き込んでくる。

「でも、千穂は嘘を吐いたんだ。俺にも、鳴海にも……。俺たちは千穂が仕掛けた罠にまんまと引っ掛かり、彼女の手のひらで踊らされていたんだ」

「どうして？　何故、千穂ちゃんがそんなことをするの？　小鳥遊くんは、千穂ちゃんがずっと好きだったんでしょ？　千穂ちゃんも小鳥遊くんが好きで……一度は別れたけど、二人の想いは今も変わらずに――」

「さっきも言っただろ？　それは嘘だって。千穂が鳴海に吐いた――」

「違う！」

優花は声を上げた。もう一度「それは違う……」と小さな声で囁《ささや》き、力なく俯《うつむ》いた。

それだけは嘘ではない。小鳥遊が彼女を好きだと言うのを、優花ははっきり自分の耳で聞いている。二人が抱き合うのを、この目で見ている。

「……っ！」

胸の奥でいろいろな思いがぶつかる。そのたびに込み上げるものがあり、優花の感情が昂《たかぶ》っていく。

「鳴海、俺は真実しか言ってないよ。鳴海には一度だって――」

「別に隠さなくていいのに。わたし、自分の目で見たんだから。卒業式が終わったあと、小鳥遊くんは千穂ちゃんに告白されてた。小鳥遊くんも千穂ちゃんが好きだって……」

「えっ？　俺が千穂に告白⁉　ちょっと待って。なんでそういう風になってるんだ？」

小鳥遊が信じられないと言いたげに優花を見る。そして、急に優花の背に両腕を回し、彼の腕の中へ引き寄せた。

「聞いてたのなら、どうして間違った風に解釈したんだ！　確かに、俺は千穂に告白された。でも俺は、千穂に鳴海は佐野と両想いだと聞かされても、鳴海が……好きだからと言って断ったんだ」

「……えっ？」

優花は驚愕《きょうがく》のあまり目を見開いた。

小鳥遊くんがわたしを、好き？　──と心の中で呟《つぶや》くが、どうしても小鳥遊の言葉を信じられない。

だけど、小鳥遊と知り合って以降、彼が優花に対して辛抱強く優しく接し、微笑み、励ましてくれたことが、走馬灯《そうまとう》のように優花の頭を過《よぎ》る。再会してから、昔と変わらない態度で優花を楽しませてくれた彼との時間までも甦《よみがえ》っていく。そして、あの卒業式の情景までもが、まるで映画みたいに脳裏《のうり》に浮かんだ。

〝まず、俺の気持ちを聞いてくれないか。千穂、俺も……好きなんだ。……四年間、ずっと見つめてきたんだよ。だからこのあと──〟

他の学生の歓声で聞こえなかった部分に、優花の名前が入るとしたら？　小鳥遊が話してくれた内容に、ぴたりと合致する！

それじゃ、本当に、小鳥遊は優花を好き？　宇都宮ではなく、冴えない優花を……!?

優花が呆然としていると、小鳥遊の腕の力が緩んだ。彼は心持ち躯《からだ》を離しつつも、覆いかぶさるように顔を寄せる。間を置かず優花の額《ひたい》に自分の額を触れさせ、甘い息をついた。

「千穂の告白を断ったあと、俺は、鳴海にずっと好きだったと告白しようとした。鳴海が佐野を好きでも構わない、俺の気持ちを伝えたいと思ったんだ。でも鳴海の姿はどこにもなくて、携帯に電話しても繋《つな》がらなかった。誰も鳴海とは連絡が取れなくて……そして、鳴海は綺麗にその姿を消した。あの時の俺がどういう心境だったか、きっと鳴海にはわからないだろうね」

小鳥遊は寂しげに笑って静かに顔を離すが、優花を見るなり息を呑んだ。優花の頬を両手で包み込み、親指の腹で何かを拭《ぬぐ》い始める。そうされて初めて、優花は涙を流していると気付いた。彼が愛しげに零《こぼ》れ落ちた雫《しずく》に触れ、唇でそれを受け止める。彼の優しい口づけに、優花は静かに瞼《まぶた》を閉じた。

「……ごめんなさい」

優花は小さな声で囁《ささや》いた。

「もういいよ。俺はこうして鳴海に再会でき、これまでの行き違いをやっと正せたんだ。それだけで充分だよ。……いや、違う、これだけじゃ足りない。俺は、もっとほしい」

小鳥遊が躯を離すのを感じ、優花は目を開ける。そこには、これ以上の幸せはないと晴れやかな顔をする彼がいた。その双眸《そうぼう》には、優花を愛しているという想いが浮かんでいる。

優花は自ら手を伸ばし、小鳥遊の胸に触れて顎《あご》を上げた。

「……今も？　今も……わたしを好き？」

「ああ。俺は、鳴海を愛してる」

「それなら、どうして再会したあの日、好きって言ってくれなかったの？　相性とか、関係とか……。あんな風に言われたら、わたし――」

「鳴海に逃げられるのを恐れたからだよ」

「……えっ？」

小鳥遊の言葉を理解できずにきょとんとしていると、彼の頬が紅潮していった。彼は片腕で顔の下半分を隠し、優花から視線を逸《そ》らす。でもそれは優花を拒絶するのではなく、吐露《とろ》した自分を落ち着かせるためのようだった。激しく上下する彼の胸板、そして目を閉じて何度も深呼吸をする姿が、それを物語っている。

「小鳥遊くん？」

「俺は、鳴海を追い詰めたくなかったんだ。いきなり俺に好きだと告白されても、鳴海は警戒心しか持たないと思ったんだよ。俺が焦ってぐいぐい行けば、鳴海に拒《こば》まれる。それだけはごめんだった。それなら昔とは違う俺を、知ってもらった方がいいと踏んだんだ。でも好きな女を前にしたら、触れずにいられなくなって。そうなるのは当然だろ！」

これ以上何を隠す必要があるんだ？　もう、どうにでもなれ！　――とばかりに、小鳥遊の言い方が投げやりになる。だが彼は顔を背《そむ》けなかった。真摯《しんし》な目で、優花をじっと見続ける。

「鳴海は……どうして俺が誘った時、躊躇《ちゅうちょ》せずに俺の手を取った？　関係を続けたいと求めた時も、何故拒まなかった？」

「大学時代、小鳥遊くんが好きだったの……」

どこまで話そうかと思ったが、優花は大学卒業後に小鳥遊の前から姿を消した理由を話した。

小鳥遊が優花に優しくしてくれたのは、すべて宇都宮に近づくためだと思った。好きな人に利用されたのがショックだったこともあるが、それよりも二人が仲睦《なかむつ》まじくするのを見たくなかったと。

「俺は、鳴海を利用なんてしてない！」

優花はわかっていると頷く。

「うん、小鳥遊くんの気持ちを聞いて、わたしが勘違いしていたんだってわかってる。でも、昔のわたしはそういう気持ちを持っていたの。だから、小鳥遊くんに手を差し出された時、好きな人と一度だけでも結ばれるのであればそうしたいと思って、掴《つか》んだ。でも関係を続けようって言われて、わたしは浅はかにも……、それでもいい、小鳥遊くんの傍《そば》にいたいって思ったの」

「鳴海……っ！」

小鳥遊は目をキラキラ輝かせて、優花の背に両腕を回した。そんな彼を抱き返しながらも、優花は彼の肩で小さく息を零《こぼ》す。

「でもね、千穂ちゃんを好きだった昔の小鳥遊くんを知ってるから、わたしが好かれる日は来ないこともわかってた。それでも、関係を続けていく上で、少しでも好意を抱いてもらえたらと思って……小鳥遊くんの好む大人の女性を演じてきたの」

「俺の好む大人の女って……」

優花の言葉に、小鳥遊が呆れ気味に笑う。でも次第にその笑い声は消えていった。優花の耳の裏にちゅくっと音を立ててキスし、熱い息を吐いては耳朶《じだ》を唇で挟む。

「別に、女の好みなんてないよ。ただ強《し》いて言えば、自分の感情を押し付けず、相手の気持ちを先に重んじるような、鳴海みたいな女性が好きだ。……わかってる？　俺は鳴海が理想の女性だって言ってるんだ。これほどまでにほしいと思った女はいないよ」

「今も？　わたしをほしいって思ってくれるの？」

優花は、小鳥遊の首筋に囁《ささや》く。でも優花の声音は、どことなく不安の色に染まっていた。愛していると言ってくれた彼の言葉を信じればいいのに、自分を偽って大人の女性を演じた優花を許してくれるかどうか、わからないせいだ。

「鳴海がほしくなければ、好きでなければ、こんなにも必死に追いかけはしない」

小鳥遊は、優花の目を覗き込んできた。

「俺と、付き合ってくれませんか？　大人の関係を……含めた、俺の恋人になってください」

このままなし崩しで優花の躯《からだ》に触れていれば、優花は決してノーとは言わずに小鳥遊を受け入れただろう。彼もそれがわかっていたはずだ。にもかかわらず、きちんと愛の告白を口にし、優花に考えるチャンスをくれた。

優花の胸は感激でいっぱいになり、彼を想う気持ちがどんどん広がっていく。涙腺《るいせん》が緩むが、涙なんかでこの素敵な光景を滲《にじ》ませたくない。その一心で必死に荒れる感情に蓋《ふた》をして、真っすぐ小鳥遊を見返した。

「はい。よろしくお願いします」

優花の言葉に、小鳥遊がこれ以上の幸せはないといったように破顔した。優花の腰を抱きしめ、ロッカーの上から軽々と持ち上げる。その行動に驚いたものの、すぐに下ろしてくれると思っていた。でも何故か、彼はぴくりとも動かず優花を見上げる。

「小鳥遊くん？」

名を呼ぶが、それ以上声が出なくなる。優花は、大腿《だいたい》に触れる彼のシンボルが硬く大きく膨《ふく》れているのに気付いてしまった。小鳥遊も感付いたのか、それを優花の温もりに包まれたいとばかりに、ぐいぐい押し付ける。

小鳥遊の興奮した昂《たかぶ》りが、優花の濡れそぼる蜜壷《みつつぼ》に埋められると思っただけで、花弁が淫《みだ》らに戦慄《わなな》いた。それは、蜜口にまで伝染していく。張り詰めた乳房の先端も意思表示をしてきた。

「……っぁ」

優花の喘《あえ》ぎを合図に、小鳥遊が静かに優花を下ろし始める。ただ彼は、時間をかけて、硬くなった自身を優花の恥骨から下腹部へ触れ合わせていった。

優花の躯は悩ましげな疼《うず》きに支配されていく。両足が下に着くと、優花はぐったり小鳥遊の肩に額《ひたい》を押し付けた。

その間に、優花の腰を支える小鳥遊の手がノースリーブのシフォンブラウスのボタンを弄《もてあそ》び、器用な手つきでそれを外し始める。ブラジャーに包まれた盛り上がる乳房が露《あらわ》になると、彼はカップを下げた。無骨な手のひらに乳房を包み込む。柔らかな乳房が変形するほど揉みしだかれ、揺らされ、尖《とが》る乳首を指の腹で摘《つ》ままれる。

「ンッ！　あ……ぁ」

乳房が異様に張り詰めていく。濃厚で淫らな甘い刺激を受けるたびに、歓喜と期待が下腹部の奥で湧き起こった。熱を持ったそれは小さな潮流となって双脚の付け根に集中し、そこを濡らし始める。大腿《だいたい》を擦《す》り合わせるだけで、くちゅと淫靡《いんび》な音を立ててしまうのではないかと思うほどの蜜があふれてきた。

「ここで鳴海が……、優花がほしい」

小鳥遊が、優花の目頭、頬、口角へとキスの雨を降らす。そして、肉厚の舌を乾いた耳孔《じこう》に突き込んできた。耳朶《じだ》を唇で挟み、ペロッと耳殻《じかく》を舐《な》め上げる。優花は首を竦《すく》めて、引き攣《つ》った喘《あえ》ぎを漏らした。

「優花のすべてがほしいんだ。いい？」

情熱に駆られた小鳥遊の声がかすれる。その声音で、彼の状態がかなりギリギリだと伝わってきた。彼の妙に艶《つや》めいた吐息が、優花を追い立てていく。

小鳥遊を迎え入れる準備ができていた優花は、彼の腕に触れ、キスをねだるように顎《あご》を上げた。

「……きて。わたしを小鳥遊くんのものにして」

小鳥遊にしか聞こえない小さな声で懇願すると、彼が少しずつ顔を傾けてきた。優花と彼の息がまじり合うほどの距離で見つめ合い、やがてほんのわずかな間隔もなくなる。うっとりしてかすかに唇を開くと、彼に口づけられた。

「つんぅ……」

躯《からだ》の芯がふにゃふにゃとなり、優花は真っすぐ立っていられなくなる。そんな優花を、小鳥遊が逞《たくま》しい躯に引き寄せてくれた。口づけの角度を変えては執拗《しつよう》に唇を重ねる彼の熱に、またも下肢の力が抜けそうになる。

「んふぁ……っ、はぁ……う、んんぁ」

優花が喘ぐと、小鳥遊の舌がぬるりと滑り込んできた。口腔《こうこう》を舐められ、吸われ、いやらしく舌を絡め取られる。優花にも舌を動かせと伝えるエロティックな動きに、優花の躯は羞恥《しゅうち》で燃え上がるほど熱くなった。

「あ……っ、は……ぅんふ！」

小鳥遊との関係を結ぶ前の優花なら、こういうキスは絶対に嫌がっていた。でも今の優花は、嫌がるどころか求められることに嬉しさが込み上げてくる。

小鳥遊と付き合ってきた三ヶ月で、優花はこれほどまでに彼の色に染められたのだ。

「優花に触れるよ？　最初は、俺の指でイかせたい……」

ちゅくっと唾液の音を立ててキスを終わらせた小鳥遊が、口元で囁《ささや》いた。彼は優花の唇に触れながらキスでぷっくりする下唇を捲《めく》り、薄い敏感な内膜に、歯に、舌に、指を這《は》わせる。愛しげに触れる仕草に込められた想いに、胸の高鳴りが収まらない。

小鳥遊は優花の唇に触れていた指を離し、手を下げていった。スカートの裾を掴《つか》むとゆっくり捲り上げ、優花に裾を押し付ける。

「スカートを持ち上げてて。優花の大事な部分が、俺にも見えるぐらいに」

小鳥遊が、これ以上ないぐらい艶っぽい声音で囁く。それが優花を淫《みだ》らな気持ちにさせる。

恥ずかしくて顔から火が出そうだったが、求められるままスカートの裾を上げる。すると、パンティを引き摺《ず》り下ろされた。秘所に小鳥遊の指が触れると、もう何も考えられなくなった。

「あっ、やぁ……あ、あっ……んぅ！」

小鳥遊の指が媚肉を優しく、でも執拗《しつよう》に擦《こす》り上げる。愛液まみれのそこは滑りが良く、いやらしい手つきで淫靡《いんび》な音を立てられる。優花の躯《からだ》はビクンとしなり、喘《あえ》ぎが絶え間なく零《こぼ》れ落ちた。

小鳥遊を誘うように優花の乳房がいやらしく揺れると、彼は秘所を弄《いじ》る手を止めずに上体を屈めてきた。屹立《きつりつ》して赤くなった乳首に、彼の息が触れる。直後、そこは熱い舌と唇に侵された。

「ああ……っ、は……あぅ」

ぴちゃぴちゃと乳首を舐《な》め、時折舌先を硬くしては転がす。上目遣いで優花を煽《あお》っては膨《ふく》らんだそこを唇で挟み、優花をめくるめく情火の渦《うず》へ飛び込めと誘ってくる。

「んっ、んっ……あ……はぁ」

部屋の空気が濃厚なものへと変わる。乳首をねぶる唾液音と、蜜液と空気がまじり合う淫靡な音が協奏し出すと、優花の躯にまとわりつく熱がどんどん波状に広がっていった。

「優花の躯、本当に癖《くせ》になる。早くここに、俺のを挿《い》れたい」

小鳥遊は優花の媚襞《びひだ》を左右に開き、狭い媚口《びくち》に指を挿入させた。

「あっ……、嘘《うそ》っ、もう……は……っ、んぁ！」

小鳥遊は指を曲げ、淫液《いんえき》を掻き出す抽送《ちゅうそう》を繰り返す。そこにやや回転を加えて、蜜壁《みつへき》と蜜蕾《みつつぼみ》をほぐす。じわじわと攻める動きに、腰が甘怠《あまだる》くなってきた。

優花は小鳥遊の肩に片手を置き、送られる熱に躯を震わせる。淫《みだ》らな声を抑えたくて手の甲で口を覆うが、その仕草さえも彼の欲望を誘うようで、彼の息が熱を帯びてきた。

小鳥遊が優花の乳首を解放し、頭を下げていく。

「たかな、し……くん？」

小鳥遊の次の行動が予想がつかない。直後、膝をついた彼が優花の秘所に顔を寄せてきた。花蜜で濡れた淫襞《いんひだ》に、彼の湿った吐息が触れ、ぞくりとした冷たい感触に襲われる。先ほどまで優花の乳房に吸い付き、赤く色付いた乳首を弾いていたその舌が、隠れていた花芯《かしん》を優しく舐めた。

「あっ、イヤ……っ……あっ！」

ビリッとした強い電流に、腰が勝手に退《ひ》く。だが、花蕾《はなつぼみ》に埋められた彼の指が一本、さらに一本と増やされ、容赦なく敏感な皮膚を擦られると、優花の躯から力が抜ける。されるがままに、彼の方へ引き寄せられた。

小鳥遊はリズミカルに優花の鞘《さや》に指を埋め、抜き、奥まで突いては手首を捻《ひね》る。その時、彼の指がある一点に触れた。優花は息を呑み、彼の肩を強く掴《つか》んだ。躯の中で渦巻く熱だまりが、はち切れんばかりに膨張していく。快楽に、優花の躯は発火しそうなほど燃え上がる。

「ああっ、ダメ……っ、ああ、もう……イク……っ！」

「うん、わかってる。ここだろ？　優花のいいところ。そこを擦るだけで中が締まるから」

優花は小刻みに頷き、小鳥遊の愛撫にはもう耐えられないと涙目で訴える。

「わかった。イかせてあげる。俺だって、早く優花と一つに結ばれたい」

そう言うなり、小鳥遊が挿入のリズムを速めた。とろりとした蜜を掻き回しては、引き抜く。彼の行為に優花を想う感情があるとわかっているせいか、いつもと違う悦《よろこ》びに包まれる。

「んぁ、あっ、んふぅ……あぁっ……」

小鳥遊は、舌先でぷっくりした花芯《かしん》を舐めては、ぐちゅぐちゅと淫靡《いんび》な音を立てて蜜壷《みつつぼ》を掻き乱す。聴覚を刺激する粘液音さえも、優花を高みへと押し上げていく。優花は顔をくしゃくしゃにさせて、淫《みだ》らに喘《あえ》いだ。

「あっ、もう……ダメ……っん！　あん……っ」

痛いぐらいに早鐘を打つ心音が、まるで耳の傍《そば》で打ち鳴らされているのではと勘違いしてしまうほど大きくなる。押し寄せる快《こころよ》い潮流とともに優花を襲う。

ああ、もうダメッ！

「イク、ああ……っんぅ、あっ、イク……っ！」

「優花、俺の名前を呼んで！　小鳥遊ではなく、彬と！」

最高潮にまで達しそうになった時、小鳥遊が花芽を強く吸った。刹那《せつな》、強い快感に甘いうねりが一気に弾け飛ぶ。

「あ、あぁぁ……っ！　……あ、きらくんっ！」

瞼《まぶた》の裏で小さな火花がショートし、熱いものが全身の血管を駆け巡っていく。頭の中が真っ白になるのを感じながら、優花は自分の躯《からだ》を押し上げる高揚感に身を投じた。下肢の力が抜けそうになるが、すかさず立ち上がった小鳥遊が抱きとめてくれた。

「ありがとう、彬と呼んでくれて。ただこれからは、俺を苗字で呼ぶのは禁止だ」

優花は呼吸を乱して、ぐったりと小鳥遊に凭《もた》れかかる。切なげに求める彼に「うん」と返事して、彼の鍛えられた胸板に手を伸ばした。彼の拍動音が手のひらを通して伝わってくる。

小鳥遊は、まだその身に愉悦を受けていない。まず先に優花が感じるのを優先したせいだ。でも彼の鼓動は、全力疾走したようなテンポを刻んでいる。

もしかして、優花が淫らに喘ぎ、躯をくねらせて甘い陶酔《とうすい》に身をゆだねるのを見て、興奮したのだろうか。

優花はそっと顔を上げ、小鳥遊を仰ぎ見る。彼のかすかに開いた唇からは、湿り気を帯びた息が漏れている。優花を見る彼の目は熱っぽく、その頬は上気していた。

「もうイキそうだよ……」

小鳥遊が優花の手を掴《つか》み、自分の股間へと導く。生地を押し上げる硬い感触に、優花の頬が自然と紅潮した。

「いいよね、優花。すぐに挿《い》れても」

「うん……」

優花が頷くと、小鳥遊はベルトを外し始めた。その下にある昂《たかぶ》りへ自然と目がいくのが恥ずかしく、慌てて目を逸《そ》らす。

その時だった。突然、仮眠室のドアを叩く音が部屋に響き渡る。優花は驚いて小鳥遊を見ると、彼は天を仰いで大きく息をつく。

「……どうして、今なんだ？」

「小鳥遊さん！　小林です。ちょっといいですか？」

ドアの向こうで叫ぶ声の主が、番組スタッフの小林だとわかると、優花はさっとドアに背を向けた。そこで初めて、自分が淫《みだ》らな恰好で立っていたと気付く。急いで膝まで下ろされたパンティを引き上げた。

「ちょっと待ってくれ！」

小鳥遊が声を上げる中、優花はブラウスのボタンをかけていく。衣服の乱れを直して振り返ると、彼は少し前屈《まえかが》みになって何度も深呼吸をしていた。

そうなるのも当然だ。小鳥遊の男性自身は膨《ふく》れ上がり、解放を求めて怒張していた。あの状態で普通の態度を心掛けるのはとても辛《つら》いに違いない。

でも女性の優花はその辛さがわからないし、助けてあげることもできない。おろおろしていると、優花の視線に気付いた小鳥遊が苦笑いを浮かべた。そして息を深く吐いて、時間をかけて躯《からだ》を真っすぐにする。

「今、開けるよ」

歩き方にぎこちなさは残るが、小鳥遊はドアを開けた。

「何？」

「すみません。冒頭部分を十五秒ほど短くしたいので録り直しお願いしたいんです。ちょうど切りにくい位置で……。今、いいですか？」

「わかった、すぐに行く」

小鳥遊は頷き、優花を振り返った。

「ここで待ってて。今度は決して帰らないように。いいね」

優花は頷いた。声を出せなかったのは、ドアの向こうにいる小林に優花の存在を知られていいのかわからなかったからだ。

「信用するよ、優花」

小鳥遊の言葉に優花は息を呑む。でも彼は特別気にもせず、優花に愛しげな目を向け、ドアを閉めて出ていった。

一人仮眠室に残された優花はその場に立ち尽くしていたが、しばらくすると簡易ベッドに近づき腰を落とした。

「いいのかな？　そんなに簡単にわたしがここにいるってバラしても……」

小鳥遊に迷惑がかかってしまったらどうしよう！

両手に顔を埋《うず》めてうなり声を上げた時、再びドアをノックする音が響いた。優花はビクッとして飛び上がる。

返事をしてもいいのか、出てもいいのかわからずにおろおろしていると、「鳴海さん」と優花を呼ぶ声が聞こえた。

「俺です。小林です。ここ、開けてもらっていいですか？」

小林の言葉に、優花は天を仰いだ。

こうなったら、覚悟を決めるしかない！

優花は静かにドアへ向かい、ドアノブを回して開けた。そこに立つ小林は、優花がここにいる件には触れず、ＵＳＢメモリを差し出す。

「さっき録ったデータが入ってます。冒頭は録り直しなので、改めて御社にデータを送るけど、小鳥遊が番組の最後で話した、同窓生のところを先に聴いてもらいたくて……」

「はい……」

優花はそれを受け取った。でも何故か、手のひらにはイヤホンもあった。

「あの、これは？」

「小鳥遊が戻ってくる前に、最後まで聴くのをオススメします。録り直しは冒頭の五分だけだから、すぐ帰ってくるし。……それでは」

小林はそう言うと、颯爽《さっそう》と優花の前から姿を消した。優花は、プレーヤーも兼ねたそのＵＳＢメモリを握り締め、ベッドに移動して腰掛ける。そして傍《そば》にあるベッドサイドにあるスタンドの灯《あか》りを点けると、イヤホンを取り付けて再生ボタンを押した。小林の言っていた最後のフリートーク部分まで早送りし、小鳥遊の声に耳を傾ける。

小鳥遊が重大発表と称し、今年度いっぱいは番組が続くことになったと声高に叫んでいる。新番組がワンクールで終わらずに続けられるのはリスナーのお陰だと感謝し、続いてこれからも協力を得て、さらに皆と番組を盛り上げていきたいと話し始めた。

いろいろな話題に花を咲かせていたが、番組のテーマ曲がかかると、彼が語り始めた。

『同窓生の話ですが、今夜の放送で終わりとなります。第一回の放送で気軽に話したことが、こんなにも盛り上がりを見せてくれるなんて思ってもいませんでした！　せっかくなので、今番組を聴いてくれてる皆さんにだけお教えしますね。その同窓生は女性で、先月のイベントにも手伝いに来てたんですよ。物販にいたので見た人もいたんじゃないかな。でも俺、彼女を怒らせてしまって。某所で拡散されたアレが原因じゃないかって声が聞こえてきそうですけど、そのとおり！』

小鳥遊が笑い声を漏らし、急に『えっ？』と声を出した。

『構成作家に〝何があった？〟と訊かれました。ええ、言いますよ！　仕事の件で話していたら、車のフロントガラスに飛んできた蝉《せみ》にびっくりして、俺は思わず彼女に……。ああ、男として最低だ！　また彼女と会う機会があれば、平謝りしたいと思います。その日はいつ来るのかな』

おちゃらける小鳥遊の話を聞きながら、優花は目を閉じて「嘘吐《うそつ》き……」と笑った。でもそれが小鳥遊の優しさなのだ。自分が悪者になってそれを笑い話にすることで、ＳＮＳの話題はこれで終わりだと印象付けている。優花は、小鳥遊の巧《たく》みな言葉選びに感嘆せずにはいられなかった。

その後、小鳥遊は自然に話を変え、最後の結びの言葉に持っていく。

『では、今夜も最後まで聴いてくださり、ありがとうございました――』

小鳥遊がスポンサーの会社名を言ったあと、いつものように番組のテーマ曲がフェードアウトしていき、番組が終わった。

小鳥遊の声が聴こえなくなると、優花は安堵の息をつく。だが、すぐに小首を傾《かし》げた。

これが何だというのだろう。小林が聴けというほどの内容でもない気がした。

その時、急に音声の切り替わるノイズが入る。

『……これでいい？　俺、このまま鳴海を追いかけても構わない⁉　……もう二度と彼女を失いたくないんだ。今追いかけなきゃ、俺は絶対に彼女を失う。それだけは嫌なんだよ！　これ以上、偽りの上に関係を築きたくない。鳴海にはきちんとこれまでの自分の気持ちを伝えたいんだ。……ああ、ありがとう、皆！　俺がここに戻ってこなかったら仮眠室にいるから、何かあったら呼びにきて。じゃ、行ってくる！』

そこで、完全に無音になった。

「……もしかして、この部分を、わたしに聴かせたかった？」

小鳥遊の切なげな声音、真に迫る胸打つ言葉には、優花にもわかるほどの緊迫した感情が込められていた。彼が本当に優花を大切にしている想いが、切々と伝わってくる。

感極まって小さな吐息を零《こぼ》した刹那《せつな》、優花の手に何か温かいものが触れた。ハッとして目を開けると、そこには優花の手を握りしめながら跪《ひざまず》く小鳥遊がいた。彼は朗《ほが》らかな表情で優花を仰ぎ見ている。

「いつからここに？」

「ほんの数分前かな。冒頭の挨拶《あいさつ》を録り直しただけだし。ところで、小林さんが優花に収録分のデータを持っていくって言ってたけど、それがそう？　今日の録り分？」

優花は頷いた。小鳥遊が触れる手を開き、そこにあるＵＳＢメモリに視線を落とす。

「たかな……あっ！」

小鳥遊を呼ぼうとした瞬間、優花は彼に強く手を握られ、じろりと睨《にら》み付けられる。その態度に苦笑いしつつ、優花は彼の手に自分の手を重ねた。

「小林さんがね、彬くんのフリートークを聴いてって。でも小林さんは、収録を終えたあとの会話を聴かせたかったんだと思う。彬くんが、わたしを追いかけたいって言ってたところまで録音されてたから」

「小林さん、故意に入れたんだな！」

小鳥遊は照れながら笑い声を上げるが、その声が少しずつか細くなり、そして消える。彼は頭を垂れて、優花の手に額《ひたい》を擦《す》り付けた。

「でも、あれが俺の本音だよ。優花に去られたと思っただけで自分を保てなくなった。連絡が取れなくなった昔みたいな思いは、もう二度としたくなかったんだ」

小鳥遊がゆっくり腰を浮かせ、優花との距離を近づけてくる。

「俺はこういう職業だろ？　そのせいで、優花と一緒にいられる時間をあまり作れないかもしれない。それが、優花を不安にさせてしまうと思う。それでも、俺の前から忽然《こつぜん》と消える真似《まね》だけはしないで。言いたいことがあれば口に出してほしい。俺は優花と一緒に乗り越えていきたいんだ」

小鳥遊の懇願に、優花の胸の奥に彼への愛しさが募《つの》ってきた。優花は彼に触れていた手をそっと上げ、優しく彼の頬を撫《な》でた。

「うん、わたしも一緒に乗り越えていきたい……。だから彬くんも、遠慮せずに言ってね。自分の気持ちを押し殺さないで。彬くんの気持ちがわからなくなっていく方が辛《つら》いし、それが……とても怖い」

「……じゃ、キスして。今、優花のキスがほしい」

真顔で懇願しながら、小鳥遊が顎《あご》を上げる。でも優花を見る双眸《そうぼう》には、からかいの光が宿っていた。そこに浮かぶ優しい温もりは、優花の記憶にある大学時代の優しい彼の姿と重なる。まるで昔に戻ったような感覚に襲われた途端、優花の頬が自然と緩み、ぷっと噴き出してしまう。ほとんど同時に、小鳥遊も笑った。

「こんな風にいつも笑ってて。そして、俺の傍《そば》にいて」

「うん、彬くんも、わたしの傍にいてね」

優花はそう言って、小鳥遊に顔を寄せる。優花を待ち望む彼の唇に、キスを落とした。

「……好き、本当に好き」

口づけの合間に何度も愛を告白すると、小鳥遊がにっこりし、優花の背に回した両腕に力を込めた。そしてキスを深めていく。舌を突き込まれ口腔《こうこう》を舐《な》められ、吸い上げられる。彼の貪《むさぼ》るキスに、優花の頭の芯がじんと痺《しび》れてきた。

「もう優花と愛し合いたい。今度こそ……いい?」

小鳥遊が情熱的に囁《ささや》く。それは、優花の耳孔《じこう》から浸透して快感に変化した。刺激に躯《からだ》をしならせて頷くと、彼がベッドサイドにあるスタンドに手を伸ばす。誰にも覗かれたくないとばかりに灯《あか》りを消し、優花を抱いてベッドへ倒れ込んだ。

このまま求められるかと思ったが、何故か小鳥遊は優花を組み敷いたまま動かない。ただ、薄暗い中、感慨深げにじっと優花の目を覗き込んでいた。

「……彬くん？」

小鳥遊の名を呼ぶと、彼は心持ち頭を下げて距離を縮める。

「知ってた？　俺はね、優花と再会して以降、毎晩優花を想いながら眠りについてたんだよ。そして優花には、俺が君にとって相応《ふさわ》しい男であると思ってもらえたらと願ってた」

「そんなの、わたしだってずっと思ってた。彬くんに相応しい女性になりたいって……。今はまだ胸を張れないけど、彬くんを愛する気持ちは誰にも負けない。だからお願い、わたしを離さないで」

優花が小鳥遊への想いを切実に訴えるのに、何故か彼は優花の上で笑う。

「ど、どうして笑うの？」

「嬉しくて。俺の気持ちが優花の心に届いたのが、最高に幸せで……」

小鳥遊が本当に幸せそうに目を細める。その表情に、優花の胸が歓喜で震えた。それが彼にも伝わったのか、彼は愛しげについばむようなキスを落とした。

「愛してるよ、優花……」

「わたしも……」

長年抱いてた片想いに終止符を打てた喜びに浸《ひた》りながら、二人は心が蕩《とろ》けるほどの甘い口づけを何度も交《か》わした。

ガリガリで貧乳、器量も十人並みの鈴木千佳。彼女は、水嶋グループの御曹司水嶋一貴に恋をしていた。
しかし、そんな彼女を熱く見つめるのは一貴の弟・優貴だった——
俺様御曹司の激しすぎる愛に翻弄される、ドラマチックラブストーリー!

B6判　定価：640円+税　ISBN 978-4-434-16994-6

～大人のための恋愛小説レーベル～

# ETERNITY エタニティブックス

ETERNITY エタニティブックス Rouge

エタニティブックス・赤

## 秘書VS御曹司、恋の攻防戦!?

# 野獣な御曹司の束縛デイズ

あかし瑞穂《みずほ》

装丁イラスト／蜜味

想いを寄せていた社長の結婚が決まり、ショックを受けた秘書の綾香《あやか》。彼の結婚式で出会ったイケメン・司《つかさ》にお酒の勢いで体を許そうとしたところ、ふとした事で彼を怒らせて未遂に終わる。ところが後日、司が再び綾香の前に現れた！　新婚旅行で不在の社長に代わり、彼が代理を務めるという。戸惑う綾香に、彼は熱い言葉やキスでぐいぐい迫ってきて……

※エタニティブックスは大人の女性のための恋愛小説レーベルです。ロゴマークの色で性描写の有無を判断することができます（赤・一定以上の性描写あり、ロゼ・性描写あり、白・性描写なし）。

詳しくは公式サイトにてご確認ください。
http://www.eternity-books.com/

携帯サイトはこちらから！

**綾瀬麻結（あやせまゆ）**
大阪府在住。2003 年より、ちょっぴりえっちな恋愛小説を書き始める。2009 年、「Promise ～誘惑のゆくえ」でデビュー。2010 年発行の「Eternal Star」は、のちに漫画化された。ドキワクな恋愛ストーリーをお届けできるように、マイペースながらも日々精進中。

HP：http://hug.chew.jp/

**イラスト：一成二志**

片恋《かたこい》スウィートギミック

綾瀬麻結（あやせまゆ）

2016年 5月 31日初版発行

編集－城間順子・羽藤瞳
編集長－塙綾子
発行者－梶本雄介
発行所－株式会社アルファポリス
〒150-6005 東京都渋谷区恵比寿4-20-3 恵比寿ガーデンプレイスタワー5F
TEL 03-6277-1601（営業） 03-6277-1602（編集）
URL http://www.alphapolis.co.jp/
発売元－株式会社星雲社
〒112-0012東京都文京区大塚3-21-10
TEL 03-3947-1021
装丁イラストー一成二志
装丁デザインーansyyqdesign
印刷－大日本印刷株式会社

価格はカバーに表示されてあります。
落丁乱丁の場合はアルファポリスまでご連絡ください。
送料は小社負担でお取り替えします。

ISBN978-4-434-21983-2 C0093